# UMGANGSFORMEN heute

Hans-Georg Schnitzer

# UMGANGSFORMEN heute

FALKEN

# Inhalt

# Zum Umdenken herzlich willkommen!

Umdenken in Sachen Benimm? Aber ja! Auch und gerade in Fragen des guten Tons ist Umdenken wichtig und nötig. Man muß mit den Gegebenheiten der Zeit Schritt halten, auch da, wo es um zeitgemäß gute Umgangsformen geht. Es mögen nur Nuancen sein, doch so klein die Unterschiede auch erscheinen, sie können eine sehr große Bedeutung haben. Man braucht nur einmal in ein Benimmbuch zu schauen, das schon ein paar Jahre alt ist, um zu sehen, wie schnell sich die Dinge ändern – und um zu sehen, wie vieles doch im Kern gleichbleibt.

Ein nur 20 oder vielleicht 30 Jahre altes Benimmbuch ist in einer Zeit entstanden, als noch längst nicht jeder einen eigenen Fernsehapparat besaß, und von einem Videorecorder hatte noch niemand etwas gehört. Kein Wunder, daß sich in einem solchen Buch ein ganzes Kapitel allein damit beschäftigt, wie man einen gemeinsamen Fernsehabend bei Freunden gestaltet. Heute wird man nur noch in Ausnahmefällen Freunde mit dem Ziel besuchen, mit ihnen gemeinsam ein Fernsehprogramm zu verfolgen. Die damals gegebenen Empfehlungen klingen heute überholt; die Situation hat sich geändert.

Ebenso selbstverständlich findet sich in einem älteren Benimmbuch der Hinweis, man habe zur Zeit der abendlichen Fernsehnachrichten niemanden durch einen Anruf zu stören. Damals begann das Fernsehprogramm am Nachmittag, um 20 Uhr gab es die einzigen ausführlichen Abendnachrichten, und gegen 23 Uhr war Sendeschluß. Heute gibt es zu jeder Stunde auf allen möglichen Kanälen Nachrichten – wer will und kann, verfolgt sie sogar in verschiedenen Sprachen. Eine Vorschrift »Zur Nachrichtenzeit keine Anrufe« hat ihren Sinn verloren – genauso wie die alte Regel: »Kartoffeln schneidet man nicht mit dem Messer«. Messer haben heute

Edelstahlklingen, die nicht rosten und die keinen Metallgeschmack an die Erdknolle abgeben, folglich kann man die Kartoffel schneiden. Was einem rein praktischen Zweck entsprungen war, war zur Benimmregel umgemünzt worden. Aus praktischen Gründen hat man später umgedacht und das Verbot wieder aufgehoben.

Wir leben in einer Welt, in welcher der Mensch Herzen fast wie Motoren auswechseln kann. Gerade in dieser wunderbaren, oft verfluchten Welt eines atemberaubenden technischen Fortschritts müssen wir alles tun, damit nicht die Technik uns zu herzlosen Robotern macht, sondern wir besser, freundlicher, menschlicher miteinander leben. Miteinander – wohlgemerkt.

Dazu gehören zweifelsohne gegenseitige Achtung, Respekt und Freundlichkeit. In diesem Sinne sind gute Umgangsformen als das zu definieren, was im Zusammenleben der Menschen einem sinnvollen und nützlichen Zweck dient. Dieser sinnvolle Zweck ist das freundliche, friedliche, reibungslose Miteinander. Was den anderen stört, belästigt oder auch nur unzulässig ignoriert, steht dem harmonischen Miteinander im Weg – folglich verlangt der gute Ton, solche Handlungen zu unterlassen und sich statt dessen um Höflichkeit und Aufmerksamkeit zu bemühen.

Kommen wir auf unser oben erwähntes Beispiel zurück. Niemand wird gestört oder belästigt, wenn jemand am Tisch eine Kartoffel mit dem Messer zerteilt statt nur mit der Gabel – was er, so er mag, ohne sich daneben zu benehmen, weiterhin tun darf. Dagegen hat eine Benimmvorschrift wie »Mit vollem Mund spricht man nicht« auch heute ihre volle Berechtigung und ihren Sinn, denn es ist nicht im Sinne eines gedeihlichen Miteinanders, wenn einem der Tischnachbar, weil er mit vollem Munde spricht, Essenspartikel entgegenspuckt. Davon, daß man einen Menschen, der mit vollem Mund spricht, meist nicht besonders gut verstehen kann, ganz zu schweigen.

Kurz, wir suchen nach Möglichkeiten, wie der Mensch mit seinem Mitmenschen, welcher Rasse, Religion und Ideologie er auch angehören mag, bei Begegnungen im In- und Ausland am besten auskommen könnte.

Hier werden keine »geharnischten Absagen« an Vertreter anderer Auffassungen erteilt, aber es wird dafür geworben, daß wir alle guten Willens sein sollen, einen Beitrag für den Umgang von Mensch zu Mensch zu leisten.

Beim stilvollen Diner waren schon immer besondere Umgangsformen gefragt. Rechts im Bild auf Seite 15 der Dichter Theodor Fontane (Federzeichnung von Arthur von Kampf, 1928)

Daher unser erster Appell:

Haben Sie Herz! Mehr Verständnis für den anderen! Rücksichtnahme, Hilfsbereitschaft und vor allem Menschlichkeit sind heute für alle im Umgang miteinander nötiger als die hohle Förmlichkeit einer überholten Etikette.

## Etikette – nur da, wo sie hingehört

Das Wort Etikette kommt aus dem Französischen *(étiquette)* und bezeichnet dort ursprünglich eine Markierung, einen Wimpel an einem zur Grenzbestimmung in den Boden gesteckten Pfahl. Später verstand man unter einem Etikett ein Hinweisschildchen auf einer Ware oder auch einfach einen Gedankenzettel.

Die alte Idee der Markierung von Grenzen und die neue der Gedankenstütze kamen zusammen, als die Höflinge in der Blütezeit des Absolutismus am Hofe von Versailles Etiketten einführten: Zettel mit Hinweisen auf das – immer komplizierter werdende – Hofzeremoniell.

Schon das Wort Zeremoniell macht deutlich, daß die Etikette, unter der man heute die Gesamtheit der herkömmlichen Regeln des gesellschaftlichen Umgangs versteht, einen ganz bestimmten Ort hat. Sie gehört dahin, wo es offiziell und höfisch zugeht. Das heißt, sie ist bis heute in den Protokollvorschriften der Regierungen ein oft nützliches Instrument, um Zusammenkünfte auf dem Parkett der internationalen Staatspolitik zu erleichtern.

Wir normalen Sterblichen bewegen uns normalerweise nicht auf diesem Boden, folglich hat die strenge Etikette für uns im normalen alltäglichen Umgang nur bedingte Gültigkeit. Sie trifft uns freilich in dem Augenblick, in dem auch wir uns auf das Staatsparkett begeben – etwa, wenn einem Durchschnittsbürger ein Orden wie das Bundesverdienstkreuz verliehen oder er zu einer Privataudienz bei der Queen oder beim Papst geladen wird. Doch keine Angst. Erstens trifft es ja nicht jeden von uns, und zweitens wird man in einem solchen Falle unter die Fittiche eines Protokollchefs oder einer Protokollchefin genommen, die einem genauestens erklären, was die Etikette für einen solchen Fall vorschreibt.

Doch selbst ein so starres Gerüst wie die Etikette muß eine gewisse Flexibilität aufweisen und sich der Zeit anpassen.

Warum sich Etikette ändert

Nehmen wir als Beispiel die offiziellen Protokollvorschriften der Bundesrepublik Deutschland. Sie wurden in den ersten Jahren der Konsolidierung Deutschlands, also zu einer Zeit geschaffen, als international noch die Ordnung eines Fürsten Metternich aus dem Anfang des vorigen Jahrhunderts galt. Die Kompliziertheit dieser Ordnung umständlicher Förmlichkeiten hätte alle Blitzbesuche unserer Staatsmänner unmöglich gemacht, wäre bei einer Außenministerkonferenz in Wien durch eine Fülle von Streichungen nicht den Zeichen unserer Zeit Rechnung getragen worden. In Wien wurde, zwar reichlich spät, aber immerhin – um die Mitte des 20. Jahrhunderts – erkannt, daß der Mensch heute nicht mehr mit der Postkutsche reist, sich des Telefons anstelle reitender Boten bedient und daß sich bei staatspolitischen Kontakten kaum noch durch Erbfolge gekrönte Häupter, sondern gewählte Repräsentanten der Völker begegnen. In Wien wurde zwar nicht der Geist, aber das Tempo staatspolitischer Verkehrsmethoden geändert.

Die Ergebnisse waren fortschrittlich-demokratischen Außenministern bei weitem nicht modern, offen und praktisch genug, aber sie verursachten ein großes Aufatmen in fast allen Außenministerien der Erde. Der Mann auf der Straße, die Mutter im Kreise der Kinder, der Lehrer vor den Schülern, der Tanzlehrer vor den Kursusteilnehmern hatten lange noch keinen Grund zum Aufatmen. Für sie hatte sich noch nichts geändert. Ihnen wurden nach wie vor die zum Teil vor Jahrhunderten bei Hofe ausgeklügelten und im vorigen Jahrhundert von einem hoffähig gewordenen Großbürgertum für eine Gesellschaft mit Salon und Dienerschaft übernommenen Etiketteregeln empfohlen, wenn sie sich *comme il faut* (also: wie es sich gehört, musterhaft) benehmen wollten. Denn auch die gepflegte Ausdrucksweise gehörte dazu, und diese war französisch geprägt. Wer sie nicht beherrschte, beging einen *Fauxpas* (Fehltritt) nach dem anderen.

Langsam änderten sich auch im Großbürgertum die Sitten, doch kam es nach dem Zweiten Weltkrieg zu einer verständlichen Reaktivierung alter Benimmregeln. Nur allzu viele glaubten, mit besten Absichten, den laxen Sitten, die der Krieg mit sich gebracht hatte, am besten mit den Lehren aus den Benimmbüchern der zwanziger Jahre begegnen zu können. Dazwischen lag das sogenannte Dritte Reich, das selbst positive Appelle – wie den an den Gemeinsinn – mehr als fragwürdig gemacht hatte.

Abgesehen von einigen mutigen Versuchen, wenigstens auf Teilgebieten mit den Relikten höfischer Gesinnung im Bürgerhaus aufzuräumen, blieb den meisten, die nach Anleitung für die Jugend suchten, der Nachkriegsrückfall in längst verstaubte Etiketteregeln nicht erspart.

WARUM TANZLEHRER MEHR ÜBER UMGANGSFORMEN WISSEN

Es wird immer wieder gefragt, warum ausgerechnet Tanzlehrer über zeitgemäße Umgangsformen so gut Bescheid wissen. Sie waren in den ersten Nachkriegsjahren noch von der Tradition ihrer Herkunft von Ballett- oder Tanzmeistern bei Hofe geprägt.

Die Deutsche (deutschsprachige) Tanzschule entstand um 1718, nachdem in Leipzig der Tanzlehrer Gottfried Taubert das erste umfassende Tanzlehrbuch in unserer Sprache veröffentlicht hatte: »Rechtschaffener Tantzmeister oder gründliche Erklärung der Französischen Tantz-Kunst.« Dieses dreibändige Werk mit einem Umfang von 1200 Seiten enthält nebeneinander Kapitel zur »äußerlichen Sitten-Lehre und gefälligmachenden Aufführung«. Ähnliche Anleitungen zu Tanz und »Umgangsformen« hatten schon Tauberts Vorläufer gemeinsam behandelt. So heißt es bei Meletaon auf dem Innentitel seines im Jahre 1713 erschienenen Lehrbuches »Von der Nutzbarkeit des Tantzens«: »Wie viel selbiges zu einer galanten und wohlanständigen Conduite bey einem jungen Menschen und Frauenzimmer beytrage; auch wie man dadurch sowohl Kinder als erwachsene Leute von beyderley Geschlechte zur Höflichkeit, Artigkeit und Freymüthigkeit anweisen sollte.«

Die Wirkungen der Tanzanleitungen Tauberts lassen sich in der Literatur fast 200 Jahre lang, bis an die Schwelle des 20. Jahrhunderts, verfolgen. Auf dem Gebiete des »wohlanständigen Verhaltens« hat den Tanzlehrern jedoch ein Jahrhundert früher Adolf Freiherr Knigge mit seinem Buch »Über den Umgang mit Menschen« (erschienen 1788) den Rang abgelaufen. Nur unterschied sich das Werk Knigges, dessen Arbeit so oft fehlinterpretiert worden ist, bedeutend von den mehr auf die unmittelbare Praxis des Ballsaals bezogenen Anleitungen der Tanzlehrer. Knigge sprach zur ganzen Menschheit, die er, Sozialethiker und Schriftsteller, bessern wollte. Der Tanzlehrer vermittelte knappe Regeln. Ihr Vorteil: Sie ließen sich in aller Kürze in den Tanzunterricht einstreuen. Der Nachteil eines solchen unkommentierten »Benimmkatalogs« zeigte sich erst in den fünfziger Jahren.

Da stand plötzlich eine Jugend auf dem Parkett, die die Regeln nicht mehr als »von oben gegeben und daher zu akzeptieren« hinnahm. Sie fragte nach dem Sinn. »Warum sollen wir das?« Sie blätterte in alten und neuen Benimmbüchern und wies nach, daß die Verfasser für viele Probleme konträre Richtlinien gaben. Aus der früher üblichen Belehrung über Anstand und Benimm entwickelte sich mehr und mehr eine Diskussion über Sinn und Unsinn überlieferter Formen. So nahmen die jungen Leute, wie ihre Vorfahren vor 250 Jahren, es erstmalig wieder selbst in die Hand, nach zeitgemäßen Formen zu suchen.

Wie so oft im Laufe der Geschichte: Der Walzer hatte im vorigen Jahrhundert die bürgerliche Revolution und den Sieg der Demokratie eingeleitet. Mit der »Rock-'n'-Roll- und Beat-Revolution« verband sich nach dem Zweiten Weltkrieg die Kritik an verstaubten Gesellschaftsregeln, noch bevor Studenten gegen Mief und Muff an den Universitäten auf die Barrikaden gingen.

## Höflichkeit mit Herz?

Als die Trümmer des Zweiten Weltkrieges mehr und mehr wieder menschenwürdigen Wohnungen Platz machten, zog in die neuen Wände auch der Wunsch ein, sich gepflegterer Formen im Umgang von Mensch zu Mensch zu bedienen. Aber auf der Suche nach Begriffen zeigten sich viele Worte als abgenutzt oder mißverständlich. Alte Vokabeln waren belastet durch Ideologien des Rassenwahns und der Vernichtung. »Volksgemeinschaft«, »Volksgenosse«, ja sogar »Mutter und Kind« waren verdächtig und selbst Appelle an »Nächstenliebe« für nicht wenige fragwürdig geworden.

Sie waren ebenso in den Sog der Mißachtung geraten wie der Glaube an ein »Vaterland«, das Millionen im eigenen wie in anderen Völkern um Leben, Heimat oder Existenz gebracht hatte.

Mancher Jüngere, der die Zeit der Umwertung und Abwertung all dieser Begriffe und den Strudel des Entsetzens, in dem sie untergingen, nicht miterlebt hat, kann diese Ausführungen kaum nachempfinden. Er wird sie erst aus Überlegungen seiner eigenen Zeit heraus verstehen. Als nämlich eine Jugend, die Vorkriegszeit und Krieg nicht miterlebt hatte, sich kritisch mit vielen Organisationsformen der heutigen Gesellschaft auseinanderzusetzen begann, stieß sie sich an wesentlich älteren Begriffen und erklärte sie mit ihren Auffassungen von Freiheit und moderner Demokratie als unvereinbar.

MIEF UND MUFF VERGANGENER ZEITEN

So gerieten schließlich auch Begriffe, die von der Verzerrung im Dritten Reich unberührt geblieben waren, unter Beschuß, verdächtig geworden als »Mief und Muff« aus längst vergangenen Jahrhunderten! Bei einer 1956 durchgeführten Umfrage stellte sich beispielsweise heraus, daß der Begriff »Umgangsformen« nur für einen verhältnismäßig niedrigen Prozentsatz der Bevölkerung eine klare Aussage bedeutete. Anders das Wort »Höflichkeit«, das für mehr als zwei Drittel genau umriß, auf welchem Gebiet zeitgemäße Empfehlungen entwickelt werden sollten.

Bei einer ähnlichen Umfrage wurde in neuerer Zeit festgestellt, daß sich »Umgangsformen« (76%) und »Höflichkeit« (71%) im Verständnis der Öffentlichkeit vor allen anderen »Benimmwörtern« die Waage halten.

Doch letztlich geht es nicht um Worte, es geht um die Inhalte, die diese Worte transportieren. Deshalb wurde bei weiteren Umfragen ermittelt, was breiteste Schichten der Bevölkerung unter »Höflichkeit heute« und »Umgangsformen« verstehen – und für welche alten Höflichkeitsformen der Mensch unserer Zeit kein Verständnis mehr hat, welche verstaubten Formen er gar belächelt.

KEINE HOHLEN FÖRMLICHKEITEN MEHR

In Hunderten von Diskussionen mit jung und alt, Tausenden von Veröffentlichungen in Presse, Rundfunk und Fernsehen verdichtete sich durch Kritik und Gegenkritik in immer breiteren Kreisen der Öffentlichkeit in der Nachkriegszeit der Wunsch nach einer Abkehr von hohler Förmlichkeit, Heuchelei und verlogenem Getue. Vor allem die Jugend attackierte eine Devise, die in nahezu allen einschlägigen Werken, Büchern, Broschüren und Traktätchen als Appell zu lesen war: »Höflichkeit mit Herz«. Dabei ging es um einen sicherlich erst zu dieser Zeit klar erkennbaren Widerspruch. Die Devise »Höflichkeit mit Herz« allein war bereits Kritik an der herzlosen Etikette: Kritik an einer Etikettierung von Menschen nach der Rangfolge vom Herrscher bis zum letzten Untertanen und Kritik an einer kaum übersehbaren Zahl von Regeln, die zu beherrschen ein Studium für sich bedeutete und die denjenigen, der die »Kunst des Umgangs mit Menschen« beherrschte, von vornherein »dem gemeinen Mann« gegenüber zum Überlegenen machte. Um es volkstümlich zu sagen: »Verpackung wichtiger als Inhalt, eine Vorschrift für Lakaien«, oder, mit einem geflügelten Wort, »für Lackaffen«.

Wer also unter Höflichkeit die Verhaltensweisen von Höflingen, zumal servilen Hofschranzen, verstand – und diesen Abwertungsprozeß hatte das Wort ja inzwischen durchgemacht –, hatte recht, wenn er behauptete, »Höflichkeit mit Herz« bedeute einen Widerspruch in sich. Der Appell, sich wie ein Höfling zu verhalten, sei eine Aufforderung zur Heuchelei.

Aber trotz der berechtigten Kritik: Wir werden hinter jedem Schlagbaum – gerade heute im Zeitalter des Massentourismus – einige wenige Tabus zu beachten haben. Diese Tabus gemahnen uns jedoch an etwas im Grunde Erfreuliches – nämlich an die Reste persönlicher Eigenart, die wir Nationen, Völkern und Familien ebenso zugestehen müssen wie die Originalität, die jeden Menschen vom anderen unterscheidet. Eine allgemeine Gleichmacherei ist der Menschheit ganz gewiß nicht dienlich. Denn etwas haben alle Völker gemeinsam: Gegensätze ziehen sich an!

## Autorität des Alters

Da Umgangsformen heute nur dann ihren Sinn erfüllen, wenn sie den Umgang mit Menschen erleichtern helfen, haben nur solche Empfehlungen Aussicht auf Erfolg, die auf die Freiheit der Persönlichkeit gegründet sind. Wer 50 oder auch nur 20 Jahre zurückverfolgen kann und den Vergleich zwischen damals und heute zieht, kommt um das Geständnis nicht herum, in einer neuen Welt zu leben. Auch sie hat ihre Fehler – wann wäre die Menschheit je vollkommen gewesen!? Aber diese Welt eines atemberaubenden Fortschritts braucht neue Konzepte, damit der Mensch mit seinen Errungenschaften Schritt halten kann. Denken wir allein an die Bewältigung der Ausbildungszeit und die Gestaltung der Freizeit! Auf beiden Gebieten haben sich die Etiketteformen von gestern zum großen Teil als überholt erwiesen.

Herz beweisen

Beweisen Sie Herz! Überprüfen Sie Ihre Auffassungen von Autorität, Respekt, Gehorsam! Sind Sie schon auf dem neuen Weg? Um so besser!

Mancher ältere Mensch wird in diesem Buche etliche Fragezeichen setzen. Vielleicht wird er mutmaßen, das Buch habe sich auf die Seite der revoltierenden Jugend geschlagen. Nun, dort steht es in der Tat, es ist ein Verbündeter jener jungen Kräfte, für die das Befreien von »Mief und Muff« nicht etwa ein Signal zum Kaputtschlagen oder gar zur Brandstiftung ist, sondern der Beginn einer sachlichen Diskussion mit überzeugenden Argumenten. Menschen, die keine bessere Antwort auf Vorschläge zur Reform demokratischer Einrichtungen wissen, als auf Jahrhunderte alte Gesetze zu pochen, ist jedoch nicht einmal durch »Höflichkeit mit Herz« beizukommen.

»Wer die Formen beherrscht, darf sie wieder zerbrechen.« Ein altes Wort aus der Geschichte der Umgangsformen, das seinen Sinn bis heute nicht verloren hat: Wer die Regeln souverän zu befolgen weiß, erkennt auch die Situation, in der er sie übertreten kann und darf.

Auch versuchen wir stets, Brücken zu schlagen. In vielen Kapiteln dieses Buches sind die neuen Empfehlungen für eine jüngere Erwachsenengeneration jenen Formen gegenübergestellt, in denen viele Ältere verständlicherweise heute noch leben. Diese sollte der junge Mensch – wenn er sie nicht aus Elternhaus, Schule oder Tanzschule ohnehin kennt – zumindest zur Kenntnis nehmen. Denn nicht selten werden wir aus Takt zu berücksichtigen haben, daß es ein Alter gibt, in dem sich nur wenige noch umstellen können. Alten Damen und Herren gegenüber Achtung und Respekt mit den Formen ihrer Zeit zu erweisen, wird Jüngeren um so leichter fallen, je mehr Verständnis die Älteren für Gegenwart und Zukunft ihrer Kinder und Enkel aufbringen. Das Grundprinzip unserer Arbeit soll allen nützlich sein: Weniger Formen – mehr Takt!

### Weniger Formen – mehr Takt

Bestehende Umgangsformen schließen heute für jeden die Freiheit ein, mit anderen Formen voranzugehen, soweit es taktvoll möglich ist. Dieses Risiko zu wählen ist besser, als in der Förmlichkeit von gestern zu erstarren. Förmlichkeit bremst. Fließende Formen fördern das Miteinander der Generationen und das Verständnis für den Nächsten.

Denn eines sollte man nicht vergessen: »Benimm« und gute Umgangsformen sind kein Selbstzweck, sondern ein willkommenes Mittel, uns allen das Miteinander ein wenig angenehmer zu machen.

## Das »Grundgesetz« der Umgangsformen

Sei taktvoll und natürlich!
Sei rücksichtsvoll und hilfsbereit!
Sei zuverlässig und pünktlich!

Auch Gleichberechtigung und Partnerschaft bedürfen einer Ordnung, nicht etwa einer Rangordnung des Standesdünkels, sondern der Achtung: der Achtung vor der Frau als Trägerin des Lebens, vor dem Alter als Träger der Lebensweisheit und vor der Leistung als Träger der Gemeinschaft.

## Was sich jeder fragen sollte

Wo bin ich? Unter Verwandten, Freundinnen und Freunden, Bekannten, Fremden; am Arbeitsplatz; in Gesellschaft?

Wem stehe ich gegenüber? Einem Gast oder einer Gastgeberin, einem beruflich Vorgesetzten, einem Untergebenen oder einer Gleichgestellten? Bin ich wesentlich jünger oder älter?

Hinweise für all diese Situationen finden Sie in den folgenden Kapiteln – vom guten Benehmen »in der Kinderstube« über den Umgang »von Mensch zu Mensch« oder das Verhalten bei größeren und kleineren Einladungen bis hin zum angenehmen Miteinander am Arbeitsplatz. Wenn Sie raschen Rat in einer ganz bestimmten Frage suchen, hilft Ihnen das ausführliche Stichwortverzeichnis am Ende des Bandes weiter.

# Gutes Benehmen in der Kinderstube

Früher dienten Umgangsformen unter anderem dazu, den Herrschaftsanspruch der höfischen Gesellschaft »bis zum letzten Untertanen« durchzusetzen und damit auch bis zum Kind.

Heute sollen Umgangsformen auch das Gespräch des freien Staatsbürgers mit den von ihm gewählten Vertretern höchster und hoher Behörden erleichtern. Überspitzen wir das Beispiel ein wenig und beziehen wir es auf die Familie:

Kinder sollen in erster Linie von ihren Eltern, von Mutter und Vater, erzogen werden, nicht mehr als Untertanen von Untertanen, sondern, sobald sie zu denken beginnen, als gleichberechtigte Gesprächspartner der Eltern. Je besser die Eltern, die Älteren und Lebenserfahreneren, es verstehen, auf die Welt des Kindes einzugehen, je früher sie dem Kind begreiflich machen können, warum sie dieses und jenes anders tun, je klarer sie ihm vorleben, wozu es nur des Vorbildes bedarf, um so fester werden sie darauf bauen können, daß sich dieses Kind zu einem selbstbewußten Erwachsenen und mündigen Staatsbürger entwickeln wird.

Den Anforderungen, die an ihr sogenanntes gutes Betragen gestellt werden, sollten Kinder freiwillig und gern nachkommen können. Vor allen Dingen aber sollten sie Sinn und Zweck der Forderung begreifen und annehmen können. Antworten wie: »Das macht man eben so!« oder »Das gehört sich so!« sind nicht ausreichend. Es muß mindestens heißen: »Das macht man so, weil ...«, und dann hat eine wirklich einleuchtende, für das Kind nachvollziehbare Erläuterung zu folgen. Ganz nebenbei ist das eine gute Probe aufs Exempel: Eine Verhaltens- oder Benimmregel, die wir nicht hinreichend erklären und gut begründen können, ist möglicherweise nicht wert, beibehalten zu werden. Dieser Weg steht durchaus nicht im Widerspruch zu der Tatsache, daß Jugendliche eines Tages vieles anders machen wollen als die Generation der Eltern.

Kluge Eltern beziehen das »Unvermeidliche« in ihre Erziehungsmaßnahmen und in erste Gespräche über Umgangsformen ein. Sie geben von vornherein zu: An den Umgangsformen unserer Eltern haben wir auch herumkritisiert. Nur zu! Vielleicht macht ihr's später besser, vielleicht stellt ihr aber auch fest, daß unsere Auffassungen gar nicht so dumm waren?! Kluge Eltern stellen Umgangsformen zur Diskussion oder sogar in Frage, statt sie als gegeben einzupauken.

Erziehung, nicht Drill

Alle Menschen, folglich auch Kinder, lernen nicht zuletzt durch Nachahmung. Gerade an nachahmenswerten Vorbildern mangelt es aber häufig in der Erziehung. Statt gutes Vorbild zu sein, sind viele Erziehungsberechtigte eher schlechte Prediger, die sich selbst nicht an das halten, was sie predigen. Sie geben ihren Kindern falsche Signale, indem sie etwas verlangen, wonach sie selbst sich nicht richten. Da gibt es die Mutter, die sagt: »Du sollst mich nicht anschwindeln«, die aber selbst am Telefon der Nachbarin eine haarsträubende Unwahrheit erzählt. Da gibt es den Vater, der das Kind anherrscht: »Räum deine Sachen auf!«, der aber seine eigenen Dinge regelmäßig von seiner Ehefrau wegräumen läßt, und was der schlechten Beispiele mehr sein mögen.

Erziehung, die auf bloße Anweisungen und Befehle baut, artet nur zu leicht zum Drill aus. Nicht selten ist dann Trotz die Folge.

Vorbild sein

Was man vom Kind verlangt und erwartet, sollte also mit dem übereinstimmen, was man ihm vorlebt. Statt zu befehlen und Gehorsam zu erwarten, sollte man sich die Mühe machen, mit Geduld zu erklären und zu erläutern. Eltern wollen ja keine kleinen Maschinen heranzüchten, Roboter, die blind gehorchen, sondern kritische, mündige Menschen. Wie aber soll ein Kind Kritikfähigkeit lernen, wenn man ihm Autoritätshörigkeit andressiert?

Sehr oft fällt es Eltern schwer, sich in die Situation des Kindes hinein- oder in die eigene Kindheit zurückzudenken. Versuchen Sie einmal, sich gedanklich in eine Welt zu versetzen, in der fast alles um Sie herum ein paar Nummern zu groß für Sie ist. Eine Welt, in der Sie von Riesen umgeben sind, denen Sie nur bis ans Knie, vielleicht bis an die Hüfte reichen. Das ist schon bedrohlich und beängstigend genug. Da braucht es wahrhaftig keine einschüchternden Worte mehr, die von hoch oben befohlen werden.

Ein Kind, das sich heute weigert, die Hand zu geben oder »danke« zu sagen, wird deswegen nicht zwangsläufig ein unhöflicher Mensch werden. Wenn das Kind erlebt, wie Erwachsene seiner Umgebung verbindliche Höflichkeitsfloskeln benutzen und damit gut fahren, wird es das eines Tages ganz wie von selbst ebenfalls tun. Im Augenblick der Weigerung erprobt das Kind seine Persönlichkeit – ein Zug, den man keinesfalls unterdrücken sollte. Kinderpsychologen werden nicht müde, auf die schlimmen Folgen solcher Unterdrückung hinzuweisen.

TISCHSITTEN

Tischsitten lernt das Kind am besten, wenn es, vielleicht zunächst im eigenen Hochstuhl, mit am Tisch sitzt oder doch zumindest zusammen mit den Erwachsenen ißt beziehungsweise gefüttert wird. Ebenso wichtig wie Vaters Mithilfe beim Füttern des Kleinkindes ist es, während des ersten Wachstumsprozesses des Kindes immer auf die ideale Sitzhöhe am Tisch zu achten. Am Tisch kann das Kind nur dann richtig essen lernen, wenn es beide Hände über der Tischplatte frei bewegen kann.

Je früher man das Kind an Messer und Gabel gewöhnt – es gibt relativ ungefährliche, leicht zu handhabende Kinderbestecke –, desto besser und selbstverständlicher wird es damit als Erwachsener umgehen können. Sobald Schieber und Löffel von Messer, Gabel, Löffel abgelöst werden, wird der kleine Tischgenosse zum scharfen Beobachter. Nun sitzt er selbständig am Tisch und macht den Eltern nach, wie sie dieses und jenes zu sich nehmen. Bevor man einen Fehler rügt, sollte man also kurz überlegen, ob der kleine Benimmschüler ihn nicht etwa elterlichen »Beispielen« entnommen hat.

Ein gutes Vorbild der Eltern ist der beste »Lehrmeister« in Sachen Benimm bei Tisch

Lehrreiche Tischordnung

Wenn der Tisch grundsätzlich nach der allgemeinen Handhabung gedeckt wird – auch wenn kein Besuch zu Gast ist –, lernen Kinder zum eigenen Vorteil zumeist sehr schnell, daß Kaffeetassen wie Gläser stets rechts oben neben dem Hauptteller stehen. Ebenso suchen sie Löffel und Messer grundsätzlich rechts und die Gabel links neben dem Teller sowie den Dessertlöffel oben quer darüber liegend. Ihrer scharfen Beobachtungsgabe entgeht auch nicht, wie man nach dem Abschied vom Lätzchen mit der Serviette hantiert.

Kinder nie zum Essen zwingen

Gerade das Thema Essen ist eine heikle Angelegenheit. Man soll ein Kind grundsätzlich nie dazu zwingen, seinen Teller leer zu essen, auch dann nicht, wenn sich das Kind sein Essen selbst aufgetan hat. Ein Kind ist einfach noch nicht in der Lage, das Fassungsvermögen seines Magens richtig abzuschätzen. Selbst Erwachsene vertun sich ja hierbei gelegentlich. Ein Kind aber, das gezwungen wird, über die Sättigungsgrenze hinaus zu essen, wird auch als Erwachsener leichter dazu neigen, mehr zu essen als nötig – mit den bekannten Folgen.

Genauso müssen wir dem Kind zugestehen, eine fremdartige, neue Speise erst einmal zu kosten und im Zweifel abzulehnen. Wir selbst möchten uns diese Freiheit auch nehmen. Wir wollen uns ja auch nicht beim Anblick eines verlockend erscheinenden Gerichts von einem anderen sagen lassen: »Davon brauchen Sie gar nicht erst zu probieren, das wird Ihnen sowieso nicht schmecken!« Kinder sind neugierig. Sie wollen und sie müssen (!) ihre eigenen Erfahrungen machen. Wenn ein Kind trotz der Warnung der Mutter, daß ihm die so verlockend erscheinende kleine rote Pfefferschote gar nicht behagen wird, dennoch davon kosten möchte, dann soll man es abbeißen- und auch wieder ausspucken! – lassen. Denn nach einer solchen Erfahrung ist das Kind möglicherweise eher bereit, auch bei einer anderen Gelegenheit die Warnung der Eltern zu akzeptieren.

Knicks und Diener

Unter den Dingen, die von Kindern nicht mehr verlangt oder erwartet werden, stehen der Knicks und der Diener an erster Stelle. Auch wenn der Knicks nurmehr ein auf ein Minimum reduzierter Kniefall ist, so kann er diese Herkunft doch nicht leugnen. Die Zeiten aber, in denen Frauen und Mädchen vor irgend jemandem in die Knie sanken, sind glücklicherweise vorbei! Analoges gilt für den Diener.

Kindern bei der Begrüßung ein wenig »entgegenzukommen« ist eine nette Geste

Das bedeutet keineswegs, daß die Höflichkeit zwischen zwei Menschen abgeschafft wäre. Der Gruß, ob mit oder ohne Handschlag, hat seine Funktion als gegenseitige Achtungsbezeugung zwischen zwei Menschen und behält sie. Was zu Recht abgeschafft wurde, ist die unterwürfige Haltung einem anderen gegenüber.

Wer freilich umgekehrt als Erwachsener von einem Kind gegrüßt wird, ist in jedem Falle gehalten, zurückzugrüßen. Den Gruß eines Kindes zu mißachten ist schlicht unhöflich. Wenn es sich um einen im wahrsten Sinne des Wortes entgegenkommenden Erwachsenen handelt, so wird er sogar ein wenig in die Knie gehen, um auf Blickhöhe mit dem Kind zu kommen.

ECHTE GESPRÄCHSPARTNER

Sobald sich im Kind eigenes Denken regt – wenn es zu fragen beginnt und die Erwachsenen dabei oft genug in Erklärungsnöte stürzt –, sollten die Eltern es als gleichberechtigten Gesprächspartner behandeln. Eltern sollten grundsätzlich eine Antwort zu finden versuchen und sich nicht etwa auf Ausreden zurückziehen wie »Das verstehst du noch nicht. Dazu bist du viel zu jung!« Dabei lohnt sich immer das Bemühen, die Fragen aus der Sicht des Kindes zu beantworten. Eltern werden um so eher als Erzieher anerkannt, je sicherer sie auf jede Frage Antwort wissen, was keineswegs bedeutet, daß ein Erwachsener jede Antwort sofort parat haben muß. Wenn man eine Frage nicht beantworten kann – vielleicht, weil es sich um eine Frage handelt, die kompetentes Sachwissen voraussetzt –, so gibt man das zu, zeigt dem Kind aber, wie man sich in einem solchen Fall weiterhilft: etwa indem man in einem Lexikon nachschlägt. Schon ein Kinderlexikon kann da sehr gute Dienste leisten.

SPRECHEN UND ZUHÖREN

Auch die Regel, daß Kinder zu schweigen haben, wenn Erwachsene miteinander reden, ist heute deutlich gemildert. Schließlich kann man nicht erwarten, daß ein Kind in der Schule den Mund aufmacht, wenn es zu Hause gelernt hat, in Anwesenheit Erwachsener still zu sein. Andererseits wird man auch nicht zulassen, daß ein Dreijähriger das gesamte Gespräch beherrscht. Statt einem Kind den Mund zu verbieten, sollte man lieber nach Ablenkung Ausschau halten und ihm etwas zum Spielen in die Hand geben, wenn es wirklich ein wichtiges Gespräch zwischen Erwachsenen stört. Ein älteres Kind kann und soll man ganz bewußt in allgemeine Unterhaltungen miteinbeziehen. Auch Kinder haben Ansichten und Meinungen, die anzuhören nicht nur interessant, sondern sogar sehr lehrreich sein kann.

Von den Eltern sollten Kinder auch lernen, daß Gespräche aus Sprechen und Zuhören bestehen und daß man den anderen aussprechen lassen muß.

KEINE BABYSPRACHE

Mit der Sprache sollte nicht gespielt werden. Daß »Babysprache« Erwachsener im Gespräch mit Kleinkindern Liebe ausdrücken soll, kann der kleine Erdenbürger kaum verstehen. Er hat noch keine Vergleichsmöglichkeiten. Warum also alberne Wortbildungen, die das Kind unbewußt durch Zufall selbst geprägt hat, durch Aufgreifen und Wiederholen sich erst festsetzen lassen? Wenn es älter wird, muß das Kind doch die richtigen Wörter lernen. Und es muß ferner begreifen, daß der »Onkel Briefträger« kein Onkel und die »Tante Bäcker« keine Tante ist. Warum also die Kleinen erst mit falschen Anreden verwirren, um sie später – und dann zumeist mit Strenge – umerziehen zu müssen?!

Falsche Erziehungshilfen

Eltern sollten es ihrem Kind ersparen, Scheinbilder gestrenger oder gar böser Menschen als Erziehungshilfen heranzuziehen. Schließlich soll es im Polizeibeamten möglichst bald einen Freund und Helfer erkennen. Wie dumm also, es glauben zu machen, wenn es nicht brav sei, komme »der Polizeimann und stecke es zur Strafe ins finstere Loch!« Nicht weniger falsch sind Drohungen wie »Warte nur, bis du in die Schule kommst. Der Lehrer mit dem Stock wird dir schon Anstand beibringen!« Wie soll es dann Vertrauen zum Lehrer finden, wenn es eingeschult wird?!

Sicherheit für den Umgang mit Fremden

Ihr Zuhause soll für Kinder ihre sicherste Zuflucht sein. Die Wohnung von der Straße abzugrenzen zählt zweifellos zu den besonders schwierigen Erziehungsfragen. Denn die Vorsicht vor den Gefahren außerhalb der Wohnung sollte nicht dazu führen, daß sich das Kind vor dem Draußen wie vor einer feindlichen Umwelt ängstigt. Kinder sollten vielmehr lernen, jedermann freundlich zu begegnen – ebenso freundlich aber auch nein zu sagen, wenn ihnen ein Fremder etwas schenken oder sie auffordern will, ihn zu begleiten. Kinder sollen durch Umgangsformen nicht etwa zu verkleinerten Erwachsenen getrimmt, sondern immer sicherer im Umgang auch mit Fremden werden.

Gerecht oder gar nicht strafen

In intakten Familien, in denen die gegenseitige Achtung der Eltern Tag für Tag auf die Kinder ausstrahlt, in denen weder Vater noch Mutter mit Machtworten um die Oberhand streiten, ringen Vater und Mutter allenfalls in gemeinsamer Sorge um ein gerechtes Strafmaß, wenn einmal gestraft werden muß.

Vor allem strafen sie nie, ohne dem Kind Gelegenheit zur Verteidigung gegeben zu haben. Eine Ohrfeige ist nie ein überzeugendes Erziehungsargument. Ein ausführliches Gespräch über das, was falsch gemacht wurde, wirkt meistens sehr viel mehr als eine Strafe.

»Faule Ausreden« und »unumgängliche Notlügen«

Wo das Vertrauensverhältnis zwischen Elternhaus und heranwachsenden Kindern gestört ist, spielen sehr häufig Unterlassungssünden der Eltern mit.

Probleme entstehen auch oft daraus, daß – aus der Sicht der Kinder – Eltern und Lehrer grundsätzlich auf ihr Recht pochen und Kindern keine Rechte einräumen; denn man hat sie nach ihrer Darstellung nie gefragt oder das, was sie wahrheitsgemäß äußern, als

»faule Ausreden« oder gar »Lügen« hingestellt. Kommt noch hinzu, daß Eltern hin und wieder selbst zu Notlügen greifen oder gar das Kind als Zeugen zur Täuschung von Vater, Mutter oder Lehrer heranziehen, dann kann die Achtung vor Erwachsenen von heute auf morgen zusammenbrechen. Gewiß kommen Erwachsene aus Gründen der Rücksichtnahme, des Mitleids oder der Verlegenheit manchmal um eine Notlüge nicht herum. Auch der Takt kann sie gebieten. Wird nun aber das zur Wahrheitsliebe erzogene Kind Zeuge einer Notlüge von Vater und Mutter, dann sollten die Eltern die nächste Gelegenheit dazu nutzen, ihm in aller Behutsamkeit zu erklären, warum es hilfreicher für den Belogenen war, ausnahmsweise einmal von der Wahrheit abzuweichen.

Das Gespräch mit dem Kind kann in diesem Fall vom Negativen (»Die Eltern haben gelogen!«) ins Positive umschlagen (»Sie ziehen mich ins Vertrauen!«). Peinlich aber – und keine Sicherheit dafür, das Kind wirklich überzeugen zu können –, wenn die Eltern es zum ersten Mal dann ins Vertrauen ziehen, wenn es darum geht, ihren eigenen Fehler auszubügeln. Schon kleine Kinder sind zumeist bessere Beobachter, als viele Eltern meinen. Deshalb sollten sie in weniger schwerwiegenden Erziehungsfragen – zum Beispiel in alltäglichen Umgangsformen – bemüht sein, stets als gutes Vorbild zu dienen.

## Höflichkeit gegenüber Kindern und Jugendlichen

Auch der fremde Erwachsene sollte gegenüber einem fremden Kind so höflich sein, wie er es selbst von diesem Kind erwartet. Leider sind viele Menschen der irrigen Ansicht, einem Kind könne man in jedem Falle einfach befehlen.

Ein typisches Beispiel ist der vollbesetzte Bus oder die Straßenbahn. Wie oft sieht man da mürrische Leute, die keinen Sitzplatz finden und deshalb meinen, ein Kind habe für sie aufzustehen. Sie bitten das Kind aber nicht, nein, sie befehlen ihm, aufzustehen, und bedanken sich nicht einmal, wenn das Kind tatsächlich seinen Platz für sie räumt. Sollte das Kind aber gar die Unverfrorenheit besitzen, es abzulehnen, seinen Platz frei zu machen, dann kann man die Herrschaften schimpfen hören über die Unverschämtheit der heutigen Jugend.

Dabei ist überhaupt nicht einzusehen, warum Kinder gegenüber Erwachsenen immer und überall zurückzustecken hätten. Der Schulalltag ist heute so anstrengend, daß einem Kind das Stehen im Bus nicht unbedingt leichter fällt. Und ein Kind, das in einem Laden an der Reihe ist, aber von einem Erwachsenen einfach übertönt oder beiseite geschoben wird, hat das Recht, laut zu sagen: »Nein, ich war eher da, und jetzt bin ich dran!« Noch immer ist unter vielen Erwachsenen leider die Ansicht verbreitet, Kinder hätten unbegrenzt Zeit und könnten gefälligst warten.

»Junger Mann«, »junge Frau«

Fast täglich ist man mit der Frage konfrontiert: Wie soll man als Fremder oder als Bekannter einen sehr jungen Menschen ansprechen? Verkäufer und Verkäuferinnen in Geschäften hört man oft »junger Mann« oder »junger Herr« zu männlichen Jugendlichen sagen, weibliche Jugendliche werden mit »junge Frau« oder mit einem verstaubten »mein Fräulein« angesprochen. Besonders höflich klingt dies meist nicht – oft ist es sogar mit einem ironischen Unterton verbunden. Dabei kann man dieses Problem recht einfach umgehen: Grundsätzlich ist es nie verkehrt, Jugendliche etwa ab dem Alter von 16 bis 18 Jahren mit »Sie« anzusprechen, eventuell verbunden mit dem Vornamen.

Vom Du zum Sie

Kennt man einen jungen Menschen schon von Kindesbeinen an, so kann sich, wenn der junge Mensch langsam erwachsen wird, ein Problem ergeben. Oft fällt einem gar nicht recht auf, daß man es mit einem inzwischen groß gewordenen Menschen zu tun hat, der ein Anrecht auf Gleichstellung hat. Man wird von dem Nachbarskind oder dem Kind entfernter Bekannter gesiezt, duzt aber selbst munter weiter. Nur sehr wenige junge Menschen verfügen über soviel Selbstvertrauen, dann zu sagen: »Entschuldigen Sie, aber ich bin jetzt 17 Jahre alt, und ich möchte nicht mehr von Ihnen geduzt werden.« Um dem Jugendlichen dieses Dilemma zu ersparen, sollte die Initiative, vom Du zum Sie zu wechseln, vom Erwachsenen ausgehen: Gehen Sie mit Worten wie »Ich möchte Ihnen ab jetzt das Sie anbieten, immerhin sind Sie so gut wie erwachsen« auf den jungen Menschen zu. Sie schaffen damit dem Jugendlichen an der Schwelle zum Erwachsensein eine gute Ausgangsposition. Er kann das Angebot, das Sie ihm machen, ohne Skrupel annehmen. Und sollte er es ablehnen, so hat die Ablehnung einen positiven Charakter.

# Von Mensch zu Mensch

## Du – Sie – Du

Was unterscheidet Kinder in ihrem Verhalten am deutlichsten von Erwachsenen? – Daß unter Erwachsenen eine größere Distanz besteht. Und diese kommt nicht zuletzt in der Anrede »Sie« zum Ausdruck. So betrachtet, ist die Einstellung zum Sie für den jungen Menschen gewissermaßen eine Reifeprüfung.

Eines Tages hört für jeden – für den einen früher, den anderen später, zumeist mit 14, 15, 16 Jahren – die Kinderwelt auf, und man bereitet sich auf die Welt der Erwachsenen vor. Dann sollten die junge Frau ebenso wie der junge Mann sich dessen bewußt werden, daß sie eine unsichtbare Schwelle überschreiten. Viele Eltern pflegen um diese Zeit den Eintritt der Jugend in einen neuen Lebensabschnitt dadurch zu betonen, daß sie die Freundinnen und Freunde ihrer Kinder nun mit »Sie« anreden, wobei sie den Vornamen als Brücke der Vertrautheit aus den Kindertagen gern beibehalten (siehe hierzu auch das vorausgegangene Kapitel).

Allerdings beobachtet man heute auch zunehmend einen umgekehrten Trend. Statt den Freunden und Freundinnen der erwachsen werdenden Kinder die Anrede »Sie« anzubieten, bitten die Eltern die jungen Leute, sie zu duzen und mit Vornamen anzusprechen.

In jedem Fall wird heute wieder mehr und leichter geduzt, als das noch vor wenigen Jahren üblich war, beispielsweise auch unter Arbeitskollegen. Dennoch bedeutet das nicht, daß die Regeln einfacher geworden sind.

Das Du ist heute eine Anrede, die eine bestimmte Gruppenzugehörigkeit signalisiert. Und das heißt, während die jungen Leute untereinander durchaus bis weit in die Zwanziger hinein das Du miteinander pflegen (auch wenn sie sich eben gerade erst begegnet sind und sich nicht von der Schule her kennen), haben sie doch ein ausgeprägtes Gespür dafür, wem dieses »Du« zusteht. Der deutlich nicht zu ihrer Gruppe Gehörende hat nicht das Recht, es den jungen Leuten einfach gleichzutun und sie auch zu duzen. Diese Gruppenzugehörigkeit muß aber nicht unbedingt etwas mit dem Alter zu tun haben. Die Eltern der Freunde und Freundinnen können – obgleich jung an Jahren – sich durch ihre Ansichten und Meinungen als »alte Säcke« oder gar »Grufties« erweisen, mit denen sich zu duzen die jungen Leute »keinen Bock« haben.

Es können aber umgekehrt deutlich ältere Erwachsene durchaus durch Haltung und Einstellung zur Gruppe gehören, und der junge Mensch ist vielleicht sogar stolz, sich mit ihnen zu duzen.

Wirft man einen Blick in ein nur knapp 20 Jahre altes Benimmbuch, so sieht man, wie viel sich in diesem Bereich in den letzten Jahren verändert hat. Dort findet sich als Beispiel eine Szene, die heute auf einen jungen Menschen überholt wirkt, und die er wohl belächelt:

»Dietmar Männlich, 25 Jahre alt, ist bei einer Hausgeselligkeit mit Irmela Weiblich, 22 Jahre alt, bekannt gemacht worden. Übliche Anrede: ›Fräulein Weiblich‹ – ›Herr Männlich‹. Mit der Zeit findet er sie sympathisch und bittet um eine vertrautere Anrede: ›Fräulein Weiblich, darf ich nicht Irmela zu Ihnen sagen?‹ Antwort: ›Einverstanden, gern Dietmar!‹ Dazu ist nicht einmal ein Händedruck erforderlich. Nach heutiger Auffassung hat das Mädchen gleichfalls das Recht, einem ihm sympathischen jungen Mann Sympathie zu beweisen: ›Dietmar, nennen Sie mich doch einfach Irmela!‹ Ein kleiner, aber doch ein Schritt echter weiblicher Initiative.«

Das Beispiel verdeutlicht, was im Einleitungskapitel gesagt wurde: Umdenken und mitdenken auch und gerade in Sachen Benimm sind nötig. Daß eine Szene wie die hier beschriebene heute überholt wirkt, heißt nicht, daß wir einen Sittenverfall zu beklagen hätten. Es heißt lediglich, daß eine Gesellschaft kein statisches Gebilde ist, sondern ein lebendiger Organismus, der inneren und äußeren Einflüssen unterworfen ist und sich folglich ständig verändert.

## Ein Blick in die jüngere Geschichte

Die Beziehungen von Mensch zu Mensch haben nach dem Zweiten Weltkrieg zunächst einen Trend »weg vom Du« erfahren. Das änderte sich mit der sogenannten 68er Revolution. Nun wurde – zumal unter jungen Leuten – allenthalben geduzt, ja es kam zu einem regelrechten Duzzwang. Dabei war die vertrauliche Anrede weniger ein Zeichen von persönlicher Verbundenheit als vielmehr Merkmal der Dazugehörigkeit zum Kreis der neu Denkenden. Aus Angst, sich als Reaktionär zu erweisen, hat so mancher kräftig mitgeduzt, auch wenn ihm persönlich an den Menschen, die er oder sie nun duzte, nichts lag.

Im Laufe der siebziger Jahre hat sich diese Manie abgeschliffen, es wurde lockerer geduzt und lockerer anerkannt, wenn einer nicht mittun wollte. Bis in unsere Tage hat sich diese lockere Haltung gegenüber dem Du kaum verändert. Eine im Dezember 1993 durchgeführte Umfrage ergab: Der Mehrheit der 14- bis 19jährigen ist es »egal« ob sie gesiezt oder geduzt werden, doch findet sich auch in dieser Gruppe bereits ein gewisser Anteil, dem das Du »nicht angenehm« ist. Auch in der Gruppe der 20- bis 49jährigen finden sich mit 45% heute relativ viele, denen es »egal« ist, ob sie von gleichaltrigen Fremden geduzt werden. Erst in der Gruppe der über 50jährigen steigt der Anteil derer, die es mißbilligen, von Fremden ungefragt geduzt zu werden, deutlich an. Und die Hälfte der heute über 65jährigen hält das Duzen durch Fremde sogar für eine grobe Ungehörigkeit.

Das Du geht also heute vielen leichter von den Lippen, dennoch ist eine deutliche Unterscheidung zu treffen zwischen dem Du als erster Anrede und dem Übergang vom Sie zum Du, nachdem man sich etwas näher kennen gelernt hat.

Und schließlich sollte man aus dem aus Umfragen abzulesenden Trend nicht die falschen Schlüsse ziehen. Der neueste Spruch unter jungen Leuten lautet nämlich angeblich: »Wir verstehen uns so gut, wir sollten Sie zueinander sagen.«

Das Du als Ausdruck der Verbundenheit

Längst nicht immer ist das Du ein Gradmesser der Intensität der Verbindung. Simone de Beauvoir und Jean-Paul Sartre, eines der berühmtesten Paare dieses Jahrhunderts, haben sich bis zuletzt gesiezt.

Unbestritten ist für viele Menschen das Du Ausdruck besonderer Zuneigung und Verbundenheit, und sie würden gern vom offizielleren Sie zum Du übergehen – aber wie? Wer darf diesen Übergang vorschlagen? Früher hätte sich eine Frau, die einem Mann das Du anbot, gesellschaftlich unmöglich gemacht. Heute sieht man das längst nicht mehr so eng; selbstverständlich kann die Initiative, zum Du zu wechseln, sowohl von ihr als auch von ihm ausgehen. Es muß – außer bei einem sehr großen Altersunterschied – auch nicht unbedingt der Ältere sein, der den ersten Schritt tut. Viel wichtiger ist die innere Bereitschaft, und die sollte auf beiden Seiten erkennbar vorhanden sein. Sie zeigt sich möglicherweise dadurch, daß einem gelegentlich schon einmal ein Du herausgerutscht ist. Bemerkt man bei einem solchen Ausrutscher eine deutliche Irritation des Gegenübers, wird man das Du nicht anbieten, sondern vielmehr darum bemüht sein, daß einem der Patzer nicht noch einmal unterläuft. Andererseits kann es sehr gut sein, daß der Ausrutscher Anlaß ist, Nägel mit Köpfen zu machen, sprich, daß das Gegenüber die Gelegenheit beim Schopfe ergreift und sagt: »Bleiben wir doch beim Du.« In keinem Fall aber ist es verkehrt, den Schritt vorher gut abzuwägen.

#### Das kollektive Du

Es kann auch vorkommen, daß in einem bestimmten Kreis, etwa in einem Kurs bei der Volkshochschule, in einer Sportgruppe oder im Ferienclub ausgemacht wird, daß sich alle duzen. Dann sollte man sich nicht ausschließen. Doch die Situation innerhalb des Kurses und die Situation außerhalb sind zwei Paar Schuhe. Sowie man den Raum verlassen hat, der Skikurs oder die Ferien vorüber sind, kann man zur distanzierteren Anrede zurückkehren.

#### Das Du in fremden Sprachen

Das englische *You* bedeutet nicht, wie oft fälschlich angenommen, »Du«. Das echte Du – englisch *thou* (mit den zugehörigen Formen *thee, thine, thy*) – war im Altenglischen normaler Bestandteil der Sprache. Im Mittelenglischen wich es langsam zugunsten der Formen *ye, you, your, yours*, die dem deutschen Ihr, Euch, Euer entsprechen, nicht aber du, dich, dein. Die alten Formen finden sich beispielsweise bei Shakespeare und in der englischen Bibelübersetzung. Doch lediglich die Mitglieder der Glaubensgemeinschaft der Quäker benutzen sie noch heute untereinander. Die Briten sind also weit entfernt davon, sich alle miteinander zu duzen. Und man tut gut daran, etwa als Tourist, die britische Höflichkeitsregel Nummer eins zu beherzigen: »Lieber ein bißchen zuviel Distanz halten als zuwenig.«

Ganz anders dagegen die Italiener, die den Unterschied zwischen *tu* (du) und *Lei* (Sie) ja ebenfalls kennen. Sie sind nicht nur sehr viel schneller mit der vertraulichen Form bei der Hand, sie halten untereinander auch eine geringere Körperdistanz als die Engländer oder wir. *»Diamoci del tu«*, wörtlich: »Geben wir uns das Du«, ist ein oft gehörtes Angebot. Und niemand nimmt in Italien Anstoß, wenn man beispielsweise die Abschiedsformel *Arrivederci* benutzt, die eigentlich (das angehängte *ci* bedeutet »uns«) Duzfreunden vorbehalten sein müßte. Mit wem man per Sie ist, von dem müßte man sich korrekterweise mit *ArrivederLa* verabschieden. Geradezu bestaunenswert antiquiert und überformal erscheint in Italien, wer eine Gruppe kollektiv mit »Sie« und nicht mit »Ihr, Euch« anspricht.

## Grüßen und Begrüßen

Wer grüßt zuerst?

Wer grüßt wen zuerst? – lautet oft die bange Frage derer, die um gutes Benehmen bemüht sind.

Im privaten Umgang heißt die Antwort heute schlicht und einfach: Wer den anderen zuerst sieht und erkennt, der grüßt zuerst. Und das wird in der Praxis oft darauf hinauslaufen, daß beide gleichzeitig grüßen. Machte sich früher eines Verstoßes gegen die guten Sitten schuldig, wer versäumte, zuerst zu grüßen, obwohl er dazu nach Stand, Geschlecht oder Alter verpflichtet gewesen wäre, so macht sich heute lächerlich, wer krampfhaft auf den Gruß des bereits ins Auge gefaßten Bekannten wartet.

Die alte Regel, daß der Niedrigergestellte den Ranghöheren zuerst zu grüßen habe, hat sich im Berufsleben allerdings erhalten. Der Auszubildende grüßt also den Chef zuerst, ebenso die Angestellte die Abteilungsleiterin. Wer einen geschlossenen Raum betritt oder verläßt, grüßt ebenfalls stets als erster – das gilt für die Dame wie für den Herr.

Man kann nur erwarten, gegrüßt zu werden, wenn man dem Entgegenkommenden auch Gelegenheit zum Gruß gibt, indem man ihn anschaut.

Zwei Paare begrüßen sich. Stehen die Damen wie hier rechts neben dem Herrn (eine alte Regel, die langsam an Bedeutung verliert), läßt sich unnötiges Vor- und Zurückziehen schnell vorschießender Hände vermeiden, wenn wir die bewährte Reihenfolge beachten: Zuerst reichen sich die Damen die Hände

... dann die Damen den Herren ...

... und zum Schluß begrüßen sich die Herren

WEN GRÜSST MAN?

Wen man eigentlich grüßt und wen nicht, ist keineswegs eine dumme Frage. Denn grüßen heißt ja nicht begrüßen.

Grüßen kann man stumm, mit einem Lächeln und einem kurzen Kopfnicken, einer ganz leicht angedeuteten Verbeugung oder auch durch Entbieten der Tageszeit, mit oder ohne persönlicher Anrede (»Guten Tag!«, »Grüß Gott, Frau Meier!«). Heute ist, zumal unter jungen und jüngeren Leuten, auch ein »Hallo« durchaus üblich.

Man grüßt in der Öffentlichkeit, auf der Straße oder in irgendeinem Gebäude, den Menschen, der einem bekannt ist, sei es, daß man ihn namentlich kennt, sei es, daß man ihn vom häufigen Sehen kennt, ohne unbedingt den Namen zu wissen. Menschen, die jeden Morgen auf dem gleichen Gleis auf die gleiche S-Bahn warten, mit der sie zur Arbeit fahren, erkennen sich wieder und können sich grüßen. Wenn sie es tun, ist es eine freundliche Geste, verpflichtet dazu ist man aber nicht.

Kennt man den Namen der zu grüßenden Person, so sagt man ihn dazu, wenn die Person nicht in Begleitung anderer (Ihnen unbekannter) Personen ist und nicht so weit weg ist, daß man schreien müßte. Sind Fremde in Begleitung eines uns bekannten Menschen, entbietet man also der ganzen Gruppe einen Gruß. Sieht man einen Bekannten am anderen Ende des Foyers im Theater, grüßt man durch Kopfnicken, leichte Verbeugung oder ein Handzeichen und ruft ihm keinen Gruß quer durch den Raum zu. Den völlig Fremden in der Masse der Großstadt grüßt man selbstverständlich nicht – wo wollte man da aufhören? Doch gibt es Orte, die auch den völlig Fremden veranlassen zu grüßen. Auf Waldspaziergängen beispielsweise grüßen sich die Wanderer häufig, obwohl sie sich nie vorher begegnet sind.

Wer einen Raum betritt, in dem sich Menschen befinden, grüßt allgemein durch Entbieten der Tageszeit.

Die Mitreisenden in kleinen Zugabteilen – die ja mehr und mehr den Großraumwagen weichen – grüßt man, wenn man das Abteil betritt, von den Mitreisenden in Großraumwagen und Flugzeugen grüßt man nur die Sitznachbarn. Im Flugzeug erwidert man den Gruß der am Eingang stehenden Stewardessen und Stewards.

### Zieht der Herr den Hut?

Das Ziehen des Hutes bleibt eine höfliche Geste. Doch ist es heute – sofern der Herr überhaupt einen Hut trägt – auch erlaubt, mit einem kurzen Antippen an die Krempe zu grüßen, zumal wenn sich zwei Herren ohne Damenbegleitung begegnen. Außerdem wird niemand verlangen, daß ein Herr den Hut zieht, der bei stürmischem Regenwetter einen Schirm in der einen und eine Tasche in der anderen Hand hat.

In geschlossenen Räumen sollten Hut oder Mütze abgenommen werden. Im Kaufhaus, Supermarkt, Bus oder Zug – kurz: größeren öffentlichen Räumen – kann es jeder halten, wie er mag.

Übrigens zieht der Herr nur den Hut. Jede andere Kopfbedeckung, ob Mütze, Kappe oder zu einer Uniform gehörende Kopfbedeckung, braucht nicht gelüpft zu werden.

### Begrüssung per Handschlag

Der Gruß per Handschlag wird nicht nur in der Öffentlichkeit immer seltener. Auch viele Arbeitskollegen grüßen sich nicht mehr per Handschlag. Wo man sich sehr häufig oder regelmäßig begegnet, weicht der Handschlag dem allgemeinen Gruß. Doch es gibt auch Ausnahmen: Man verabschiedet sich unter Umständen vom Arbeitskollegen per Handschlag, ehe man in Urlaub fährt, man reicht dem Kollegen die Hand, der nach langer Krankheit zum ersten Mal wieder zur Arbeit kommt, usw.

Höflich, aber kein Muß mehr: das Ziehen des Hutes (Bild links)

Auch den Handschuh braucht man heute bei der Begrüßung nicht mehr auszuziehen

Auf der Straße wird man sich nur per Handschlag begrüßen, wenn man stehenbleiben und ein wenig plaudern will, doch selbst dann ist der Handschlag nicht notwendig. Auch die Regel, man habe im Winter vor der Begrüßung den Handschuh auszuziehen, ist heute nicht mehr gültig. Einzige Ausnahme: Der ältere Gesprächspartner macht es so vor.

Üblich ist die Begrüßung durch Handschlag zwischen Gästen und Gastgebern im weitesten Sinne. Das kann von einem freundlichen Kopfnicken begleitet werden, der Herr kann auch eine Verbeugung vor der Dame und dem wesentlich älteren Herrn andeuten. Die Dame dagegen wird heute (auch wenn sie sehr jung ist) auch vor der wesentlich älteren Dame nicht knicksen.

### Wer reicht zuerst die Hand?

Noch heute gilt die Empfehlung: Der/die wesentlich Jüngere wartet, ob ihm/ihr die Hand gereicht wird. Der Herr wartet, ob ihm die Dame die Hand reicht. Doch wird auch das heute lockerer gesehen. Ein älterer Mensch wird wohl kaum mit gestrengem Blick die ihm enthusiastisch hingestreckte Hand des jungen Menschen übersehen. Im Gegenteil, es erscheint aus heutiger Sicht eher unhöflich, wer einen anderen zappeln läßt, der ihm freundlich eine Hand entgegenstreckt.

### Wie reicht man die Hand?

Auch das ist eine keineswegs lächerliche Frage. Es gibt nämlich unterschiedliche Handschlagstypen, und keineswegs alles, was man da erlebt, ist angenehm.

Die meisten Menschen strecken sich die Hände entgegen, die Hände liegen einen kurzen Moment fest ineinander, während man seinen Gruß spricht, dann löst man sie wieder. So sollte es sein. Manche Menschen neigen dazu, einem die Hand so zögerlich zu reichen, daß man nur die Finger zu fassen bekommt, andere wieder lassen einfach nicht wieder los, sie schütteln und reden dabei auf einen ein – nehmen wir es als ein Zeichen ihrer Zuneigung.

Wirklich unangenehm sind zwei andere Typen: Die einen scheinen einem statt der Hand einen wattegefüllten Handschuh an einem nicht fixierten Kugelgelenk zu reichen. Bei den anderen dagegen hat man den Eindruck, die Hand in einen Schraubstock gesteckt zu haben. Man sollte sich selbst kritisch daraufhin überprüfen, ob man zur Kategorie der »Schlabberhändigen« oder zu der der »Handquetscher« gehört – und schleunigst etwas dagegen unternehmen, wenn es so ist.

Eine besonders herzliche Form des Handschlags ist der beidhändige Gruß, der meist nur von einem ausgeführt wird, der eine besondere Verbundenheit ausdrücken möchte. Man reicht sich die Hände, und der eine oder der andere legt noch die Linke dazu.

### Der Handkuss

Vielen gilt er längst als »verstaubt«, andere empfinden ihn als elegante Form der Begrüßung: Beim Handkuß scheiden sich häufig die Geister.

In einem knapp zwei Jahrzehnte alten Benimmbuch war dazu zu lesen: »Nicht überall ist der Handkuß üblich. Man richtet sich daher nach der Umgebung, in der man ist, zum Beispiel im Ballsaal, auf großen Empfängen. Wichtig ist aber zu wissen, daß ein Handkuß nur den verheirateten Frauen zukommt. Begrüßt man eine Dame mit Handkuß, haben alle verheirateten Damen des Kreises, die diese Grußszene beobachten konnten, ein Anrecht darauf, in derselben Form begrüßt zu werden!«

Dieser Etikettevorschrift zufolge hätte die 20jährige Ehefrau Anspruch auf den Handkuß, die 40jährige ledige Professorin jedoch nicht. Daß das heute keinen Bestand mehr haben kann, sieht man auch in Kreisen, in denen man den guten alten Handkuß pflegt.

Üblich ist er vor allem bei gesellschaftlichen Anlässen, und wichtig ist die richtige Ausführung. Zum Handkuß neigt sich der Herr über die Hand der Dame und nähert seine Lippen dem Handrücken, ohne diesen zu berühren. Dabei werden die Lippen weder gespitzt, noch deuten diese gar einen Kuß akustisch an. Deshalb ist der Handkuß auch dann erlaubt, wenn die Dame Abendhandschuhe trägt.

Der Handkuß, bekanntlich kein Kuß, sondern eine tiefe Verbeugung des Herrn über die leicht angehobene Grußhand der Dame, hat noch immer seine Freunde auf beiden Seiten. Jüngere Menschen lehnen ihn meist strikt ab

## Mehr als nur ein Händedruck: Umarmung – Akkolade – Bruderkuß

Aus Frankreich, Italien und Spanien haben wir in jüngerer Zeit Grußformen übernommen, die sich immer größerer Beliebtheit erfreuen. Da ist zunächst die sogenannte Akkolade – einst die feierliche Umarmung, mit der ein Neuling in den Ritterorden aufgenommen wurde. Sie gilt heute als eine Begrüßungsform unter Freunden und Bekannten im weitesten Sinne und ist längst nicht mehr bloß der sogenannten Schickeria vorbehalten, die freilich Vorreiter für diese Wange-an-Wange-Form des Grußes war, bei der aber dennoch ein gewisser Abstand gehalten wird.

Zwischen zwei Frauen oder zwischen Frau und Mann sieht man die Akkolade häufig. Zwischen zwei Männern ist sie bei uns seltener zu beobachten. Eher noch sieht man bei Männern eine herzliche Form der Begrüßung, bei der die beiden sich die rechte Hand reichen und die linke dazu auf die Schulter des anderen legen oder ihm leicht auf die Schulter oder gegen den Oberarm schlagen.

Mit einer Akkolade (teils in Verbindung mit einem Kuß) begrüßen sich befreundete Damen ...

... oder auch Herren und Damen

Befreundete Männer bevorzugen meist diese Form der »kumpelhaften« Begrüßung

Wirklich auf die Wange geküßt wird nur in Ausnahmefällen. Die Damen wissen, warum: Sie tragen meist Lippenrot, und da es wirklich kußechte Lippenstifte noch nicht gibt, halten sie wenige Millimeter Abstand. Dazu haucht man vor allem in Süddeutschland: »Bussi, Bussi«. Gegenüber gänzlich fremden Menschen und auch im Berufsleben ist die Akkolade fehl am Platz.

Die Sitte der Umarmung mit Kuß geht zurück bis in die Frühgeschichte des Christentums. Sie soll entstanden sein, als sich Christen wortlos begegneten, wenn Gefahr bestand, daß ihre Verfolger auf sie aufmerksam wurden.

## »Fräulein«, »Frau« oder »Gnädige Frau«?

In dieser Frage geht es weder um Aussehen noch Ansehen, noch um das, was sie darstellt. Es geht darum, wie eine Frau angeredet wird. Worauf kommt es an, wann stimmt die eine oder die andere Anrede? Ist »Gnädige Frau« ein alter Zopf, der nicht mehr in unsere Zeit paßt, Verlegenheitslösung, Bereicherung der Anredeformen?

ALTE BEGRIFFE ÄNDERN IHREN SINN

Viele Anredeformen haben ihren Ursprung in der höfischen Etikette. So beispielsweise das »Fräulein«, das einst eine *vrouwelin,* eine junge Frau *(vrouwe)* vornehmen, adligen Standes war. Man denke an Gretchen, das dem Faust antwortet: »Bin weder Fräulein, weder schön«, womit sie nicht meint, daß sie eine verheiratete Frau sei, vielmehr belehrt sie Faust mit diesem Vers darüber, daß sie nicht von Adel ist.

Erst seit der Wende vom 18. zum 19. Jahrhundert bezeichnete der Begriff auch die bürgerliche junge Frau, noch später die ledige, auch ältere ledige Frau. Schließlich setzte sich der Begriff endgültig als Bezeichnung für die ledige Frau durch. Jeder wußte sofort: Diese Frau ist nicht verheiratet.

Dieser Bedeutungswandel des Begriffes Fräulein ist der springende Punkt. Seit der Begriff Auskunft über den Familienstand vermittelt und Frauen für sich Gleichberechtigung in Anspruch nehmen, lehnen viele die Anrede Fräulein ab. Schließlich haben wir ja auch schon lange die eine diesbezügliche Auskunft erteilende Anrede für den Mann abgeschafft, und zwar so lange und gründlich, daß kaum noch einer weiß, wie denn das korrekte Gegenstück zum Fräulein heißt: Junker nämlich *(junc herre)*, und nicht »Herrlein«. Möglicherweise werden wir eines Tages das Fräulein ebenso vergessen haben wie den Junker.

Frau ist, was sie ist, aufgrund eigener Entscheidung und Leistung, nicht aufgrund einer Eheschließung. Ob eine Frau Wert darauf legt, ihre Position als Ledige oder Verheiratete jedem bekannt zu machen, hat allein sie zu bestimmen, und sonst niemand. Möchte sie mit »Fräulein« angesprochen werden, so hat sie von sich aus darum zu bitten. Dieser Bitte ist dann entgegen der üblichen Anredeform »Frau« nachzukommen. Nach ihrem Familienstand zu fragen, und sei es unter dem Deckmäntelchen, doch nur korrekt oder höflich sein zu wollen, ist unangebracht. Die Frage nach dem Familienstand steht nur einer Behörde zu.

FÜR UND WIDER »GNÄDIGE FRAU«

Mit dem Wandel der Umgangsformen haben sich die Voraussetzungen für die Anrede »Gnädige Frau« entscheidend geändert. Einst war sie ein Gebot, war sie höchstes Glück der nicht zum Kreis der Bevorzugten der höfischen Gesellschaft gehörenden Damen, die weder Anspruch auf Anreden wie »Eure Majestät«, »Eure Hoheit«, »Eure Durchlaucht«, »Gräfin«, »Baronin« hatten.

Heute ist »Gnädige Frau« nicht mehr und nicht weniger als eine schöne Arabeske, bald Ausdruck einer betont höflichen Begrüßung, bald der Hochachtung, längst nicht mehr allein verheirateten Frauen vorbehalten, sondern unverheirateten, die sich durch ihre Persönlichkeit im beruflichen oder gesellschaftlichen Leben auch ohne Ehemann behaupten, ebenfalls zuerkannt.

Für Männer, die durch ihre berufliche oder gesellschaftliche Stellung viele Bekanntschaften machen, ist es sehr schwer, sich alle Namen zu merken. Die Anrede »Gnädige Frau« ist also nicht nur bei schlechtem Namensgedächtnis eine willkommene Ausweichmöglichkeit. Aber auch daran ist nicht zu deuteln: mit der Anrede Frau und Familiennamen läßt sich ganz gewiß ein höheres Maß an Achtung, Sympathie oder auch Verehrung zum Ausdruck bringen als durch ein manchmal abgedroschen wirkendes, oberflächlich geschnarrtes »Gnä' Frau«!

Es kommt im allgemeinen selbst den Frauen, die die Anrede »Gnädige Frau« gern hören, weniger darauf an, ob sie so oder mit »Frau« und Namen angeredet werden. Die meisten Frauen haben ein sehr feines Gespür dafür, ob der Mann »Gnädige Frau« als Verlegenheitslösung verwendet, als die leere Floskel des Gleichgültigen oder Gedankenlosen oder im Bewußtsein, damit mehr auszudrücken als den alltäglichen Gruß.

### Der Familienname

Im Sinne des schon in einem früheren Kapitel formulierten Grundsatzes »Weniger Formen – mehr Takt« ist die Anrede mit Familiennamen in jedem Falle richtig. Es gibt heute keine Verpflichtung mehr, hier diese und dort jene Ausnahmeform zu wählen.

Vielleicht stirbt eines Tages die Anrede »Gnädige Frau« wie viele vor ihr aus, wie etwa »Hohe Frau«, »Frau Gevatter« oder »Frau Rat« (zu Goethes Zeiten selbstverständliche Anrede für die Frau eines wirklichen Rates). Dann aber schwindet sie mit dem Zug der Zeit wie der Junker und das Fräulein, das, wie erwähnt, inzwischen »out« ist – übrigens auch beim Ruf nach der Serviererin!

Wer Umgangsformen so versteht und anderen gern Freude bereitet, der wird immer begrüßen, daß es nicht nur eine Form gibt, die immer richtig ist, sondern auch Nuancen, die anzuwenden jedem freigestellt ist.

## Vom Kennenlernen

Früher wäre ein heranwachsendes Mädchen oder eine Frau auf der Suche nach einer Straße in einer ihr fremden Gegend, hätte sie zum Fragen kein weibliches Wesen getroffen, unter Umständen stundenlang umhergeirrt. Sie durfte sich an keinen Mann wenden. Der Besuch einer Gaststätte ohne männliche Begleitung war »unmöglich«. Selbst einen Wartesaal mußte sie wieder verlassen, wenn sie alle Tische männlich besetzt vorfand.

Heute wird sie vielleicht, solange sie die Wahl hat, lieber am Tisch einer Frau um einen freien Platz bitten. Es ist jedoch längst kein Anstandsverstoß mehr, sich mit einer so verständlichen Frage an einen Mann zu wenden: »Ist dieser Platz noch frei?«.

Fremde einfach anzusprechen ist noch immer der riskanteste Weg, um eine Bekanntschaft zu machen. So muß der Mann, der eine Unbekannte anspricht, damit rechnen, daß ihm eine Abfuhr erteilt wird. Ebenso ergeht es dem Mädchen und der Frau, wenn sie sich an einen Fremden wenden.

Heutige Umgangsformen verneinen eine rücksichtsvolle, taktvolle Aktivität beider Geschlechter natürlich nicht mehr – um so energischer dagegen die plumpe Zudringlichkeit jener, die sich aus einem selbst gewählten Risiko nicht sofort taktvoll wieder zurückziehen, wenn ihre Annäherung nicht akzeptiert wird.

Eine nett vorgebrachte Bitte oder Frage gilt aber ebensowenig als Herausforderung wie das nett vorgebrachte Nein. Sympathie läßt sich nun einmal nicht erzwingen.

## Vorstellen oder bekannt machen?

Zwischen Vorstellen und Bekannt machen wurde früher sehr streng unterschieden: Vorgestellt wurden einander Personen ungleichen Ranges oder auch auf eine gewisse Distanz ein einzelner einer ganzen Gruppe, beispielsweise ein Referent den Zuhörern; miteinander bekannt machen konnte und durfte man früher nur Gleichrangige. Die Aufgabe, vorzustellen und bekannt zu machen, oblag dem Hausherrn. Obgleich auch in diesem Bereich vieles heute längst nicht mehr so strikt gehandhabt wird wie früher, gilt es doch noch immer ein paar Dinge zu beachten.

Immer dann, wenn wir Bekannten zusammen mit Unbekannten begegnen - sei es auf der Straße, bei einer Geselligkeit, in Theater, Konzert, Restaurant, bei Party oder Ball, beim Sport oder in den Ferien - werden diejenigen, die sich noch nicht kennen, miteinander bekanntgemacht. Hier brauchen wir nicht zwischen »Persönlichkeiten« und »normalen Personen« zu unterscheiden. Es werden *Menschen* miteinander bekannt gemacht. Wir achten allerdings den bedeutend Älteren, indem wir den Namen des Jüngeren, und die Frau, indem wir den Namen des Mannes jeweils zuerst nennen.

WER WIRD BEKANNT GEMACHT?

Hat man beispielsweise zwei Ehepaare oder mehrere Singles zum Abendessen eingeladen, die einander noch nicht kennen, so ist man auch heute als Gastgeber - ob männlich oder weiblich - verpflichtet, sie einander vorzustellen beziehungsweise miteinander bekannt zu machen. Man sollte bei einem so kleinen Kreis nicht erwarten, daß die Gäste das untereinander selbst tun; angenehmer ist es für sie in jedem Falle, wenn der Gastgeber aktiv wird.

Vorgestellt im strengen Sinn wird »auf Distanz« und auch in der Firmenhierarchie. Der Fernsehreporter stellt seinen Gesprächspartner selbstverständlich dem Publikum vor; denn er kann bei allen Möglichkeiten der elektronischen Übertragungstechnik keine persönliche Bekanntschaft zwischen zwei Menschen vermitteln. Auch in einer Versammlung wird der Referent den Zuhörern, in einem Hörsaal der Dozent den Studenten vorgestellt.

WER WIRD WEM VORGESTELLT?

Trifft man sich dann anschließend im kleinen Kreise zum Beispiel zum Essen, dann wird - da bisher nur eine einseitige Vorstellung erfolgt ist - miteinander bekannt gemacht, oder man macht sich, an einer größeren Tafel, mit den Tischnachbarn selbst bekannt.

Eine Vorstellung »auf Distanz« findet auch bei den vom Protokoll geregelten großen Empfängen der Bundesregierung oder großen Unternehmen statt. Wo tausend Personen vorbeidefilieren wie dort, wo dem Präsidenten, Vorsitzenden, Jubilar oder Ehrengast »nur« hundert, kurzum Fremde in großer Zahl namentlich vorgestellt werden, wird nicht wirklich Bekanntschaft geschlossen.

Auch im Berufsleben wird nach wie vor vorgestellt, wenn der »Rang« der Beteiligten in der Firmenhierarchie unterschiedlich ist. Vorgestellt wird also der Azubi dem Abteilungsleiter, der neue Mitarbeiter dem Firmenchef usw.

Wie wird vorgestellt?

Respekt erweist der Vermittelnde, indem er die Namen wesentlich Jüngerer zuerst und den Namen des Herrn vor dem der Dame nennt, wobei er deutlich spricht und keinesfalls nuschelt, denn die neuen Bekannten sollen sich anschließend auch mit dem Namen anreden können. Damit sie gleichzeitig Anknüpfungspunkte für ein Gespräch haben, werden beim Bekanntmachen nach Möglichkeit Titel, Berufsbezeichnungen oder Verwandtschaftsbeziehungen hinzugefügt. Beispiele:

»Darf ich bekannt machen: Herr Dr. Schulze, Verwaltungsdirektor beim hiesigen Krankenhaus, Frau Meier, Studentin der Soziologie.« – »Herr Wolfgang Schneidermacher, angehender Bankkaufmann, Herr Schuster, Inhaber des Textilhauses Schuster und Söhne« – »Frau Gudrun Kaufmann, Technische Assistentin, Frau Schmidt, die Frau unseres ältesten Sohnes, unsere (Schwieger-) Tochter« – »Angelika Klein, eine Schulfreundin unserer Sibille« – »Herr Groß, Sibilles Onkel aus Luzern«.

Bei jungen Leuten nennt man gelegentlich auch nur Vor- und Nachnamen, sind sie schon etwas älter, gehört »Frau« beziehungsweise »Herr« dazu.

Werden Ehepaare miteinander bekannt gemacht, so werden erst die Namen genannt, anschließend gibt der Vermittelnde die Informationshinweise: »Darf ich bekannt machen: Herr und Frau Schulze – Herr und Frau Maier. Herr Schulze ist Mitinhaber meiner Firma, seine Frau hat ein Spezialgeschäft für Keramik. Herr Maier ist Professor der Chirurgie an der Universitätsklinik, Frau Maier ist Mutter von drei prächtigen Mädchen.«

Sind aber bereits fünf Leute versammelt und kommt als nächster ein einzelner Gast oder noch ein Ehepaar hinzu, dann kann man heute, ohne etwas falsch zu machen, die Gäste rundum der Reihe nach vorstellen, und zwar zunächst den einzelnen oder das Paar der ganzen Gruppe, dann die Mitglieder der Gruppe dem einzelnen beziehungsweise dem Paar.

Nicht mehr üblich sind die früheren Redensarten »Angenehm!«, »Sehr erfreut«, »Hab' die Ehre!« Wir grüßen vielmehr mit Tageszeit und Namen des neuen Bekannten.

Für diese Empfehlung gibt es zwei gute Gründe: Erstens klingt es schöner. Zum zweiten – und das ist der wichtigere Grund – prägt man sich einen Namen, den man selbst schon einmal laut ausgesprochen hat, besser ein. Und darum geht es ja beim Bekanntmachen. Jeder soll wissen, wie der andere heißt. Deshalb ist es auch sehr wichtig, daß der Gastgeber, wenn er seine Gäste miteinander bekannt macht, die Namen deutlich ausspricht.

WENN MAN DEN NAMEN NICHT VERSTANDEN HAT

Was tun, wenn man bei der Vorstellung den Namen nicht verstanden hat? In diesem Fall ist es sinnvoll und durchaus erlaubt, sofort nachzufragen. Möglicherweise kann man verbunden mit der Frage ein Gespräch über die Herkunft oder die Bedeutung des Namens anknüpfen. Den wenigsten Menschen ist es unangenehm, wenn man sie genauer über ihren Namen ausfragt. Schließlich bekundet der Frager damit ja sein Interesse an der Person des Gegenübers.

Selbstverständlich darf man sich auch nach der korrekten Schreibung des Namens erkundigen. In jedem Fall versucht man, sich den soeben genannten Namen einzuprägen und zu benutzen, wenn man mit dem/der neuen Bekannten spricht. Übrigens darf man ein Gegenüber auch korrigieren, wenn der eigene Name falsch ausgesprochen oder mit dem Namen eines anderen verwechselt wird.

AUFSTEHEN ODER SITZEN BLEIBEN?

Findet die Begrüßung zwischen bereits sitzenden und neu hinzugekommenen Gästen statt, so ist es üblich, daß die Herren aufstehen, gleichgültig, ob ein anderer Herr, eine Dame oder ein Paar hinzugekommen ist. Sitzen bleiben dürfen Damen und sehr alte Herren. (Man wird bemerken, daß es selten geschieht, daß ein Herr sitzen bleibt, wenn eine Dame dazukommt. Kein Herr möchte ein sehr alter Herr sein.) Auch wenn es ihnen die »Umgangsregeln« nach wie vor zugestehen – viele Frauen finden es inzwischen nicht mehr zeitgemäß, sitzen zu bleiben. Neuankömmlinge durch Aufstehen respektvoll zu begrüßen, ist sicher nicht falsch. Dies gilt um so mehr, wenn ein älterer Herr oder eine ältere Dame den Raum betreten.

SICH SELBST VORSTELLEN

Ist niemand zugegen, der vorstellt oder bekanntmacht, darf man es selbst tun. Nach alter Etikette durften nur Herren sich selbst vorstellen, und zwar ohne Nennung des akademischen Grades, des Adelstitels oder der Stellung. Heute gibt es so viele, auch bewußt alleinstehende Frauen, daß diese Regel nicht nur unsinnig, sondern unhaltbar geworden ist. Sollen etwa zwei Frauen auf einer Party dastehen und angestrengt aneinander vorbeischauen, statt sich miteinander bekanntzumachen und ein interessantes Gespräch miteinander zu führen? Sich selbst mit Titel vorzustellen ist allerdings nach wie vor kein Zeichen guter Kinderstube.

Beim selbst Vorstellen nennt der Herr seinen Namen, entweder nur den Nachnamen oder Vor- und Zunamen. Er kann das mit einer Formel verbinden: »Erlauben Sie, daß ich mich vorstelle?«, »Darf ich mich bekanntmachen?«. (»Gestatten« hingegen wirkt heute verstaubt.) Er kann es auch in der ganz knappen Form tun und nur den Namen nennen. Die Dame hat etwas mehr Auswahl. Sie kann sich, ob mit oder ohne Formel, als »Meier« vorstellen oder als »Anna Meier«. Sie kann zu beiden Versionen »Frau« hinzusetzen, während die Formel »Ich bin *Herr* Meier« nie üblich war und auch heute als unschön gilt. Bei einem Ehepaar wird einer der beiden das Vorstellen übernehmen und dann hinzufügen: »Und das ist mein Mann«, »das ist meine Frau«.

Ist das Paar unverheiratet, bleibt es den beiden überlassen, ob sie sich als Lebensgefährten zu erkennen geben wollen, etwa indem der Mann »meine Freundin (meine Lebensgefährtin), Frau Erika Meier« und dann sich selbst mit eigenem Namen vorstellt, oder ob sie das nicht unbedingt zeigen wollen.

## Anrede mit oder ohne Titel

Früher war der Staatsdiener, Beamter wie Offizier, kraft seines Titels oder Ranges gewissermaßen immer im Dienst, mit allen Vor- und Nachteilen auch für sich selbst. Titel und Rang waren Teil des Systems, das Menschen in Herrschende sowie wichtige und weniger wichtige Untertanen unterschied. Daraus entwickelte sich in Deutschland in Zeiten der Kleinstaaterei eine Überbewertung von Rängen und Titeln, deren letzte Reste sich weit länger als in Gesetzen und Verordnungen in unseren Umgangsformen noch erhalten haben.

Aufgrund der an sich positiven Einstellung nicht allein des preußischen Beamten, der seine Familie verpflichtete, sich seiner Aufgabe im Dienst des Staates würdig zu erweisen, wurde zum Beispiel die Frau des Kanzleirates allgemein mit »Frau Kanzleirat« angesprochen. »Frau Pfarrer« wie »Frau Doktor« waren Folge ähnlicher Zusammenhänge.

Erst als mit der fortschreitenden Emanzipation der Frau auch weibliche Räte in Verwaltungen und Schule einziehen beziehungsweise promovieren konnten, setzte sich – sehr langsam – die Auffassung durch, Ehepartner nur dann mit Titel oder Grad anzureden, wenn diese das Anrecht dazu durch Amt oder Universität auch selbst erworben hatten.

Heute setzt sich das Prinzip »Wer auf nur förmliche Autorität verzichtet, gewinnt an persönlicher Autorität!« immer mehr durch. Durch Beschlüsse fortschrittlich denkender Gremien, wie zum Beispiel des Berliner und des Bremer Senats, aber auch schon zahlreicher anderer, gilt die Anrede mit Titel heute selbst im Einflußbereich von Behörden und Ämtern, wie es in der Berliner Beschlußfassung heißt, als »unerwünscht«.

Auch wird schon seit Jahren im privaten und geselligen Bereich auf Wunsch des einzelnen mehr und mehr auf eine Anrede mit Titel verzichtet.

Titel behalten selbstverständlich auch weiterhin ihre ursprüngliche Bedeutung, wo es nämlich sinnvoll ist, Auskunft zu geben über Position (Generaldirektor, Vorsitzender), berufliche Funktion (Notar, Pfarrer, Lehrer) oder akademische Qualifikation (Dr. phil., Professor). Und so sind sie notwendig als orientierende Information nicht nur in Ämtern, in Behörden und in der Wirtschaft, sondern auch beim Bekanntmachen im privaten und geselligen Bereich.

### Wie Reden begonnen werden

Für Redner setzt sich immer mehr die internationale Anredeform »Sehr geehrte Damen und Herren!« durch, die im Deutschen der französischen (»Mesdames et Messieurs!«) und der englischen (»Ladies and Gentlemen!«) entspricht.

Gegen die bei uns auch noch verbreitete Anrede »*Meine* sehr verehrten Damen, meine Herren!« wird immer wieder vorgebracht, daß sie der Gepflogenheit von Monarchen entstamme und daß in diesem Zusammenhang »Meine Herren!« ein Unterstellungsverhältnis ausdrücke, mit dem der Redner einen Teil der Zuhörer verletzen könnte. Wer unter seinen Zuhörern solche Überlegungen für möglich hält, wird daher allen Anfechtungen aus dem Wege gehen, wenn er seine Ansprache mit »Sehr verehrte Damen und Herren!«, »Verehrte Gäste« oder auch, im vertrauten Kreis, mit »Liebe Gäste« beginnt.

Aus dem Jahre 1966 stammt ein in seiner Gründlichkeit erschreckendes Buch über Anreden. Es enthält nicht weniger als 1.500 Amtsbezeichnungen und Titel bis zur »korrekten Anrede« an einen gewählten Vertreter der Heiterkeit, den Prinzen Karneval.

Nicht weniger erschreckend ist, in seiner Vielfalt des Abstufens von Allerhöchsten, Hohen und Niederen, das mehrbändige Genealogische Handbuch des Adels. In einem schmalen Bücherschrank nimmt es nahezu ein ganzes Fach ein. Beide Werke decken, auch über ihren historischen Wert hinaus, noch immer einen Bedarf zum Beispiel bei Unternehmen mit internationalem Zuschnitt. Viele Firmen lassen es sich etwas kosten, der Gefahr vorzubeugen, einen Interessenten oder gar Kunden durch eine falsche oder fehlende Titelanrede zu verlieren.

Es gibt noch Adlige, die aus ihrer Herkunft die Verpflichtung zu besonderer Leistung ableiten und dafür sogar Opfer bringen, in welchem Beruf auch immer. Es gibt noch große Familien, die vorbildhaft zusammenstehen, um dem Ruf des Namens, den einer der Vorväter zum Klingen gebracht hat, in unserer Gegenwart durch besondere Leistungen für die Gesellschaft zu entsprechen.

Ein Bismarck als Intendant eines Rundfunksenders verdient den Respekt aller, denen seine Leistung etwas gab, auch über seine Amtszeit hinaus. Sein Sohn schon muß sich Ansehen, Achtung oder gar Hochachtung selbst erwerben. Ein Bismarck, der auf dem Besitz seines Ahnen Korn brennt, ist, wie jeder Kornbrenner, allein an seinen persönlichen Qualitäten einzuschätzen. Diese können – theoretisch – denen des Intendanten oder gar denen des großen Ahnherrn entsprechen. Auf keinen Fall kann jedoch der Träger des Namens von Bismarck Respekt, Hochachtung oder gar Verehrung allein deshalb beanspruchen, weil sich Otto von Bismarck vor einem Jahrhundert um Deutschland verdient gemacht hat.

Solcher Erkenntnis wollte wohl eine Gesetzesregelung im Zusammenhang mit der Weimarer Verfassung (1919) entsprechen. Sie beseitigte für Deutschland den Anspruch auf Anreden wie »Königliche Hoheit«, »Großherzogliche Hoheit«, »Durchlaucht«, »Erlaucht« usw. Der Einfluß der Adelsvertretungen setzte es damals aber durch, daß ein Lehrer gezwungen werden konnte, einen Prinzen mit »Prinz von ...« anzureden.

Bestimmte Adelsprädikate sind, wie es in der Weimarer Regelung heißt, »zum Bestandteil des Namens« geworden. Und in unserer demokratischen Gesellschaft kann jedermann, ob adlig oder bürgerlich, auf korrekte Anrede mit seinem Namen bestehen! »Prinz von X« sagt seitdem aber im Prinzip dasselbe aus wie »Graf Y«, »Baron Z«, »ten Hoff«, »van der Meulen«, »Müller« oder »Schulze«.

Die logische Konsequenz wäre nun, den Grafen Y heute mit »Herr Graf Y« anzureden und sich dabei zwischen »Graf« und »Y« einen Bindestrich zu denken wie im Namen »Schulze-Vorberg«; denn »Schulze« ist in diesem Beispiel auch nur ein Teil des Namens. Da diese Anrede jedoch der alten Anrede von Untergebenen (»Herr Graf«) entsprach, hat sich die Anrede »Graf Y« oder einfach »Graf« (ohne »Herr«) durchgesetzt.

Nicht zuletzt zur Unterscheidung ist diese Regelung sinnvoll, denn es gibt ja Menschen, deren Nachname »Graf« lautet, ohne daß sie Graf oder Gräfin und von Adel wären. »Herr/Frau Graf« lautet dann die Anrede. Es wäre also folgende Situation denkbar: »Graf Landsberg, darf ich Sie mit Herrn Graf bekanntmachen?«

Bei Nennung des vollen Namens gehört das Adelsprädikat zwischen Vor- und Zunamen: Heinrich Graf Langsfeld, Beata Baronin Schöndorf, Adolph Freiherr Knigge.

Heute ist niemand zu einer bestimmten Titelanrede gezwungen. Jeder darf den Grad des Abstands, des Respekts oder der Verehrung aus sich heraus bestimmen. Es gilt aber nach wie vor als höflich, wenn Nicht-Titelträger bei der Anrede den Titel verwenden.

Auch die Listen von Anreden im Anhang dieses Buches bedeuten keine blind zu befolgenden Vorschriften, es sind Seiten zum Nachschlagen für denjenigen, den protokollarische Fragen zu höchster Distanz zwingen. Grundsätzlich steht es jedem Staatsbürger frei, selbst zu bestimmen, ob er einem von der Gesellschaft bestellten Titelträger Achtung entgegenbringen kann oder nicht.

### Amt und Anrede

Wer in einer freien Demokratie in ein Amt gewählt wird, erhält es von den Wählern in freier Entscheidung mit dem Charakter eines »Primus inter pares« – als Erster unter Gleichberechtigten. Respekt vor seiner Persönlichkeit wie seiner Leistung bedeutet zugleich, den Willen der Wählerschaft zu respektieren. So steht ihm auch eine bestimmte Anrede zu, die jedoch dem Sprachempfinden der Mehrheit entsprechen muß, durch die er berufen wurde.

Dagegen können Gemeinschaften, die nur einen mehr oder weniger großen Teil der Gesellschaft umschließen, nicht verlangen, daß die außerhalb ihrer Reihen Stehenden die von ihnen geschaffenen Rangbezeichnungen und Anreden gebrauchen.

Daher sind alle Adelsprädikate, soweit sie nicht zum Bestandteil des Namens geworden sind, als Anredeformen heute in das Ermessen gestellt, wenn im Bereich privater Geselligkeit der Titel nur noch beim Bekanntmachen erwähnt wird.

Ein katholischer Bischof sollte sich nicht brüskiert fühlen, wenn ein mit den Anredeformen der evangelischen Kirche aufgewachsener Christ zu ihm statt »Eure Exzellenz« einfach »Herr Bischof« sagt. Behindert die Kompliziertheit ihrer Anredeformen nicht geradezu den Zugang der wohlverstandenen Aufgabe der Institutionen, denen ihre Vertreter dienen sollen?!

Aus dieser Sicht hat der Deutsche Richterbund ein Vorbild gesetzt. Er hat allen Richtern empfohlen, vor den Schranken des Gerichts auf die Anrede mit hohen und höchsten Titeln zu verzichten und von Zeugen, Beklagten und Angeklagten allein die schlichte Anrede »Herr Richter« zu verlangen.

Diese weise Bescheidung wird gewiß der Rechtsfindung ebenso nützlich sein wie der Genesung des Patienten das Selbstverständnis, mit dem im Krankenhaus und selbst in der Universitätsklinik Spektabilitäten, Medizinalräte, Oberärzte wie Assistenzärzte ohne weiteres mit »Herr Doktor« oder »Frau Doktor« angeredet werden.

Was die Abkehr von Anredesuperlativen und »förmlicher Verehrung« anbetrifft, so hat sich selbst in der Bundeswehr durchgesetzt, daß heute für den General wie den Gefreiten die mündliche Anrede »Herr« und Dienstrang und die schriftliche »Sehr geehrter Herr« und Dienstrang genügt. In einer Weisung aus dem Bundesministerium der Verteidigung heißt es: »Für das außerdienstliche Gespräch kann die Anrede mit 'Herr' und Name erwünscht und daher passender sein.«

An den Universitäten setzt sich gleichfalls die Erkenntnis durch, daß die Achtung vor der Persönlichkeit eines Dekans oder Rektors nicht von der steten Anrede mit zum Teil dem heutigen Sprachgebrauch entrückten Titeln abhängig gemacht oder gar erzwungen werden sollte. Nicht jeder Studierende beherrscht noch, wie im Mittelalter üblich, die lateinische Sprache. Und so wächst die Zahl der Professoren, die sich zu der Auffassung bekennen: Wissenschaftlicher Arbeit ist durch die gegenseitige Anrede mit

»Herr/Frau« und Name oft besser zu dienen als mit dem überholten Zwang zur Titelanrede.

In vielen kleinen Seminaren und Instituten, in denen wochenlanges gemeinsames Arbeiten das persönliche Gespräch ohnehin fördert, duzen sich nach geraumer Zeit schon nicht mehr allein wissenschaftliche Assistenten, sondern auch Professoren in gegenseitiger Vereinbarung mit ihren Studentinnen und Studenten.

Akademische Titel sind Grade (Diplom, Magister, Doktor), die man an der Universität oder einer Hochschule erworben hat oder die einem ehrenhalber verliehen worden sind. Professor dagegen ist kein akademischer Grad, sondern eine Amtsbezeichnung für einen auf Lebenszeit in diese Position berufenen Hochschullehrer. Ein Hochschullehrer, der sich habilitiert, also eine Arbeit geschrieben hat, die ihn berechtigt, eine Professorenstelle einzunehmen, der eine solche Stelle aber nicht innehat, ist Privatdozent, aber kein »Professor« im eigentlichen Sinn. Die korrekte schriftliche Anrede lautet in diesem Fall »Dr. habil.«. Komplizierter noch ist es bei den Honorarprofessoren: Sie müssen nicht habilitiert sein und werden zeitlich befristet berufen. Am Ende der Berufung verlieren sie in den meisten Bundesländern auch den Titel »Professor«.

Inhaber gleichen Titels sprechen sich gemeinhin nicht mit Titel an – es sei denn, es handelt sich um zwei frischgebackene Doktores, die das zum Scherz tun. Und noch eines ist heute ganz und gar unangebracht, nämlich den erworbenen Titel des Mannes auf die Ehefrau zu übertragen! Die Ehefrau eines Professors ist nur dann »Frau Professor Soundso«, wenn sie selbst an der Hochschule eine Professur innehat oder hatte, sonst nicht. Umgekehrt gilt genau dasselbe. Auch der Herr Professor Soundso muß selbst Inhaber eines Lehrstuhls sein, nicht der Ehemann einer Professorin.

Wenn jemand mehrere Titel hat, kommt die Frage auf, welchen der Titel man im Zweifelsfalle wählt. Keinesfalls setzt man in der mündlichen Anrede sämtliche Titel vor den Namen. »Frau Professor Doktor Doktor Mayer-Müller« wäre im Gespräch nicht nur ein furchtbarer Bandwurm, eine solche Titelreihung kann auch mißverstanden werden. Eine so Angesprochene könnte meinen, man wolle sich über ihre Titel mokieren. Lediglich im Schriftverkehr führt man eine solche Reihung bei der Adresse auf. Ansonsten wird Frau Prof. Dr. Dr. Mayer-Müller mit »Frau Professor Mayer-Müller« angesprochen – nur der höchste Titel findet Verwendung.

TITEL ÄLTERER MENSCHEN

Altehrwürdige Herrschaften zu respektieren, indem wir sie mit dem Titel anreden, der ihnen in der Blütezeit ihres Lebens verliehen wurde, ist ein Gebot der Achtung vor hohem Alter. Und hier sollten wir auch eine Ausnahme von der Regel machen, nach der heute der Ehefrau die vom Mann erworbenen Titel nicht mehr zuerkannt werden. Wir vergeben uns nichts, wir ersparen einem betagten Menschen nur den Verdacht, ihn verletzen zu wollen. Wer in freiwilliger Entscheidung in diesen Kreis die greisen Vertreter(innen) des Adels und aller anderen einst Bevorrechtigten einbezieht, beweist nur, was gestern wie heute Gültigkeit hat: Takt.

TITEL ALS NOTNAGEL

Nun gibt es freilich einen triftigen Grund, warum viele Menschen auf den Titel als Anrede zurückgreifen. Da wurden einem bei einem Empfang einer Gesellschaft zehn Leute vorgestellt. Zwei Namen hat man sich mit Mühe und Not merken können, und zum Glück noch hier ein »Herr Direktor«, dort ein »Frau Staatsanwältin«. Die Anrede mit dem Titel ist ein Notnagel, an dem man sich festhalten kann, wenn man den Namen nicht richtig verstanden oder gleich wieder vergessen hat.

Nun sollte man allerdings wissen, daß die Anrede »Frau/Herr Doktor« ohne Namenszusatz ausschließlich einer Ärztin oder einem Arzt zukommt, und auch ihnen nur, wenn sie im Dienst sind. Einen Doktorgrad kann man ja bekanntlich in vielen Fakultäten erwerben. Den promovierten Kunsthistoriker oder Physiker in Gesellschaft nur mit »Herr Doktor« anzusprechen ist unangebracht und wenig höflich. Und selbst wenn der so Angesprochene Arzt ist, möchte er in Gesellschaft wahrscheinlich auch gerne seinen Familiennamen und nicht nur seinen Titel hören.

Kaum jemand wird sich heute aufregen, wenn man ehrlich zugibt, den Namen des Gegenübers nicht behalten oder nicht genau verstanden zu haben. Trotzdem scheuen sich viele Menschen, noch einmal nachzufragen. Ganz zu unrecht, denn erstens ist es nicht unhöflich, noch einmal nachzufragen, und zweitens werden Sie, wenn Sie es tun, eine erstaunliche Entdeckung machen: Die meisten Menschen greifen diese Gelegenheit nämlich dankbar auf, auch Sie noch einmal nach Ihrem Namen fragen zu können! Wenn Sie jetzt mit dem oder der Betreffenden ein Gespräch führen und dabei den Namen mehrmals nennen, werden Sie ihn wahrscheinlich nicht gleich wieder vergessen.

## Korrektes Allgemeinverhalten in Gesellschaft

KÖRPERSPRACHE

Natürlich spielt es auch eine Rolle, wie man in Gesellschaft steht, sitzt und geht und sich sonst verhält. Die Haltung des Körpers spricht ihre eigene Sprache, eben die Körpersprache. Bis zu einem gewissen Grad ist die Körpersprache unbewußt, das heißt, nicht jede Bewegung, die man macht, ist genau überlegt, aber sie ist keineswegs unkontrollierbar.

Vieles wird uns in der Kindheit anerzogen, und nicht zuletzt hier macht sich die freiere Erziehung der letzten zwei Jahrzehnte deutlich bemerkbar. So manches, was der älteren Generation unmöglich erscheint, wird heute von vielen jungen Leuten als völlig normales und korrektes Verhalten eingestuft. Mitglieder der mittleren Generation neigen dazu, die legerere Verhaltensweise der Jüngeren zu übernehmen, denn sie ist in vielerlei Hinsicht bequemer und oft genug auch sehr vernünftig. Noch gelten allerdings einige Regeln, und Verstöße gegen sie werden von einer Mehrheit als unhöflich eingestuft.

WIE MAN STEHT UND SITZT

Man kann und soll also darauf achten, wie man sich bewegt. Schließlich läßt die äußere Körperhaltung Rückschlüsse auf die innere Haltung zu. Wer beispielsweise seinem Gegenüber mit übereinandergeschlagenen Beinen, verschränkten Armen und vielleicht noch mit seitwärts gedrehtem Kopf zuhört, macht deutlich, daß er auf größte Distanz hält und dem Gesprächspartner und dem, was er zu sagen hat, eigentlich kein besonderes Interesse entgegenbringt.

Frauen sind, was ihre Körperhaltung betrifft, von der Tradition her größeren Beschränkungen unterworfen als Männer. Sie scheinen sich diesen Einschränkungen auch etwas leichter anpassen zu können, möglicherweise wirkt sich hier aber auch einfach nur jahrtausendelange Übung aus. Verstöße gegen den diesbezüglichen Sittenkodex wurden bei Frauen immer sehr viel strenger geahndet als bei Männern. Der Trend, sich auch in Gesellschaft lockerer zu bewegen, ist bei Frauen unverkennbar. Das hat sicher eine Menge mit ihrem wachsenden Selbstvertrauen zu tun.

Zunächst gilt heute für beide Geschlechter, daß man sich gehend, stehend oder sitzend einigermaßen gerade hält. Weder bei Herren noch bei Damen sieht eine allzu schlaffe Körperhaltung ansprechend aus, denn wer mit hängenden Schultern und krummem

Die Körpersprache – verschränkte Arme, abgewandter Blick – verrät hier Distanz zum Gesprächspartner

Rücken steht, streckt automatisch auch den Bauch heraus. Andererseits steht oder sitzt man auch nicht kerzengerade, als hätte man einen Besenstiel verschluckt.

Der Herr darf zwar lässiger, das heißt etwas breitbeiniger stehen als die Dame. Er sollte aber nicht ausgesprochen breitbeinig stehen, schon gar nicht sollte er dabei die Arme in die Hüften stemmen. Die Dame ist noch mehr gehalten, darauf zu achten, daß sie die Beine nicht spreizt, vor allem nicht im Sitzen. Bei ihr sollten, gleichgültig ob sie die Beine gerade vor sich stellt, leicht schräg abwinkelt oder übereinanderschlägt, die Knie immer geschlossen sein. Das gilt um so mehr, wenn sie einen sehr kurzen Rock trägt. Hat sie Hosen an, darf sie heute die Beine auch etwas lockerer übereinanderschlagen. Früher gehörte es sich für die sittsame Dame zugleich auch, die Arme eng am Körper zu halten, die Hände lagen folglich zumeist im Schoß. Männer hatten dagegen unbenommen das Recht auf Ellenbogenfreiheit. Auch hier gesteht man den Damen heute mehr Freiraum zu.

Der Herr kann mit übereinandergeschlagenen Beinen etwas lockerer sitzen. Doch einen Knöchel oder gar den Fuß auf das andere Knie zu legen ist ebenso unschön und unangebracht wie voll ausgestreckte, nur an den Füßen gekreuzte Beine. Bei dieser Haltung rutscht man nämlich leicht von der sitzenden in eine eher liegende Position. Die Gäste der unzähligen Talkshows im Fernsehen bilden in dieser Hinsicht ein hervorragendes Anschauungsmaterial. Hier kann man sehr gut beobachten, wie die Prominenz – und was sich dafür hält – zu sitzen beziehungsweise gelegentlich auch zu lümmeln pflegt. Es fällt auf, daß nur sehr wenige Frauen ausgesprochen provokativ oder aufreizend dasitzen – nach unseren heutigen Maßstäben. Könnte ein Zuschauer aus dem letzten Jahrhundert eine heutige Talkshow sehen, er wäre maßlos schockiert über die Art und Weise, wie die Menschen sitzen; von den in aller Öffentlichkeit besprochenen Themen ganz zu schweigen.

### Die Hand in der Hosentasche

Besonders wenn man längere Zeit steht und dabei weder ein Glas noch sonst etwas in der Hand hält, weiß man oft nicht, wohin mit den Händen. Damen haben meist ihre Handtasche, an der sie sich sozusagen festhalten können. Heute ist es auch der Dame erlaubt, eine Hand in die Rock-, Kleid- oder Hosentasche zu stecken. Auch der Herr darf eine Hand locker in die Hosentasche stecken. Beide Hände tief in den Hosen- oder Jackentaschen zu vergraben gilt dagegen nicht als besonders fein. Bei einer Begrüßung beziehungsweise beim Bekanntmachen oder Vorstellen sollte die Hand aber immer aus der Tasche genommen werden. Dies gilt für Männer wie für Frauen.

### Abstand

Und noch einen weiteren körpersprachlichen Aspekt gilt es in Gesellschaft zu beachten: den Abstand, den Menschen im Gespräch üblicherweise voneinander halten. Solange wir es mit Menschen unseres eigenen Kulturkreises zu tun haben, wird uns dabei wenig auffallen. Wir pflegen im Durchschnitt etwa einen Meter Abstand vom fremden Gesprächspartner zu halten. Wenn wir in überfüllten Verkehrsmitteln, in Aufzügen und ähnlichem diesen Abstand verringern müssen, ist uns das meist unangenehm. Engländer und Skandinavier halten gern einen noch größeren Abstand. Südländer

Ein gewisser Abstand gilt in unserem Kulturkreis als »höfliche Distanz«. Hält sich jemand nicht daran (wie im Bild rechts), weichen wir zurück

gehen dagegen gern näher aufeinander zu und haben auch nichts gegen kurzen Körperkontakt. Ein Engländer, dem ein Fremder beim Gespräch die Hand an den Arm legt, ist wahrscheinlich äußerst verblüfft und wird zurückweichen, für einen Italiener ist es eine gern gelittene Selbstverständlichkeit.

GÄHNEN, HUSTEN, NIESEN, NASE PUTZEN

Noch ein paar weitere Dinge hat man in Gesellschaft strikt zu beachten. So gähnt man beispielsweise nicht ungeniert. Kann man ein Gähnen beim besten Willen nicht unterdrücken, hält man sich die Hand vor den Mund. Der gute Rat, mit geschlossenem Mund zu gähnen, ist dagegen nicht viel wert. Ehe man sich versieht, will der Mund doch weiter aufgehen, als er soll, und man macht unwillkürlich schmatzende Lippengeräusche, die größere Aufmerksamkeit erregen als ein Gähnen hinter vorgehaltener Hand. Auch husten, niesen und sich die Nase putzen sollte man so geräuschlos, wie es nur eben geht. Nun ist leises Husten so gut wie gar nicht möglich – das wäre ein bloßes Räuspern. Aber es ist möglich, sich ein Taschentuch vor den Mund zu halten. In jedem Fall hält man sich die Hand vor den Mund, wenn man husten muß. Bekommt man einen richtigen Hustenanfall, entfernt man sich von der Gesellschaft. Reizhustenanfälle kommen selten aus heiterem Himmel. Sie sind meist Folgeerscheinungen einer Erkältung oder einer Stimmüberlastung. Man kann vorbeugend Medikamente dagegen einnehmen. Jeder Apotheker wird Sie gerne beraten.

Muß man niesen, hält man sich mindestens die Hand vor Mund und Nase, besser natürlich das Taschentuch. Der herzhafte, freie, laute Nieser gehört in die eigenen vier Wände, sofern man dort allein ist. Niest jemand, übergeht man das in der Öffentlichkeit schweigend. Man sagt weder »Wohl bekomm's« noch »Gesundheit« oder ähnliches. Und selbst sagt man auch nicht »Pardon«, wenn man niesen oder aufstoßen mußte.

Das Naseputzen ist ebenfalls eine Sache, die meist mit Geräusch verbunden ist, zumal, wenn man an einer Erkältung leidet. Wer erkältet ist, sollte mit Rücksicht auf andere Menschen, die sich anstecken könnten, gar nicht erst bei einer Gesellschaft erscheinen. Ist man gezwungen, die Nase gründlich zu putzen, weil man einfach keine Luft mehr durch die Nase bekommt, so entfernt man sich von der Gesellschaft. Keinesfalls posaunt man bei Tisch in sein Taschentuch, und noch weniger unterzieht man das Ergebnis seiner Anstrengung einer gründlichen Betrachtung. Auch Nasenspray oder -tropfen appliziert man niemals bei Tisch. Auf einer Stehparty sucht man sich wenigstens ein ruhiges Eckchen und dreht den anderen Gästen kurz den Rücken zu. Besser: Man verzieht sich kurz auf die Toilette.

#### Lachen, lautes Reden

Zu den Körpergeräuschen gehören auch willkürlich produzierte wie allzu lautes, schrilles Lachen oder lautes Reden.

Selbstverständlich darf man lachen, auch herzlich, wenn es etwas zu lachen gibt. Andererseits soll man auch nicht so leise sprechen, daß die anderen regelrecht die Ohren spitzen müssen, um überhaupt etwas zu verstehen. Je nach Gegebenheit muß man das rechte Maß zu finden versuchen.

#### Schlechte Angewohnheiten

Schließlich gelten schlechte Angewohnheiten in Gesellschaft als wenig fein. So muß man darauf achten, sich in Gesellschaft nicht auffällig zu kratzen, sich nicht dauernd ins Gesicht zu greifen, sich nicht permanent durch die Haare zu fahren, nicht an den Fingernägeln zu kauen, sich nicht ständig auf die Lippen zu beißen und was der unbewußten Reflexe und dummen Angewohnheiten mehr sind, die man sich oft in früher Jugend angeeignet hat. Man kann sich selbst sehr genau beobachten und Untugenden, die man sich angewöhnt hat, auch wieder abgewöhnen – im schlimmsten Fall mit Hilfe eines Therapeuten.

## Wie man miteinander spricht

Die mündliche Verständigung ist das A und O allen menschlichen Umgangs miteinander, unterscheidet doch nicht zuletzt die Fähigkeit zu sprechen den Menschen vom Tier.

Auch richtig sprechen, miteinander reden und Konversation treiben will gelernt sein. Richtiges Reden ist ein Teil des guten gesellschaftlichen Umgangs miteinander. Bis zu welchem Grad der Perfektion der Mensch die eigene Sprache letztlich beherrscht, hängt weitgehend von den Bildungsmöglichkeiten ab, die ihm zur Verfügung stehen, und der Art, wie er diese Möglichkeiten nutzt. Der gesunde Mensch bleibt ein Leben lang lernfähig. Wie man andere Dinge, nicht nur des guten Tons, auch als Erwachsener noch lernen kann, so kann man auch seine Sprache und seine Konversationsfähigkeit verbessern und weiterentwickeln.

DEUTLICH SPRECHEN

Die erste und wichtigste Regel heißt: Sprich deutlich! Und deutlich sprechen heißt: genau und richtig zu artikulieren, also die Pausen zwischen den Wörtern richtig einzuhalten, die Endungen der Wörter auszusprechen, die Wörter selbst nicht zu hastig hervorzusprudeln, keine Mittelsilben zu verschlucken, harte und weiche Konsonanten (Mitlaute wie b und p, d und t) deutlich voneinander zu unterscheiden. Fast jeder Zuhörer ist überfordert, wenn er es mit einem notorischen Nuschler zu tun bekommt. In der normalen Unterhaltung kann man manchmal noch aus der Mimik und Gestik des Sprechers erraten, was er hat sagen wollen, doch wer am Telefon nuschelt, erweist niemandem einen Dienst.

GESPRÄCH MIT KINDERN

Eltern, die feststellen, daß außer ihnen selbst so gut wie niemand ihr Kind verstehen kann, sollten daran denken, daß das möglicherweise an der Aussprache des Kindes liegt, nicht am schlechten Gehör der restlichen Menschheit. Sie sollten folglich mit ihrem Kind Ausspracheübungen machen, nötigenfalls auch einen Sprachtherapeuten hinzuziehen.

Auch wenn Wortneuschöpfungen der Kinder mitunter sehr lustig sind und von großer Kreativität zeugen, sollte man sie weder ins eigene Vokabular aufnehmen noch sie im ernsthaften Gespräch mit Kindern benutzen. Das Kind muß sich das falsche Wort später nur mühsam wieder abgewöhnen.

STIMMBILDUNG

Es ist ein weitverbreiteter Irrtum zu glauben, der Mensch könne nichts für seine Stimme. Stimmbildung ist möglich. Sänger und Schauspieler sind der beste Beweis dafür. Vor allen Dingen Menschen, die viel und oft in der Öffentlichkeit oder auch nur bei kleineren Veranstaltungen frei sprechen müssen, sollten sich einmal anhand eines Tonbandes selbst überprüfen. Die eigene Stimme nimmt man selbst nämlich ganz anders wahr als ein Fremder.

Ein Mensch kann noch so nett und liebenswert sein – wenn er eine schrill klingende, hohe oder quäkende Stimme hat, hört niemand gerne zu. Es ist eine weitgehend unbewußte Reaktion des Zuhörers, sich von einem Sprecher mit schriller Stimme abzuwenden. Fatalerweise ist die hohe, zittrige Stimme häufiger ein Problem der Frauen. Besonders wenn sie laut sprechen, klingen sie, als wollten sie jeden Augenblick in Tränen ausbrechen. Frauentränen sind nun mal der Horror eines jeden Mannes. Wenn Sie als Frau das Gefühl haben, daß Ihnen in Gesellschaft vor allem Männer nicht zuhören, dann hören Sie selbst einmal sehr kritisch auf Ihre Stimme. Unter Umständen lohnt sich die Investition in einen Sprachbildungskurs, in dem man lernt, lauter und volltönender zu sprechen, was auch selbstbewußtes Auftreten fördert.

GESTIK UND MIENENSPIEL

Ebenso wichtig wie der Klang der Stimme sind das Mienenspiel und die Gesten, die unsere Sprache begleiten. Während das Mienenspiel bis zu einem gewissen Grad dem Unterbewußtsein unterliegt, ist die Gestik sehr deutlich kulturell geprägt. Südländer beispielsweise haben gemeinhin eine lebhaftere Gestik als Nordeuropäer, gelegentlich sagt man Einzelpersonen nach, sie redeten mit Händen und Füßen. Natürlich hat man auf beides, auf die Gestik und das Mienenspiel, Einfluß. Wer beim Sprechen regelrechte Grimassen schneidet, kann leicht lächerlich wirken; wer dagegen keine Miene verzieht, wirkt auf seinen Gesprächspartner sehr irritierend.

Ähnlich ist es mit den Gesten. Man sollte nach Möglichkeit nicht so herumfuchteln, daß andere immerzu Gegenstände in Sicherheit bringen müssen, weil sie befürchten, daß man sie mit ausfahrenden Bewegungen umstoßen wird. Man sollte aber auch nicht stocksteif dasitzen oder -stehen. Eine maßvolle Gestik belebt das Gespräch.

### Dialekt – ja oder nein?

Die Frage, ob man die Dialekte und Mundarten mehr zum Zuge kommen lassen soll, wird immer mal wieder diskutiert.

Grundsätzlich ist gegen keinen Dialekt etwas einzuwenden. In der Tat ist die mundartliche Sprache im allgemeinen reicher und anschaulicher als das eher kalte und sachliche Hochdeutsch. Aber: Der Zuhörer darf nicht im unklaren bleiben, er soll nicht rätseln müssen, er soll verstehen, und zwar sowohl akustisch als auch inhaltlich. Deshalb ist auch ein voll ausgeprägter Dialekt ein schlechtes Kommunikationsmittel zwischen Leuten, die völlig verschiedene Dialekte sprechen. Die Besonderheit einer Mundart besteht ja nicht nur in der Aussprache, sondern auch in zahlreichen eigenen Ausdrücken, die demjenigen, der den Dialekt nicht beherrscht, wie Wörter einer fremden Sprache vorkommen.

Während also einerseits nichts dagegen einzuwenden ist, daß Mundarten gepflegt und erhalten werden, muß man andererseits sehen, daß es Umfelder gibt, in denen man sie nicht verwenden kann, wenn man verstanden werden möchte. Wir leben in einer Demokratie, folglich muß sich die Minderheit nach der Mehrheit richten. Wer als Hanseat Ferien in einem bayerischen Bergdorf macht, kann genausowenig erwarten, dort in gepflegtem Hochdeutsch begrüßt zu werden, wie der Bayer erwarten darf, daß man ihn in Hamburg versteht, wenn er dort seinen Dialekt spricht. Hier geht es nicht um die mehr oder weniger ausgeprägte Dialektfärbung in der Aussprache. Wer sich durch seinen Akzent als Schwabe, Bayer oder Sachse verrät, kann deshalb durchaus von jedermann verstanden werden. Lediglich Dialektausdrücke, die keinen Eingang in die allgemeine Hoch- oder Umgangssprache gefunden haben, sollte man, wenn irgend möglich, vermeiden.

### Verschiedene Formen der Redeweise

Je nach Bildungsgrad haben die Menschen einen unterschiedlich großen Wortschatz und verfügen dementsprechend über unterschiedliche Möglichkeiten des Ausdrucks. Darüber hinaus haben fast alle Menschen auch einen gruppenspezifischen Wortschatz zur

Verfügung, der durch den Beruf, die Altersgruppe und andere Umstände geprägt ist. Beispielsweise reden zwei Jugendliche in der Disco anders miteinander als zwei Professoren, die ein Fachgespräch führen. Dennoch können sich natürlich alle vier miteinander verständigen. Ein Richter wird mit den Zeugen anders sprechen als im vertrauten Gespräch mit seiner Frau und mit ihr wiederum anders als mit seinem dreijährigen Kind.

FRAGEN

Selbstverständlich darf man nach der Bedeutung eines Fremdwortes fragen. Man entlarvt sich damit keineswegs als ungebildet, sondern – im Gegenteil – als lernbegierig. So mancher Sprecher, der mit Fremdwörtern um sich wirft, kommt ganz hübsch ins Schleudern, wenn er seine Begriffe erläutern soll, und benutzt plötzlich sehr viel weniger Fremdwörter.

Es gibt zwei Möglichkeiten, warum wir den Gesprächspartner nicht verstehen. Entweder haben wir ihn akustisch nicht verstanden, oder wir konnten ihm inhaltlich nicht folgen.

Was auch immer der Grund ist, warum man etwas nicht verstanden hat, man muß nachfragen. »Hä?« ist eine häufig gehörte, aber wenig höfliche Formel. »Was?«, »Wie?« oder »Hm?« ist nicht viel höflicher, und »Wie meinen?« hat einen deutlichen Beigeschmack von Herablassung. »Wie bitte?« ist die kürzeste der höflichen Floskeln. Im Sinne einer reibungslosen Verständigung ist es aber gut, wenn man präzisieren kann. »Entschuldigung, das letzte Wort habe ich nicht verstanden.« Oder man wiederholt den Satz so, daß lediglich der nicht verstandene Teil übrigbleibt. Jemand sagt: »Ich kann meinen (unverständliches Gemurmel) nicht finden«, und man fragt zurück: »Sie können Ihren was nicht finden?« Oder man macht gleich deutlich, daß man akustisch folgen konnte, aber über den Inhalt im unklaren ist. Den Sprecher regt das hoffentlich dazu an, eine andere Formulierung zu wählen.

SPRECHEN MIT SCHWERHÖRIGEN UND STOTTERERN

Mit Schwerhörigen muß man nicht unbedingt besonders laut sprechen. Eine deutliche Aussprache dient der problemlosen Verständigung meist sehr viel besser, auch wenn es sich um das Nachlassen der Hörkraft im Alter handelt. Von Geburt Schwerhörige lesen ohnehin von den Lippen ab, was erst recht eine sehr deutliche Aussprache erfordert, aber keine Lautstärke. Wichtig ist in jedem Fall, daß man dem Schwerhörigen das Gesicht zuwendet.

Und noch eine andere Behinderung sei hier erwähnt, das Stottern. Es ist ein weitverbreiteter Irrtum zu glauben, Stotterer seien geistig minderbemittelt. Die Eigenart ihrer Behinderung macht gerade die Stotterer ganz im Gegenteil geistig besonders rege. Denn oft müssen sie, wenn ein bestimmtes Wort ihnen einfach nicht über die Lippen will, rasch ein anderes suchen. Sie verfügen also häufig über einen sehr viel größeren Wortschatz und eine ausgefeiltere Ausdrucksweise als der Durchschnittsmensch. Nun ist es unbestritten mühsam, einem Menschen geduldig zuzuhören, der sehr schwer stottert. Nur zu leicht ist man geneigt, ihm entweder ins Wort zu fallen oder das Wort, mit dem er sich noch abmüht, das man selbst aber schon erraten hat, auszusprechen. Mit anderen Worten: Man drängt den Stotterer. Genau das aber verschlimmert die Situation. Hört man einem Stotterer dagegen ganz ruhig zu, spricht man mit ihm ganz normal, wie mit jedem anderen Menschen auch, so kommt es häufig vor, daß Menschen, die zunächst sehr heftig stottern, im Laufe der Unterhaltung fast normal sprechen.

#### Miteinander ins Gespräch kommen

Kommt man als einziger Fremder in eine Gesellschaft, deren Mitglieder sich untereinander bereits alle kennen, ist man manchmal in einer ziemlich unbehaglichen Situation.

Grundsätzlich hat der Gastgeber zwar die Pflicht, seine Gäste miteinander bekanntzumachen, was aber, wenn der Gastgeber beschäftigt und weit und breit nicht zu sehen ist? Man darf sich heutzutage – auch als Frau – selbst vorstellen, man muß dafür nicht auf den Gastgeber warten. Doch was kann man tun, wenn danach das Gespräch gleich wieder stockt?

Man muß bei sich selbst anfangen. Wer im Gespräch bleiben will, muß etwas sagen. Wer darauf wartet, daß der andere ein Gespräch in Gang bringt, kann mitunter lange warten. Vor allem darf die Dame nicht erwarten, daß der Herr in jedem Fall das Gespräch beginnt oder aufrechterhält.

Wie aber bringt man ein Gespräch überhaupt in Gang, wie erhält man es aufrecht? Zunächst muß man mit dem Vorurteil aufräumen, einem Fremden dürfe man grundsätzlich keine Fragen stellen. Natürlich ist ein Gespräch rasch am Ende, wenn man meint, nur Aussagen allgemeiner Art machen zu dürfen. Man darf aber durchaus fragen, freilich ohne dabei indiskret zu werden. Je nach Gegebenheit und Situation ist die Frage zulässig, woher und seit wann der Gesprächspartner den Gastgeber kennt. Ebenso sind Fragen zum Beruf oder anderen äußeren Lebensumständen, nach Reisen oder Hobbys erlaubt. Meist entspinnt sich aus solchen Anfängen dann eine angeregte Unterhaltung über das eine oder andere Thema.

GESPRÄCHSKILLER

Viele Gastgeber meinen es gut und begehen doch einen fatalen Fehler. Weil sie fürchten, daß kein Gespräch aufkommen wird, schalten sie Musik ein oder sie lassen den Fernseher laufen, wenn Gäste kommen. Gerade letzteres ist eine heute stark verbreitete Unsitte. Ist man jedoch nicht ausdrücklich zusammengekommen, um ein Tennismatch, ein Fußballspiel, eine Talkshow oder was auch immer im Fernsehen zu sehen, so sollte das Fernsehgerät unbedingt ausgeschaltet bleiben, wenn Gäste da sind!

Gegen reine Instrumentalmusik in gedämpfter Lautstärke ist kaum etwas einzuwenden, gleichgültig ob es sich um E- oder U-Musik handelt. Störend ist dagegen Musik in allzu großer Lautstärke oder eine Musik, die die Aufmerksamkeit der Gäste zu sehr auf sich lenkt.

WITZE

Eine höchst strittige Stellung unter den Stimmungsmachern hat der Witz. In Benimmbüchern liest man meist, in sogenannter feiner Gesellschaft hätten Witze grundsätzlich nichts zu suchen. So strikt und rigide wird das aber heute nicht mehr gesehen. Erstens kommt es ganz entscheidend auf den Witz selbst an und zweitens darauf, ob der Witz Bestandteil einer Konversation ist oder ob das Witzereißen die Konversation ersetzt. Ein einzelner zündender, guter Witz kann durchaus ein Bannbrecher sein und eine Konversation überhaupt erst in Gang bringen. Wirklich lästig dagegen sind Leute, die einen Kalauer nach dem anderen erzählen, und peinlich wird es, wenn sich ein Zotenreißer unter den Gästen befindet. Man kann dann nur versuchen, das Gespräch höflich, aber bestimmt in andere Bahnen zu lenken.

KOMPLIMENTE

Komplimente sind ein heikles Thema, denn Komplimente machen ist eine hohe Kunst. Ein deplaziertes oder danebengegangenes Kompliment ist schlechter als gar keins. Grundsätzlich kann jeder jedem Komplimente machen, auch ein Mann einem anderen oder eine Frau einem Mann. Auf das Wie kommt es an.

Bei Frauen wenig beliebt sind Komplimente, die man als Wiener Schmäh bezeichnet, also abgegriffene, floskelhafte Komplimente, die meist nicht nur einfallslos sind, sondern auch etwas Beleidigendes haben. Wer sie zu hören bekommt, könnte sich sagen: »Ich bin es offensichtlich nicht wert, daß man sich für mich etwas Neues einfallen läßt.«

Auch vor verallgemeinernden und stark übertreibenden Komplimenten sei gewarnt. Denn wer zu dick aufträgt, macht sich unglaubwürdig. Je spontaner, ungezwungener und selbstverständlicher ein Kompliment geäußert wird, desto mehr Freude wird es auslösen. Alles, was nach Pflichterfüllung klingt, nach dem Motto: »Der gut erzogene Herr macht der Dame ein Kompliment, das gehört sich so«, verliert zwangsläufig an Kraft. Gibt es nichts, das man spontan loben könnte, ist es besser zu schweigen.

#### Phrasen und Floskeln

Eng verwandt mit den Komplimenten sind Fragen nach dem Befinden anderer, die Bitte Grüße auszurichten usw.

Die Umstellung von den geschraubten Formen der höfischen und der großbürgerlichen Etikette zum natürlichen Gebrauch unserer Sprache ist längst vollzogen. Man sagt: »Grüßen Sie Ihre Frau!« statt »Empfehlen Sie mich Ihrer verehrten Frau Gemahlin!« Man fragt: »Wie geht es Ihrem Vater?« statt »Darf ich mich nach dem Befinden Ihres Herrn Vaters erkundigen?«

Wenn wir heute jemanden diese alten Floskeln benutzen hören, kann das verschiedene Gründe haben: Der Sprecher ist vielleicht Ausländer und hat ein veraltetes Lehrbuch erwischt. Es sprechen zwei gute Freunde miteinander, denen es Spaß macht, die alten Floskeln zur gegenseitigen Erheiterung zu benutzen; sie werden dann zu noch größeren Übertreibungen neigen. Oder es spricht jemand mit einem deutlich älteren Menschen, der die laxen Sprachformen als ungehörig empfindet.

Grundsätzlich sollte man sich von alten Zöpfen trennen. Wo sie aber ihren Zweck noch erfüllen, sollten wir wissen, daß es sie gibt, und eventuell auf sie zurückgreifen. Das erfordert Fingerspitzengefühl. Es könnte sein, daß gerade der ältere Mensch sehr fortschrittlich ist und sich verkannt fühlt, wenn man ihm Antiquiertheit unterstellt.

Lachen Sie ruhig, wenn Sie eine Einladung erhalten, die mit den Worten beginnt: »Wir geben uns die Ehre ...«, wenn Sie das für übertrieben halten. Schreiben Sie eben, wenn Sie selbst einladen, damit andere nicht lächeln und Sie für altmodisch halten: »Wir laden Sie (herzlich) ein ...«!

Werfen Sie, wenn Sie es nicht bereits getan haben, alles Geschraubte und Unnatürliche aus dem Wortschatz verstaubter Etiketteregeln über Bord!

Noch immer werden Briefe gedankenlos mit »Hochachtungsvoll« oder »Mit vorzüglicher Hochachtung« unterschrieben. Dabei ist den meisten Absendern gar nicht wohl bei diesen alten Floskeln. Aber sie meinen, sich mit einem verbindlicheren Briefschluß etwas zu vergeben. Dagegen vergibt sich heute niemand mehr etwas, wenn er seinen Brief »mit freundlichem Gruß« beendet, im Gegenteil. Wer mit »Hochachtungsvoll« grüßt, gibt ja zu, voll der Hochachtung zu sein – und gegenüber wem? Doch gegenüber dem Angeschriebenen, vor dem er, vor lauter Hochachtung, quasi einen tiefen Diener macht. Einen freundlichen Gruß dagegen tauscht man eher unter Gleichrangigen.

# Besuch mich mal, doch überfall mich nicht!

ANMELDUNG

Das längere Wochenende, der Wunsch vieler, den Sonntag, wenn man ihn nicht draußen verbringt, daheim in aller Bequemlichkeit zu genießen, ja auch das Fernsehen, dessen Sendungen bei vielen regelrecht in das Familienprogramm eingeplant werden – kurzum der Wandel unserer Lebensgewohnheiten hat die Besuchszeit von einst schon seit langer Zeit außer Kraft gesetzt.

Selbst die wenigen, die sich noch zwingen, allsonntäglich ab 11 Uhr »empfangsfähig« zu sein, begrüßen es, daß die Regel heute lautet: Keine Besuche mehr ohne rechtzeitige Anmeldung! Entweder ist man so gut miteinander befreundet, um jederzeit willkommen zu sein, oder man erweist heute seine gute Lebensart dadurch, daß man vorher anruft oder schriftlich anfragt, ob und wann man zu einem Besuch willkommen ist. Die neue Form ist auch dem Besucher selbst nützlich. Es ist ja keinem der beiden damit gedient, wenn der Besucher niemanden antrifft.

Das stärkere Argument ist natürlich das der Rücksichtnahme. Schon der junge Mann, der den Eltern seiner Freundin einen Besuch abstatten möchte, ist verpflichtet, sie daheim erst anfragen zu lassen, ob und wann ihnen ein Besuch angenehm sei, obwohl es in der Praxis heute nur noch sehr selten so offiziell zugeht.

Umgekehrt legt die neue Einstellung zum Besuchen und Besuchtwerden aber auch jedem, der einen anderen auffordert: »Besuchen Sie uns doch mal!«, die Verpflichtung zu einem Hinweis auf, wie man der Aufforderung am besten entsprechen könnte.

Wer also den Eindruck vermeiden möchte, lediglich eine unverbindliche Höflichkeitsfloskel geäußert zu haben, tritt am besten gleich in ein »Termingespräch« ein oder fügt seiner Aufforderung hinzu: »Am besten rufen Sie mich einmal an, damit wir einen Zeitpunkt vereinbaren können!«

Pflichtbesuche erscheinen heute als Relikt aus alter Zeit. Früher war es üblich, daß der neue Angestellte beim Chef eine Vormittagsvisite machte, Verlobte sich den gegenseitigen Verwandten, Freunden und Bekannten offiziell vorstellten, der Tanzstundenherr den Eltern seiner Tanzstundenpartnerin seine Aufwartung machte. Dies wird heute sehr viel ungezwungener gesehen.

DER OFFIZIELLE BESUCH

Etwas anderes ist der Antrittsbesuch eines neuen Mieters in einem Mietshaus (siehe Seite 199–200). Ihn sollte man im eigenen Interesse machen, denn er dient der guten Nachbarschaft.

BLUMEN

Auch mit nur wenigen Schnittblumen, ja mit einer einzigen besonders schönen Blüte kann man Freude bereiten. Wenn auch nicht mehr so streng wie früher, so legen viele, vor allem Ehemänner und Freunde, noch immer Wert auf die alte Blumenregel: Einen roten Strauß, vor allem Rosen und Nelken, sollte nur er, der »Berechtigte«, ihr schenken.

Nach den strengen Gesetzen solcher Feinheiten darf von drei Blumen eine rot sein, bei größeren Gebinden soll mindestens die Hälfte andersfarbig gewählt werden, wenn rote Blumen dabei sind.

Der Strauß bleibt beim Überreichen in der Folie (auf die man aus Gründen des Umweltschutzes ohnehin am besten ganz verzichtet). Der Gast übergibt ihn so, daß ihn die Gastgeberin wie ein Baby in den linken Arm legen kann; denn sie wird sich sofort mit einem Händedruck für die schönen Blumen bedanken

Hier naht der Gast mit großem Strauß. Beim Begrüßungsgeplauder mit der Gastgeberin in der Garderobe löst er das Papier von den Blumen. Die zusammengeknüllte Hülle darf er übrigens ohne weiteres auf das Garderobentischchen legen, sofern kein Papierkorb in der Nähe steht

Dagegen soll man nie einen weißen Blumenstrauß zu einem Krankenbesuch mitnehmen; denn der oft auch psychisch belastete Kranke könnte, wenn er in gesunden Tagen auch nicht abergläubisch ist, unter dem Gedanken leiden, daß Weiß für viele Menschen als die Farbe des Todes gilt. Ein hübscher, mehr oder minder farbenprächtiger Blumenstrauß wird jeden Kranken erfreuen. Allerdings verbieten sich bei Besuchen am Krankenbett aus verständlichen Gründen stark duftende Blüten.

Die Papierhülle hat schon manchen Gast in Verlegenheit gebracht. Befindet sich in der Diele oder neben der Kleiderablage kein Papierkorb, darf man das Papier ohne Hemmungen auf das Garderobentischchen oder auf einen Stuhl legen. Die aufmerksame Hausfrau wird schon dafür sorgen, daß es von dort möglichst bald verschwindet. Da sich aber die Hausfrau – oder auch der Hausmann – ohnehin darum kümmern muß, darf man das Verfahren auch gleich abkürzen und das Papier dem zuständigen Menschen direkt in die Hand drücken.

Blumen werden heute auch durch Folien geschützt. Dies hat den Vorteil, daß man sie in der Folie überreichen kann. Sehr umweltfreundlich ist diese Verpackung allerdings nicht, so daß man am besten darauf verzichtet.

Bringt man Blumen zur Begrüßung oder zum Abschied an den Zug oder an den Omnibus, so überreicht man sie dort offen, hält das Verpackungspapier griffbereit. Im Gepäcknetz liegen sie, wieder sorgfältig umhüllt, geschützter.

Die Beschränkungen für die Topfblume, die man an Stelle von Schnittblumen bei einem Besuch nur dann mitbringen sollte, wenn man sich sehr gut kennt, gelten natürlich nicht für das Blumenarrangement in einer Schale. In jedem Fall geht man mit Schnittblumen sicher, es sei denn, man gehört zum Freundeskreis und weiß mit Bestimmtheit, daß eine Topfblume mehr Freude bereitet.

Es entscheidet hier wie so oft der Grad der Bekanntschaft, aber auch die Frage, ob es sich um einen eher offiziellen oder um einen freundschaftlichen Besuch handelt.

Will ein Ehepaar Blumen überreichen, dann ist es grundsätzlich die Aufgabe des Ehemannes, sie der Gastgeberin zu überreichen. Wenn auch als selbstverständlich vorausgesetzt werden kann, daß Mann und Frau den Gastgebern gemeinsam Freude bereiten wollen, so gewinnt diese kleine Szene doch durch die Verehrung, die der Herr beim Überreichen der Blumen an die Gastgeberin zum Ausdruck bringt.

Und der Gastgeber, der sich über die seiner Frau erwiesene Aufmerksamkeit mitfreut, ist viel mehr einbezogen, als wenn die Überreichung der Blumen von Frau zu Frau erfolgen würde. Denselben Sinn hat die Ausnahme: Wenn der Gastgeber Geburtstag hat, überreicht die Frau die Blumen dem Geburtstagskind.

## Deine Karte, meine Karte

Darf ich Ihnen meine Karte geben? – überreichen? – hier lassen? Das kommt alle Tage vor. Man sitzt oder steht sich gegenüber, hat sich soeben kennen gelernt oder nimmt Abschied nach gemeinsamen Ferienwochen: »Besuchen Sie mich, schreiben Sie doch einmal ...!« Es geht ganz einfach darum, dem anderen Namen, Beruf, Anschrift (mit Postleitzahl) und Telefonnummer (mit Vorwahl) mitzugeben. Die Mühe des Aufschreibens will man neuen Bekannten ersparen.

»Meine Karte« ist ein Gebrauchsgegenstand geworden, der Geschäftskarte ähnlich, praktisch eine Information. Aber wie sollte eine Karte gestaltet sein?

Private gedruckte Identitätskarten, die man bei jeder passenden Gelegenheit, zum Beispiel auch nach einem Umzug, weitergeben oder versenden kann, sind heute nichts Besonderes mehr. In der Art der Aufmachung freilich, am schlichten oder feinen Karton, Papier oder Kunststoff, an Format und Drucktypen unterscheiden sie sich ganz erheblich und sagen damit auch etwas über Stil und Geschmack des Besitzers aus. Wir dürfen unsere Karte natürlich auch mit eigener Hand gestalten, soweit wir die Kunst einer leserlichen Handschrift beherrschen.

VISITENKARTEN INTERNATIONAL

Wenn wir trotzdem die internationalen Gepflogenheiten rings um die Visitenkarte anschließend in Erinnerung bringen, so aus zwei Gründen: In aller Welt läßt sich beobachten, daß der Brauch, persönliche Informationskarten (Visitenkarten) zu verwenden, in starkem Maße zunimmt. Der Hauptgrund ist wohl darin zu suchen, daß sie vor allem auf Reisen ebenso gern zum Hinterlassen von Namen und Anschrift wie auch für knappe Mitteilungen verwendet werden. Der Tourismus fördert die »Karte« in gleichem Maße wie der wachsende internationale Geschäftsverkehr. Überhaupt ist in vielen Berufen die Karte inzwischen geradezu ein »Muß«.

Da im Ausland vor allem in romanischen Ländern die »Visitenkartensprache« noch wesentlich stärker verbreitet ist als bei uns, kann es durchaus vorkommen, daß man eine Karte zum Beispiel mit dem Zeichen »p.p.« erhält. Und für diesen Fall ist es vielleicht gut, schnell nachschlagen zu können, vorausgesetzt, daß die Besucher nicht schon im Zimmer stehen.

Auch wenn, wie bereits angedeutet, ein paar der nun folgenden Angaben ein wenig altmodisch und überholt klingen mögen, soll doch im einzelnen aufgeführt werden, was die internationalen Sitten noch immer zum Thema private Karte vorschreiben. Allerdings sieht man die Dinge heute nicht mehr gar so eng. Weder die früher üblichen unterschiedlichen Kartenformate für Damen und Herren müssen streng eingehalten werden, noch müssen die Karten, wie früher üblich, rein weiß sein. Auch darf die Dame, ob verheiratet oder nicht, wenn sie einen Beruf hat und ausübt, diesen auf der Karte angeben.

Französische Abkürzungen

Um den Zweck eines Besuches auf der Karte mitzuteilen, bedient man sich im internationalen Verkehr und auch im deutschen Sprachbereich französischer Abkürzungen. Man kann seine Absicht heute jedoch auch ohne weiteres mit einem kurz formulierten Satz auf der Karte bekanntgeben.

Die international üblichen Abkürzungen:

- p.p. (pour présenter) – um einen anderen (nicht sich selbst!) vorzustellen
- p.f. (pour féliciter) – um Glück zu wünschen
- p.f.n.a. (pour féliciter nouvel an) – um zum neuen Jahr Glück zu wünschen
- p.c. (pour condoler) – um Beileid auszusprechen
- p.p.p. (pour prendre part) – um Beileid auszusprechen
- p.p.c. (pour prendre congé) – um Abschied zu nehmen
- p.r. (pour remercier) – um zu danken

Ein persönlicher Besuch muß unter Umständen erwidert werden. Hat jemand seine Karte nur abgegeben, womit der Besuch als abgestattet gilt, so muß der Besuchte sich in bestimmten Fällen möglichst umgehend bedanken – vor allem dann, wenn er nicht vorhat, den »Besuch« persönlich zu erwidern. Das geschieht, indem er seine Visitenkarte mit dem betreffenden Vermerk an die betreffende Person schickt.

Für Karten mit Vermerk dankt man auf Karten mit dem Vermerk:

| | |
|---|---|
| p.c. | p.r. |
| p.p.p. | p.r. |
| p.f. | p.r. |
| p.f.n.a. | p.f.n.a. |

Wenn man mit der nächsten Post danken kann, verwendet man folgende Abkürzungen:

| | |
|---|---|
| p.r.p.f. | (Dank und Glückwünsche), |
| p.p. | wird nicht erwidert, |
| p.p.c. | wird nicht erwidert, |
| p.r. | wird nicht erwidert. |

Für eine Visitenkarten-Nachricht, zum Beispiel beim Übersenden von Blumen, ist weder eine Anrede noch eine Unterschrift erforderlich. Handschriftliche Zusätze wirken aber um ein Vielfaches persönlicher. Nicht mehr zeitgemäß ist, auch bei einem Rückseitenvermerk im Brief, die Abkürzung »D.U.« (Der Umseitige). Wer anders könnte denn die Mitteilung geschrieben haben als der Absender?!

## Kranken- und Kondolenzbesuche

Ist es schon bei einem normalen Besuch ein Gebot der Höflichkeit, sich anzumelden, so gilt das um so mehr für Krankenbesuche. Nun ist freilich Krankheit nicht gleich Krankheit. Es gibt harmlose kleine Krankheiten wie eine Erkältung, die schnell überwunden und rasch wieder vergessen sind. Es gibt schwere Erkrankungen, die den Patienten lange ans Bett fesseln, chronische Krankheiten, mit denen man dennoch einem einigermaßen geregelten Leben nachgehen kann, und es gibt die unangenehmen Folgen eines Unfalls oder sportlicher Aktivitäten.

Besonders der alleinstehende kranke Mensch wird es als hilfreich empfinden, einen guten Bekannten, einen lieben Nachbarn, Arbeitskollegen oder Freund zu haben, der ihm etwas aus dem Supermarkt besorgt oder Medikamente aus der Apotheke mitbringt. Auch wer sich »nur« den Arm oder das Bein gebrochen hat, kann eine Zeitlang nicht gut selbst einkaufen gehen, obwohl er sich körperlich vielleicht gut fühlt. Er wird sich über den Besuch von Freunden und Arbeitskollegen sicher freuen. Aber man sollte immer erst fragen und seinen Besuch ankündigen, vor allem, wenn der Kranke zu Hause zu Bett liegt.

### Der Besuch zu Hause

Vor allem, wenn jemand an einer schweren Krankheit mit längerer Genesungszeit leidet, wird man zwar seinen Besuch anbieten, sich aber in allem nach den Bedürfnissen des Kranken richten. Ganz und gar unangebracht wäre es, beleidigt zu sein, wenn ein Kranker darum bittet, nicht besucht, sondern vielleicht nur angerufen zu werden. Der Kranke wird dafür triftige Gründe haben, die man unbedingt respektieren muß. Gegen einen freundlichen, aufmunternden Brief wird kaum jemand etwas einzuwenden haben. Allerdings sollte der Schreiber nicht erwarten, daß er unverzüglich Antwort bekommt.

### Mitbringsel

Wer einen Kranken besucht, bringt meist eine Kleinigkeit mit. Blumen gelten als das klassische Mitbringsel, doch Vorsicht: Stark duftende Blumen können einen Schwerkranken ziemlich belästigen, und für einen alleinstehenden Menschen mit gebrochenem Arm oder Bein kann die spätere Weiterversorgung von Schnittblumen recht problematisch werden.

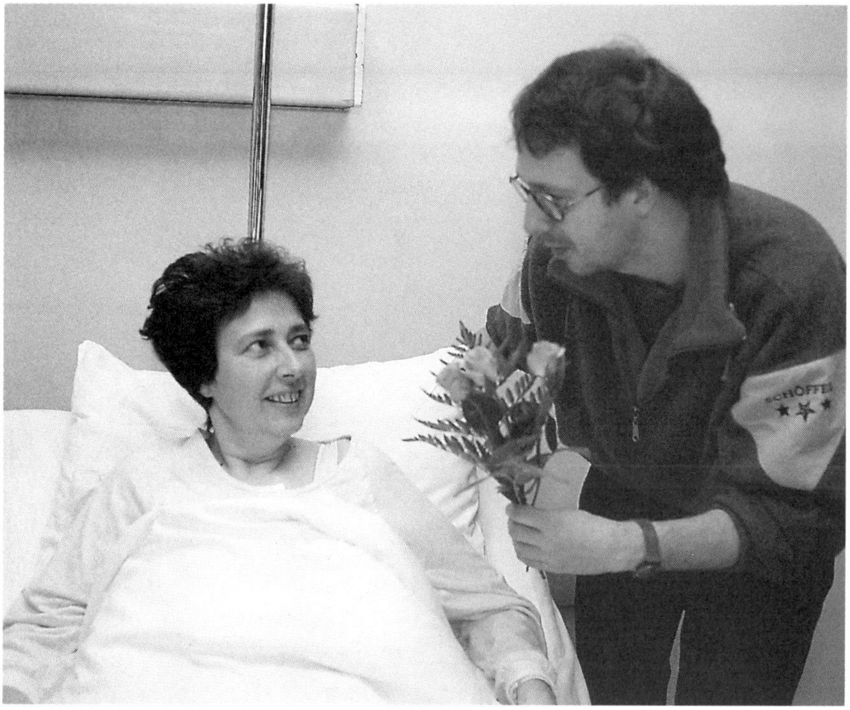

Das klassische Mitbringsel beim Krankenbesuch: Blumen

Eine blühende Topfpflanze, vielleicht auch ein hübscher Bund Trockenblumen sind für solche Fälle auch geeignete Aufmerksamkeiten. Ein beinahe ebenso beliebtes Mitbringsel sind kleine Obstkörbe. Wenn der Kranke Obst essen darf, ist das keine schlechte Idee. Erkundigen Sie sich aber lieber vorher. Gleiches gilt für Süßigkeiten oder andere Leckereien und für Getränke. Möglicherweise ist dem Kranken ausgerechnet das, was er besonders gern mag, im Augenblick strikt verboten.

Auch Bücher sind beliebte Mitbringsel für Kranke. Ehe man ein Buch auswählt, sollte man an den Zustand des Kranken, noch mehr aber an seinen Geschmack denken. Wer schon als Gesunder kein Freund von Krimis oder seichten Liebesromanen ist, wird es auch als Kranker nicht unbedingt werden. Andererseits kann eine allzu anspruchsvolle, hochgeistige Lektüre den geschwächten Kranken überfordern.

### Gesprächsthemen

Wie und worüber man mit dem Kranken spricht, hängt ganz von der Art der Erkrankung und vom Zustand des Patienten ab. Über Krankheit, sei es die des Patienten selbst, sei es die eines anderen

Menschen, spricht man nur, wenn der Kranke von sich aus das Gespräch darauf bringt und ganz eindeutig darüber sprechen möchte. In keinem Fall bedrängt man einen kranken Menschen mit Fragen über seine Krankheit, wenn er nicht darüber sprechen möchte. Man versucht, den Patienten so gut wie möglich aufzuheitern und durch neutrale Gesprächsthemen ein wenig abzulenken. Je nach Gegebenheit wird man auch gar nicht viel reden, sondern vielleicht eine Partie Schach mit ihm spielen, ihm vielleicht auch etwas vorlesen oder zusammen mit dem Kranken Musik hören. Niemals zwingt man einen geschwächten Patienten zu einem Gespräch, wenn man merkt, daß dies seine Kräfte überfordert.

RÜCKSICHTNAHME

Zu einem Krankenbesuch sollte man sich nicht auffälliger als sonst zurechtmachen. Dies gilt insbesondere für Frauen, die eine andere Frau am Krankenbett besuchen. Die krank zu Bett Liegende wird wahrscheinlich nicht gerade wie das sprichwörtliche blühende Leben aussehen. Das wird ihr um so schmerzlicher bewußt werden, je mehr die Besucherin sich herausgeputzt hat. Übrigens wird nicht nur Blumenduft, sondern auch ein allzu stark riechendes Parfüm von Kranken oft als sehr unangenehm empfunden.

Nicht nur der Geruchssinn kranker Menschen ist häufig überempfindlich, auch andere Sinnesreize werden von ihnen unter Umständen stärker empfunden. Deshalb spricht man leise, ohne gleich zu flüstern, man macht keine Lampe an und öffnet keine Vorhänge, ohne vorher gefragt zu haben.

Außerdem versteht sich von selbst, daß man in einem Krankenzimmer nicht raucht, ja, man fragt nicht einmal, ob man rauchen darf. Es könnte nämlich sein, daß einem der Kranke aus Höflichkeit das Rauchen gestattet, obwohl ihn der Qualm möglicherweise sehr belästigt. Etwas anderes ist es, wenn der Kranke beispielsweise die Folgen eines Skiunfalls auskuriert und selbst raucht.

Krankenbesuche sollten kurz sein, es sei denn, man wird ausdrücklich vom Kranken selbst gebeten, länger zu bleiben. Fragen Sie, ob sie noch einmal kommen dürfen; haben Sie Verständnis, wenn man sie bittet, im Moment nicht wiederzukommen.

Und noch eine letzte ganz wichtige Sache gilt es zu beachten, und zwar sowohl bei Hausbesuchen als auch bei Besuchen im Krankenhaus: Kranke, zumal wenn sie ernsthaft und sehr schwer krank sind, quälen sich oft mit Fragen über ihren Zustand, oder sie sind unangemessen euphorisch. Wer einen Kranken besucht, sollte deshalb nicht in Hör- oder Sichtweite des Patienten dessen Zustand mit Angehörigen oder anderen Besuchern erörtern. Man unterhält sich also nicht in einem anderen Raum mit den Angehörigen, wenn der Kranke vermuten könnte, man spreche über ihn.

### Der Besuch im Krankenhaus

Ein Besuch im Krankenhaus gestaltet sich grundsätzlich nicht anders als der zu Hause. Im eigenen Interesse erkundigt man sich nach den festgelegten Besuchszeiten. Ehe man das Krankenzimmer betritt, klopft man an. Man überfordert den Kranken nicht mit Endlosbesuchen, man kommt lieber öfter vorbei.

Liegt der Kranke nicht allein im Zimmer, grüßt man den oder die Bettnachbarn. Man spricht leise, damit man die Zimmergenossen und deren Besucher nicht stört. Wenn der Kranke aufstehen darf, geht man eventuell mit ihm auf den Flur hinaus oder setzt sich ins Besucherzimmer. Möglicherweise gibt es sogar einen Garten oder Park, in den man hinausgehen kann.

Sind noch andere Besucher da, verabschiedet man sich möglichst bald wieder. Die Kräfte des Kranken sollen ja geschont, nicht durch Besucherströme strapaziert werden.

### Der Kondolenzbesuch

Hat man eine Todesanzeige erhalten, in der gebeten wird, von Kondolenzbesuchen abzusehen, so hat man sich unbedingt und strikt daran zu halten. Selbst wenn nicht ausdrücklich darum gebeten wurde, keine Kondolenzbesuche zu machen, sollte man einen Trauernden nie ohne vorherige Anfrage zu Hause besuchen. Schließlich ist ein Trauernder in einer besonderen Situation, und nicht jeder empfindet Besuche unter diesen Umständen als Trost. Statt eines Kondolenzbesuchs wird heute im allgemeinen von der Möglichkeit Gebrauch gemacht, zur Beerdigung oder zur Trauerfeier zu gehen und dann bei dieser Gelegenheit dem Betroffenen zu kondolieren. Doch ist auch hier eine gewisse Vor- und Umsicht geboten. Hieß es in der Todesanzeige beispielsweise »Von Beileidsbezeugungen am Grab bitten wir Abstand zu nehmen«, so ist auch der »stille« Händedruck, der dann doch oft mit ein paar Worten verknüpft wird, nicht erwünscht. In keinem Fall hat man das Recht, ihn von sich aus zu erzwingen.

Kondolenzbesuche nach alter Etikette werden heute ohnehin immer seltener. Früher hatte die gutbürgerliche Familie Personal, mindestens ein Dienstmädchen, und man konnte, um zu kondolieren, seine Visitenkarte mit dem Vermerk »p.c.« (pour condoler) oder »p.p.p.« (pour prendre part) abgeben. Den Trauernden selbst begegnete man dabei gar nicht.

## Gäste und Haustiere

Es gibt Menschen, die, aus welchem Grund auch immer, keine Hunde oder andere Tiere in ihrer Wohnung oder ihrem Haus mögen. Es ist kurzsichtig, diesen Leuten unbesehen Tierfeindlichkeit zu unterstellen. Vielleicht leiden sie an einer Allergie oder an einer Phobie, einer krankhaften Angst, weil sie als Kind einmal angefallen oder gar gebissen wurden.

Auf jeden Fall ist man als Gast gehalten, sich rechtzeitig zu erkundigen, ob man seinen Hund mitbringen darf. Wird man gebeten, das Tier nicht mitzubringen, hält man sich daran. Vor allem sollten Sie nicht hoch und heilig versichern, Ihr Hund sei lammfromm, wenn er dazu neigt, in Gesellschaft nervös zu werden, zu knurren, zu bellen oder gar zu schnappen.

Auch als haustierbesitzender Gastgeber hat man ein paar Kleinigkeiten zu beachten. Dieselben Menschen, die es nicht gern sähen, daß Sie Ihren Hund, Ihre Katze oder sonst ein Tier mit zu ihnen brächten, werden vor diesen Tieren auch in Ihrem Hause Angst haben oder durch Allergien gefährdet sein. Meist denken Tierbesitzer nicht daran, bei einer Einladung auf den Umstand hinzuweisen, daß sie ein Haustier haben. Jedenfalls sollten Sie das Tier bei der Begrüßung der Gäste zurückhalten und überlegen, ob Sie es während der Dauer des gesamten Besuches nicht in einem anderen Raum unterbringen können. Auch wenn es Ihnen als Tierliebhaber möglicherweise schwerfällt, das einzusehen, nehmen Sie Rücksicht auf Ihre Gäste!

Für etwaige Schäden, die das Haustier anrichtet, hat der Besitzer selbstverständlich aufzukommen. Wenn Ihr Hund, der eben noch im Garten nach seinem verbuddelten Knochen gegraben hat, dem gerade eingetroffenen Gast freudig schwanzwedelnd die Pfote auf die hellen Hosen legt und darauf wunderschöne Abdrücke hinterläßt, so müssen Sie mindestens anbieten, die Kosten für die Reinigung zu tragen.

## Übernachtungsgäste

Übernachtungen im Hotel sind meist nicht billig, und nicht immer ist ohne weiteres ein Zimmer zu bekommen. Sofern man im eigenen Haus oder in der Wohnung entsprechenden Raum und Möglichkeiten zur Verfügung hat, wird man Bekannten oder Freunden, die von weit her zu Besuch kommen, anbieten, als Logiergäste zu bleiben.

Mit guten Freunden kann man ohne große Umstände alle nötigen Absprachen treffen. Auch wird man es nicht unbedingt als unangenehm empfinden, sich im Nachtgewand oder im Morgenmantel zu begegnen. Und die Absprache, wer wann aufsteht und wer wann das Bad benutzen kann, wird unproblematisch vonstatten gehen.

All das wird ein wenig komplizierter, wenn man verhältnismäßig fremde Menschen als Übernachtungsgäste bei sich aufnimmt. In jedem Fall muß man als potentieller Gast auf das Angebot der Gegenseite warten.

Als Raucher erkundigt man sich unbedingt rechtzeitig, ob es erlaubt ist, im Gästezimmer zu rauchen. Besonders sehr starken Rauchern, die auf ihre Zigarette unmöglich verzichten können, ist sehr zu raten, danach zu fragen, ehe sie die Einladung annehmen. Die Gastfreundschaft könnte ihnen verleidet sein, wenn sie dafür das Opfer vollständiger Abstinenz vom Glimmstengel bringen müßten. Umgekehrt kann man verstehen, daß strikte Nichtraucher keinen Qualmgeruch in der Wohnung haben möchten. Immerhin gibt es ja heutzutage auch bereits Hotels, die Raucher- und Nichtraucherzimmer anbieten.

Möchte der Gast ein Mineralwasser für die Nacht mit in sein Zimmer nehmen, bittet er den Gastgeber darum. Er geht nicht einfach an den Kühlschrank und bedient sich – es sei denn, er wäre vom Gastgeber ausdrücklich dazu aufgefordert.

Gleiches gilt auch für das Telefon. Man fragt vorher, ob man telefonieren darf, und faßt sich kurz. Bei unumgänglichen, längeren Telefonaten bietet man an, die Kosten zu erstatten.

BADBENUTZUNG

Daß man Toilette und Bad benutzen darf, ist selbstverständlich; daß man als Gast beides mindestens so sauber hinterläßt, wie man es vorgefunden hat, sollte ebenfalls klar sein. Man hält sich an die zeitlichen Absprachen, die wegen der Benutzung getroffen wurden, vor allen Dingen, wenn am Morgen mehrere Leute das Bad benutzen müssen. Ist der Gastgeber gar berufstätig und muß das Haus früh verlassen, wäre es grob unhöflich, das Bad über Gebühr lange zu blockieren.

Alle im Bad vorgefundenen Gegenstände – Kämme, Seife, Cremes, Parfüms usw. – sind für den Gast tabu, es sei denn, er wird ausdrücklich zur Benutzung ermuntert. Höchstens den Fön darf man ungefragt benutzen, vorher zu fragen ist aber in jedem Fall höflicher.

DANKESCHÖN

Ist man als Übernachtungsgast eingeladen, darf das Mitbringsel für die Gastgeber etwas üppiger ausfallen als das Mitbringsel zu einer normalen Abendeinladung. Ganz und gar unangebracht ist es allerdings, einen Schein auf dem Nachttisch liegenzulassen, sozusagen als Trinkgeld für den Gastgeber.

Wer seinen Gästen keine Logiermöglichkeit im eigenen Haus oder der eigenen Wohnung anbieten kann, wird bei der Suche nach einem Hotelzimmer behilflich sein. Doch selbst wenn der Gastgeber das Hotelzimmer vorbestellt, ist er nicht verpflichtet, dafür auch die Kosten zu übernehmen. Allerdings wäre es ratsam, den zu erwartenden Gast vorher zu fragen, in welchem Rahmen sich die Zimmerpreise bewegen dürfen.

# Geselligkeit daheim und draußen

Früher standen selbst die Formen der häuslichen Geselligkeit im Zeichen der Etikette – bürgerliche Versuche, die Prachtentfaltung der höfischen Gesellschaft zu imitieren. Aus dem Hofball wurde der Hausball, aus dem Hausball die heutige Party.

Heute laden Gastgeber selbst dort, wo Geselligkeit als gesellschaftliche Repräsentation gepflegt wird, zur Party. Kids und Teenies machen eine Fete oder ziehen eine Sause ab oder auch einen Riesenfez.

## Die zwanglose Party

Gleichgültig, ob eine Party unter einem Motto steht – ob es also eine Einstands- oder Abschiedsparty, ob es eine Faschings-, eine Housewarming- oder eine Kellerparty ist – und ganz gleich auch, wie man sie nennt, ob Gartenfest, Grillfete oder Barbecueparty, eines haben diese Zusammenkünfte gemein: Sie sind in jeder Hinsicht zwanglos.

EINLADUNG

Diese Zwanglosigkeit beginnt bei der Einladung. Zur Party kann man per Telefon oder Fax einladen, mündlich – etwa, wenn man sich zufällig im Supermarkt begegnet, kann man sagen: »Wir veranstalten nächsten Samstag eine Bottleparty, habt Ihr nicht Lust zu kommen?« –, und man kann schriftlich dazu einladen. Aber dann wird man die Einladung locker formulieren und nicht unbedingt mit dem förmlichen Vermerk »u.A.w.g.« (um Antwort wird gebeten) um die nötige Rückantwort bitten. Die telefonische Einladung ist heute allgemein üblich, die Einladung per Fax ist stark im Kommen – aber noch nicht jeder besitzt ein solches Gerät.

Beliebt bei jung und alt: eine zwanglose Grillparty

Wer mündlich oder telefonisch eingeladen wird, kann sich gleich erkundigen, um welche Art von Party es sich handelt, wann der Fez losgehen soll, ob man etwas mitbringen soll usw.

Wer schriftlich einlädt, sollte von sich aus entsprechende Angaben machen, also die Uhrzeit angeben, ab wann die Gäste eintrudeln sollten, vor allem aber auch, ob festliche Kleidung gewünscht wird – sonst gilt nämlich: Zu einer Party kann man in Straßenkleidung erscheinen.

KOMMT MAN PÜNKTLICH?

Da eine Party, wie gesagt, ein zwangloses Zusammenkommen ist, braucht man nicht auf die Minute pünktlich zu erscheinen. Allerdings, eines gilt es schon zu beachten: Man kommt nicht vor der angegebenen Zeit. Und man kommt pünktlich, wenn bei der Einladung ausdrücklich um Pünktlichkeit gebeten wird.

MITBRINGSEL

Da sich zu einer Party meist eine größere Zahl von Leuten einfindet, ist es wenig sinnvoll, Blumen mitzubringen. Wo sollen die Gastgeber mit 15 oder 20 Sträußen hin? Irgendeine andere Form des kleinen Mitbringsels ist dagegen durchaus angebracht, wenn der

Gast nicht ohnehin gehalten war, einen (kulinarischen) Beitrag zur Party zu leisten. Letzteres ist allerdings nur bei zwanglosen Partys unter guten Freunden üblich.

Je individueller das Mitbringsel auf die Gastgeber abgestimmt ist, desto mehr Freude wird es machen. Man darf heutzutage durchaus sehr privat werden. Wäre es früher unmöglich gewesen, der Gastgeberin ein Duftwässerchen, dem hobbykochenden Hausherrn ein Fläschchen Trüffelöl mitzubringen, so ist das heute ohne weiteres gestattet. Voraussetzung ist, man kennt den Geschmack der Beschenkten genau.

### Verhalten der Gäste

Sinn und Zweck einer Party ist Geselligkeit. Alte Freunde wollen sich treffen, aber man möchte auch neue Leute kennenlernen. Man sollte meinen, daß die zwanglose Atmosphäre einer Party dazu wie geschaffen ist – doch da kann man sich täuschen. Stoßen nur ein oder zwei Neulinge auf eine alte Clique, kann es unter Umständen schwierig sein. Nicht jedem ist es gegeben, sich in ein Gespräch einzuklinken. Und oft geschieht es dann, daß der Neuling links liegen gelassen wird. Zumindest die Gastgeber sollten sich dann ein wenig um ihn kümmern und dafür sorgen, daß kein Gast sich langweilt, weil er mit niemandem ins Gespräch kommt.

Da es aber auf Parties ungezwungen zugeht, ist es nicht unbedingt nötig, daß der Gastgeber neue Gäste einander vorstellt. Höflicher ist es aber allemal, und es wird manchem Neuling den »Einstieg« erleichtern.

### Zimmerdekorationen und Musik

Wer mag, kann die Räumlichkeiten dem Motto der Party entsprechend dekorieren, man kann gute Freunde und Familienangehörige vorher auch bitten, bei der Dekoration mitzuhelfen. Je nach Art und Form der Party sollte man bei der Musik nicht nur an den eigenen Geschmack, sondern auch an den der Gäste denken – und die Nachbarn nicht vergessen, die irgendwann wieder ihre Ruhe haben möchten.

Zu einer Party gehört meist auch Musik, und häufig wird auch getanzt, kurz, es geht oft recht laut zu. Die Gastgeber tun also gut daran, ihre unmittelbaren Nachbarn entweder mit einzuladen oder doch zumindest rechtzeitig vorzuwarnen. Rechtzeitig heißt in diesem Fall nicht ein oder zwei Stunden, sondern mindestens zwei Tage vorher.

VERABSCHIEDUNG

So unkonventionell, wie man zur Party einlädt, fällt auch der Dank aus. Wenn man die Party verläßt, verabschiedet man sich bei den Gastgebern – es sei denn, es wäre eine Riesenfete mit großem Trubel und die Gastgeber wären gerade zu beschäftigt – und bedankt sich bei dieser Gelegenheit für den schönen Abend. Von den anderen Gästen muß man sich, gerade bei großen Festen, nicht unbedingt verabschieden. Das kann aber von Situation zu Situation verschieden sein.

## Strengere Regeln: die Einladung mit offiziellem Charakter

EINLADUNGSKARTEN

Zu Festlichkeiten, die einen offiziellen Rahmen verlangen, wird es immer auch Einladungskarten geben. Für solche Einladungskarten haben sich Abkürzungen eingebürgert, die man jedoch nicht benutzen muß, wenn man selbst den Text einer Karte formuliert. Doch wenn man eine Karte bekommt, sollte man die Abkürzungen verstehen.

»U.A.w.g.« ist eine der häufigsten Abkürzungen. Sie steht für »um Antwort wird gebeten«, und dieser Bitte nachzukommen sollte selbstverständlich sein. Oft genug liegt einer offiziellen Einladung zu einem Geschäfts- oder Berufsjubiläum, einem Empfang, einer Pressekonferenz, einem Festakt oder ähnlichem ohnehin eine Antwortkarte bei. Diese auszufüllen liegt letztlich im Interesse des Eingeladenen. Wenn er tatsächlich zu der Einladung geht, möchte er dort alles wohlorganisiert vorfinden. Wie aber sollen die Veranstalter organisieren, wenn ihre Einladungen nicht – oder nicht rechtzeitig – beantwortet werden? Zudem kostet das Ausfüllen einer Antwortkarte ja kaum Zeit.

Auch wenn keine Antwortkarte beiliegt, was eher bei privaten Einladungen mit offiziellerem Charakter der Fall ist, wird man unter allen Umständen antworten. Findet sich auf der Einladung eine Telefonnummer, so heißt das, daß man sie benutzen, seine Zu- oder Absage also telefonisch übermitteln darf.

Statt des oben angegebenen »u.A.w.g.« bediente man sich früher des angeblich feineren »R.s.v.p.«, was nichts anderes bedeutet als »Répondez s'il vous plait«, und das wiederum heißt: »Antworten Sie bitte«.

Weitere Abkürzungen auf Einladungskarten beziehen sich auf die Zeit, zu der eingeladen wird. Steht hinter der angegebenen Uhrzeit »s.t.« so bedeutet dies »sine tempore« und heißt zu deutsch »ohne Zeit«: Es wird also um pünktliches Erscheinen gebeten. Findet sich hinter der Uhrzeit der Vermerk »c.t.«, so bedeutete dies »cum tempore« (wörtlich »mit Zeit«). Der Gast ist gehalten, etwa 15 bis 20 Minuten nach der angegebenen Zeit zu erscheinen, nicht aber 40 oder gar 60 Minuten später.

Je nach Art der Einladung kann auch das Ende der Veranstaltung bereits angegeben sein.

Zu großen Veranstaltungen, zu denen auch auswärtige (und möglicherweise ortsunkundige) Gäste geladen sind, verschicken umsichtige Gastgeber Einladungen, denen eine Anfahrtskizze oder ein Orientierungsplan beigefügt ist.

BEKLEIDUNGSVERMERK

Während für die Party – sofern nicht ausdrücklich anderes gesagt wird – legere Kleidung durchaus erlaubt ist, gilt für offiziellere Anlässe eine strengere Bekleidungsordnung. Da aber die Bandbreite der Möglichkeiten doch recht groß ist, haben wir der Frage nach der Bekleidung ein eigenes Kapitel gewidmet: »Was ziehen wir an?« (ab Seite 166).

MITBRINGSEL, GEGENEINLADUNG

Zu offiziellen Einladungen von Institutionen bringt man weder irgendwelche Aufmerksamkeiten mit, noch ist man zu irgendeiner Form der Gegeneinladung verpflichtet.

Anders bei offiziellen Familienfesten, Hochzeiten etwa. In diesem Fall ist ein Geschenk an das Brautpaar zwar üblich, doch ob man es persönlich übergibt oder am Rande der Feier auf einem Geschenktisch ablegt oder außerhalb des Rahmens der Feier übersendet, hängt von den jeweiligen Gegebenheiten ab.

Während es auch üblich ist, sich für private Einladungen, die einen überschaubaren Rahmen kaum sprengen, irgendwann mit einer Gegeneinladung zu revanchieren, muß man sich für eine Einladung zu einem großen Fest zwar bedanken, doch sind keineswegs alle Hochzeitsgäste verpflichtet, ihrerseits irgendwann das Hochzeitspaar einzuladen.

## Zwischen zwanglos und offiziell: die Einladung zum Essen

Vieles, was zum Thema Party gesagt wurde, gilt auch für die Einladung von guten Freunden oder engeren Bekannten zum Essen. Je nachdem, wie die Einladung lautete, darf man als Gast leger gekleidet erscheinen, oder man wählt eine elegantere Garderobe. Als Mitbringsel für die Gastgeber eignen sich Blumen, aber auch eine Flasche Wein, eine Schachtel gutes Konfekt, ein Buch oder sonst eine Kleinigkeit.

In einem Punkt unterscheidet sich die Einladung zur Party von der zum Essen grundsätzlich: Man erscheint pünktlich zur angegebenen Zeit.

Gewiß gibt es Fälle, die ein Zuspätkommen entschuldigen; aber dabei darf es sich nur um solche Umstände handeln, die persönlich unverschuldet sind. Man kommt ja auch stets pünktlich vor Beginn der Vorstellung zum Theater oder Konzert. Jede Hausfrau ist mit Recht verstimmt, wenn Gäste oder Familienmitglieder verspätet zu den Mahlzeiten erscheinen, auch wenn sie es nicht zeigt.

Es ist rücksichtslos, jemanden auf sich warten zu lassen, nicht nur bei Verabredungen und im geselligen Leben, sondern vor allem auch im Beruf.

Kann man absehen, daß man zu einer Verabredung oder einer Einladung nicht wird pünktlich erscheinen können, so versucht man unter allen Umständen, telefonisch Bescheid zu geben. Wer zu einem Essen zu spät kommt – und sei es unverschuldet –, sollte auf jeden Fall Verständnis haben, wenn die anderen, nach angemessener Wartezeit, bereits zu essen angefangen haben. Am besten ist es, bei der telefonischen Entschuldigung von sich aus darum zu bitten.

AUSWÄRTIGE GÄSTE

Wenn Gäste von auswärts kommen und – vor allem in der Großstadt – eine lange Anfahrt haben, empfiehlt es sich, das schon in der Einladung mit einem Vermerk wie »Eintreffen zwischen 19 und 20 Uhr« zu berücksichtigen. Der durch eine Verkehrsbehinderung aufgehaltene Gast braucht dann – vorausgesetzt, daß er nicht in letzter Minute abgefahren ist – nicht nervös zu werden.

HILFREICHE GÄSTE

Gastgeber oder Gastgeberin behilflich zu sein, vor allem bei plötzlichem Überfall durch mehrere Gäste oder bei einer unkonventionellen, spontanen Einladung nach einer gemeinsam erlebten Veranstaltung – »Wir trinken noch eine Tasse Kaffee bei uns!« –, wird besonders im Bekanntenkreis heute mehr und mehr geschätzt. Trotzdem sollte man bei solchen Gelegenheiten nie vergessen, daß die Küche zum inneren Bereich der Wohnung gehört, daß man ihre Schwelle also nicht ohne Erlaubnis von Hausfrau oder Hausmann überschreiten sollte: Vielleicht wurde die Küche in einem Zustand verlassen, den man späten Gästen nicht gern vorführen möchte. Daher sollte man die Hilfsbereitschaft nie so weit treiben, einfach in die Küche einzudringen!

GEGENEINLADUNG

Nicht jeder kann sich durch eine Gegeneinladung in die eigenen vier Wände für eine Essenseinladung revanchieren. Das heißt nicht, daß er jeglicher Verpflichtung zur Revanche enthoben wäre. Es heißt aber auch nicht, daß man jede Einladung ablehnen müßte, weil man sie nicht erwidern kann. Wer im Einzimmerappartement wohnt und über keinerlei Kochkenntnisse verfügt, kann durchaus in ein Restaurant einladen oder auch zu einem Theater- oder Kinobesuch, dem sich möglicherweise noch ein Gang in ein Lokal anschließt.

Allerdings gibt es Ausnahmen: Junge Leute, Schüler, Auszubildende oder Studenten beispielsweise, sind zu Gegenleistungen gegenüber deutlich Bessergestellten (Lehrer, Chef, Professor) nicht verpflichtet. Es ist aber eine freundliche Geste – und wird sicherlich entsprechend vermerkt –, wenn sich der junge Gast mit ein paar Zeilen bedankt.

DANK FÜR GLÜCKWÜNSCHE UND GESCHENKE

Daß man sich für Glückwünsche und Geschenke bedanken muß, bedarf wohl keiner Frage. Den Dank mit einer Anzeige in der Tageszeitung oder durch eine vorgedruckte Danksagung abzustatten sollte auf jene großen Familienfeste beschränkt bleiben, nach denen das persönlich geschriebene Wort für den Beschenkten zu einer großen Last würde. Geschenke dagegen müssen auch in einer gedruckten Danksagung mit einigen hinzugeschriebenen Worten erwähnt werden – und größere Geschenke verpflichten zumindest zu einer gesonderten Briefkarte.

Wohl werden alle Geschenke, außer Blumen, in der Verpackung überreicht. Im Gegensatz zu früher, als es als vornehm galt, seine Neugier zu zügeln und die Verpackung erst dann zu öffnen, wenn der Gratulant gegangen war, läßt man heute den Schenkenden an der Überraschung teilhaben. Nur bei großen Festen (Hochzeitsfeiern, runden Geburtstagen) verschiebt man das Auspacken auf später und bedankt sich im nachhinein schriftlich.

Überreichen auf einem kleineren Fest mehrere Gäste ihre Päckchen gleichzeitig, läßt man sie natürlich nicht Schlange stehen, sondern legt die Gaben erst ab, um den Gratulanten ihre Plätze zu zeigen, und ergreift die nächste Gelegenheit, um die Päckchen zu öffnen und sich bei jedem einzelnen für sein Geschenk zu bedanken. Beim Abschied bedankt sich der Beschenkte nochmals – und ist dann von einer schriftlichen Danksagung befreit.

Für alle schriftlichen Glückwünsche sollte man sich innerhalb von zwei Wochen bedanken. Vor allem die Absender durch die Post übermittelter Geschenke sollten so schnell wie möglich eine Bestätigung erhalten. Trifft man an den nächsten Tagen einen der nicht persönlich erschienenen Gratulanten, kann man den Dank natürlich persönlich abstatten. Selbstverständlich kann man auch per Telefon sein Dankeschön sagen.

## Das Gästebuch

Der Gastgeber kann die Stimmung einer fröhlichen Runde verderben, wenn er mit dem Gästebuch naht. Es ist nun einmal nicht jedermanns Sache, auf Anhieb das besondere Wort zu finden, zu dem die meisten – mit sich und einem Konzeptpapier allein – durchaus in der Lage wären. Daher einige Tips.

Bitten Sie nicht um »ein Wort« ins Gästebuch. Bitten Sie schlicht um »Autogramme«. Schreiben Sie selbst an den Seitenkopf zum Beispiel: »Zur Einweihung der neuen Wohnung am (Datum) bei uns zu Gast.«

Wenn Sie einen gewandten Formulierer unter Ihren Gästen wissen, so können Sie ihn schon bei Beginn unter vier Augen darum bitten, zu gegebener Stunde ein paar treffende Worte an den Anfang zu setzen. Nahen Sie mit einem so vorbereiteten Gästebuch, dürfen Sie damit rechnen, daß ein Wort mehr schreiben wird, wer eines zur Hand hat.

Wer ein Gästebuch führt, sollte ferner berücksichtigen, daß jeder seine Widmung an einem Tisch allein schreiben möchte, an dem ihm niemand über die Schulter blickt.

Es sind zumeist gastfreundliche Menschen, die Freude an der Chronik der besonderen Tage in ihrem Heim haben. Dabei kommt es den meisten nicht auf lange, geistreiche Ausführungen an, sondern auf die Vollständigkeit der Namen. Unter jungen Ehepaaren – so ergab eine Umfrage – führen immerhin 29 von 100 ein Gästebuch. Machen wir ihnen also die Freude! Dabei genügt ein »Herzlichen Dank für den schönen Abend (+ Unterschrift)« durchaus – es muß nicht immer ein geistreiches Zitat oder ein witziges Bonmot aus der Feder fließen.

## Einladung ins Restaurant

Es wurde schon erwähnt: Für eine private Einladung zum Essen kann man sich mit einer Einladung in ein Restaurant revanchieren. Es ist unbestritten: Die Bandbreite der Lokalitäten ist groß, entsprechend unterschiedlich wird das Verhalten der Gäste sein. In der Dorfkneipe geht es anders zu als im Luxusrestaurant, und doch gibt es allgemeingültige Grundregeln.

WER HAT DEN VORTRITT?

Nach den Regeln der alten Schule ist das Betreten eines Lokals eine Zeremonie mit umfangreicher Choreographie. Der Herr hält der Dame die Tür auf, geht aber, kaum daß man im Lokal ist, wieder vor, denn er hat einen Tisch bestellt oder sollte zumindest nach einem solchen Ausschau halten. Das gleiche gilt für die sehr junge Dame, die mit einer älteren Dame unterwegs ist.

Heute kann es sehr gut sein, daß die Dame die Gastgeberin ist, daß sie also mit mehreren Herren zu einem (Geschäfts-)Essen in ein Restaurant geht. Dann wird sie solange vorgehen, bis der Ober auf sie zukommt. Sie wird ihren Namen nennen, auf den sie den Tisch vorbestellt hat. Oder sie wählt, nach einem Blick durch das Lokal, den ihr angemessen scheinenden Tisch, sofern nicht ohnehin bereits vorbestellt war.

DIE GARDEROBE

Üblicherweise legt man zunächst den Mantel ab, ehe man sich zu seinem Tisch begibt. Kann man von der Garderobe aus das Lokal nicht überschauen und hat man keinen Tisch vorbestellt, darf man noch in Hut und Mantel erst einmal einen Blick in den Gastraum werfen, um zu sehen, ob überhaupt ein Tisch frei ist.

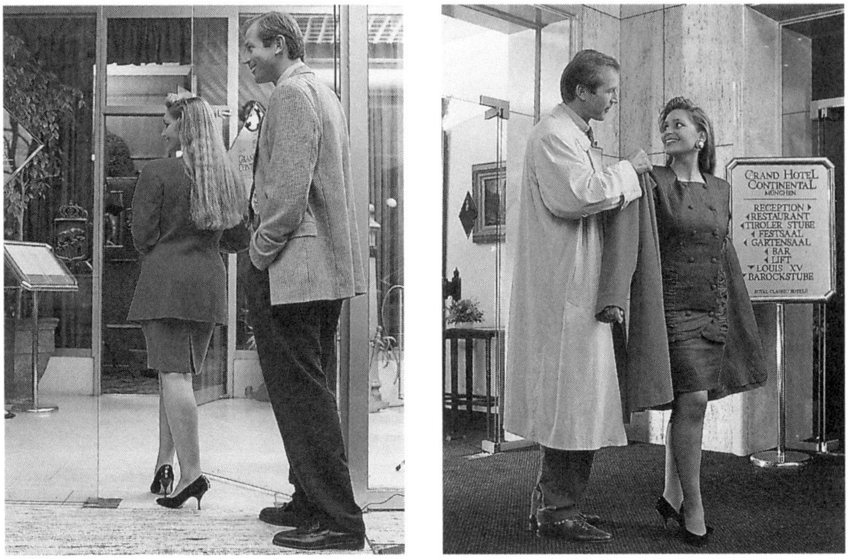


Höfliche Gesten, die viele Frauen auch heute noch zu schätzen wissen

Eine kleine Gruppe von zwei, höchstens drei Personen kann dann direkt zum Tisch gehen. Der Herr wird dann den Mantel der Dame vom Tisch mit zur Garderobe nehmen und dort schließlich auch selbst ablegen.

Wer gleich an der Garderobe ablegt, ist sich gegenseitig behilflich, der Herr der Dame, die junge Dame der älteren und dem deutlich älteren Herrn.

Außerdem ist es heute erlaubt, daß der Herr, der ja auch seinen eigenen Mantel ablegen muß, die Hilfestellung für die Dame dem Kellner überläßt.

## Die Sitzordnung

Wie ein Paar oder ein Grüppchen sich in einem Restaurant setzt, ist keinen strengen Regeln unterworfen. Man wird sich vernünftigerweise so setzen, daß es für alle bequem ist, alle genügend Ellenbogenfreiheit haben und sich gut miteinander unterhalten können. Zwei Personen setzen sich also eher gegenüber oder übereck als nebeneinander.

Auch im Restaurant rückt der Herr der Dame den Stuhl zurecht (siehe Seite 136), doch darf auch hier heutzutage der Kellner behilflich sein, ohne daß der Herr deswegen als ungehobelt gilt.

Früher war es auch üblich, daß sich alle Herren ebenfalls erhoben, wenn eine Dame vom Tisch aufstand. Heute erhebt sich – bei offiziellen Essen – nur noch der eigentliche Tischherr der Dame.

Ist man gezwungen, den Tisch mit Fremden zu teilen – was wohl nur in einfacheren Lokalen vorkommen wird –, so grüßt man kurz. Zu einer weiteren Unterhaltung ist man nicht verpflichtet, manchmal wird sie sogar als unerwünscht angesehen. Will man sich von sich aus an einen schon zum Teil besetzten Tisch setzen, fragt man, ob es gestattet ist.

FREMDE MIT AM TISCH

Die Bitte, ob ein Fremder am eigenen Tisch Platz nehmen darf, kann man schlecht ablehnen, es sei denn, man erwartet noch einen Gast.

Hat man sich in einem Restaurant verabredet, so ist der Einladende zu größtmöglicher Pünktlichkeit verpflichtet. Der Herr, der mit einer Dame in einem Restaurant verabredet ist, kann sie auch rechtzeitig vor dem Lokal erwarten. Ein kurzer Blick hinein, ob sie vielleicht doch schon da ist, kann nichts schaden.

VERABREDUNGEN IM RESTAURANT

Die einladende Dame darf den Herrn selbstverständlich im Lokal erwarten. Auch die eingeladene Dame kann hineingehen, dem Kellner sagen, sie sei mit Herrn Soundso verabredet, er möge sie bitte zum vorbestellten Tisch führen.

Als Wartender darf man sich einen Aperitif oder ein anderes Getränk bestellen. Mit der Essensbestellung wartet man, bis alle Verabredeten versammelt sind.

Jemanden in einem Lokal unverhältnismäßig lange warten zu lassen, ist grob unhöflich. Auch Lokale haben Telefone – man kann also anrufen und dem Wartenden zumindest ausrichten lassen, daß man sich – aus wirklich triftigem Grund – verspäten wird.

Handelt es sich um eine (erste) private Einladung in ein Restaurant, sollte der Eingeladene ganz besonders aufmerksam sein und sich nach dem Gastgeber richten. Sagt dieser beispielsweise nichts von einer Vorspeise, sondern schlägt gleich eines der Hauptgerichte vor, so sollte man selbst nicht unbedingt auf einer Vorspeise bestehen. Umgekehrt brüskiert man den Einladenden, der offensichtlich ein ganzes Menü zelebrieren möchte, nicht damit, indem man nur eine Hauptspeise wählt und alles andere ablehnt.

DIE BESTELLUNG

Man muß nicht unbedingt dasselbe wählen wie der Gastgeber, aber man wird darauf achten, daß man sich etwa im gleichen preislichen Rahmen bewegt, also nicht das teuerste Gericht wählen, wenn dies der Gastgeber selbst auch nicht tut.

Man kann dem Eingeladenen seine Wünsche mitteilen, der sie dann dem Ober weitergibt, der die Bestellung aufnimmt. Es darf heute aber auch jeder Gast – gleichgültig ob männlich oder weiblich – seine Bestellung persönlich dem Kellner übermitteln. Das war früher absolut tabu – die Dame sprach nicht mit dem Kellner, sie ließ mit ihm sprechen. Oft aber hat man eine Frage, etwa wenn die Speisekarte in einer fremden Sprache vorliegt. Dann ist es besser, man fragt den Kellner direkt, was sich hinter dieser oder jener Bezeichnung verbirgt.

SERVIEREN UND NACHNEHMEN

In einem edlen Restaurant bekommt der Gast die Speisen vom Ober vorgelegt. Platten und Schüsseln zum Nachnehmen stehen auf einem Servierwagen neben dem Tisch. In diesem Fall bedient sich der Gast, der eine zweite Portion möchte, nicht selbst. Er wird diskret, aber genau beobachtet, und der Ober kommt rechtzeitig, um zu fragen, ob er noch einmal nachlegen darf.

Die Bedienung reicht – es ist gut, darauf vorbereitet zu sein – gefüllte Teller stets von rechts und nimmt die leeren auch von dort weg. Ausnahme: Salatteller (oben links) und Brotteller (unten links). Mit Platten und Schüsseln naht die Bedienung von links, um vorzulegen oder den Gast selbst wählen zu lassen. Ein »Danke« und »Bitte« kann jeder erwarten, der beim Essen behilflich ist.

»DARF ICH SCHON ANFANGEN?«

Normalerweise wird in guten Restaurants darauf geachtet, daß alle Gäste am Tisch ihr Essen zugleich serviert bekommen, auch wenn sie unterschiedliche Speisen bestellt haben. Manchmal ist das aber nicht möglich. Dann sollte man den Gast, dem zuerst serviert wurde, ruhig auffordern, schon zu essen anzufangen. Der wiederum wird sich noch einen Moment gedulden, wenn er bereits sieht, daß auch die anderen Speisen gebracht werden.

»WAREN DIE HERRSCHAFTEN ZUFRIEDEN?«

Oft wird der Gast gefragt, ob er mit dem Essen zufrieden war. Viele halten das für eine hohle Formel – was es sicherlich gelegentlich auch ist – und antworten genauso stereotyp: »Ja, danke.«

Häufig aber ist es in der Tat eine ehrlich und ernst gemeinte Frage, auf die man ruhig auch eine detailliertere Antwort geben darf. Man darf auch von sich aus ein Lob aussprechen und auch durchaus Fragen stellen, etwa nach einem Gewürz. Ob der Küchenchef allerdings sein Geheimnis preisgibt, sei dahingestellt.

Und man darf auch berechtigte Kritik üben. Man kann und soll dabei aber auf jeden Fall höflich und sachlich bleiben.

SONDERWÜNSCHE, REKLAMATIONEN

Sonderwünsche sollten begründet sein und sich im Rahmen des problemlos Erfüllbaren halten, zum Beispiel wenn man statt der vorgesehenen Gemüsebeilage einen Salat wünscht. Wer freilich zu jedem Bestandteil eines Gerichtes einen Sonderwunsch äußert, muß sich nicht wundern, wenn das Personal möglicherweise ungehalten reagiert. Keinem Gast fällt ein Zacken aus der Krone, wenn er sich für einen erfüllten Sonderwunsch bedankt und den Dank an die Küche weitergeben läßt.

Hat man ernstlich Grund, etwas zu beanstanden, so geht man dennoch freundlich und behutsam vor. Vor allem läßt man seinen Unmut nicht an dem aus, der wahrscheinlich am wenigsten dafür kann – an der Bedienung. Ist das Steak, das man »englisch« bestellt hatte, durchgebraten, ist die Suppe kalt, ist Sand im Salat, so gibt man dem Kellner ein Zeichen und teilt ihm leise und ruhig seine Beanstandung mit. Je höflicher man sich selbst dabei verhält, desto eher wird die Bedienung bereit sein, sich unverzüglich um Nachbesserung zu bemühen. Nötige Reklamationen sollte man sofort machen. Wer soll nachprüfen, ob die Suppe wirklich kalt war, wenn Sie sie schon gegessen haben und sich erst dann darüber beklagen?

MISSGESCHICKE

Sowohl dem Gast als auch dem Kellner können Mißgeschicke passieren. Ein großes Geschrei hilft in keinem Fall. Ist durch eine Unachtsamkeit des Personals Ihre Kleidung stark beschmutzt worden, ist das Haus zu angemessenem Schadenersatz verpflichtet. Eventuell wird man ein abgekürztes Verfahren wählen und größte Kulanz bei der Abrechnung zeigen.

Daß auch der Gast kleckert, ist ein vom Gastronom einkalkuliertes Risiko. Gehen allerdings durch Verschulden des Gastes Geschirr oder Gläser zu Bruch, so ist der Gast grundsätzlich verpflichtet, für den Schaden aufzukommen; es liegt im Ermessen des Geschäftsführers, ob er den Schaden tatsächlich berechnet oder sich kulant zeigt.

Ein kleineres Malheur ist es, wenn dem Gast ein Besteckteil oder die Serviette zu Boden fällt. Man winkt den Kellner herbei und bittet um Ersatz, man krabbelt nicht unter den Tisch, um das Heruntergefallene selbst aufzuheben.

Geschenk des Hauses

In manchen Restaurants wird den Gästen ein kleiner Aperitif auf Kosten des Hauses serviert, andere warten ab, wie die Rechnung ausfällt und servieren das Geschenk des Hauses erst zum Schluß, manche sind ganz besonders großzügig und beschenken den Gast zweimal.

So freundlich diese Geste auch ist, nicht jeder Gast ist darüber erfreut. Manch einer mag das angebotene Getränk nicht, andere dürfen es nicht trinken, wenn es Alkohol enthält. Hat man das Lokal schon mehrmals besucht, kann man gleich mit sehr freundlichen Worten und einer entsprechenden Erklärung darum bitten, nichts gebracht zu bekommen.

Darf man das Getränk aus gesundheitlichen Gründen nicht trinken, läßt man es stehen, bedankt sich aber und erklärt, warum man es nicht zu sich genommen hat. (Freilich ist die Erklärung »Ich darf nämlich keinen Alkohol trinken« nicht sehr überzeugend, wenn man schon drei Glas Bier getrunken hat.)

Die Rechnung

Es wird immer wieder darüber geklagt, daß viele Kellner, wenn mehrere Gäste an ihrem Tisch die Rechnung verlangen, aus Bequemlichkeit die Frage stellen: »Alles zusammen?«

Daß Kellner oder Kellnerin dies aus Bequemlichkeit täten, ist freilich eine gedankenlose Unterstellung. Die Bestellungen und die zugehörigen Preise werden nämlich – nach numerierten Tischen – gleich in die Kasse eingetippt. Spätere getrennte Rechnungen erfordern eine von vornherein getrennte Eingabe in die Maschine. Deshalb sieht sich das Personal gezwungen, entweder zu fragen, ob eine gemeinsame Rechnung gewünscht wird – was die Gäste als eine neutrale Frage auffassen und ebenso neutral mit »Ja« oder »Nein« beantworten sollten –, oder zum Schluß eine gemeinsame Rechnung zu präsentieren.

Junge Leute und ungezwungen miteinander umgehende Bekannte sehen es heute meist auch nicht als problematisch an, wenn sie hinterher unter sich abrechnen.

Trinkgeld

Trinkgeld sollte nie als selbstverständlich gegeben werden. Es sollte stets die Anerkennung für besonders aufmerksamen oder zumindest zufriedenstellenden Service sein.

Ein Trinkgeld ist natürlich dann angebracht, wenn der Gast um eine Leistung gebeten hat, welche über die in den Dienstleistungsberufen üblichen Bemühungen hinausgeht. Und auch der Gast, der zum Beispiel sein Ferienhotel mit dem Gefühl verläßt, nicht einfach abgefertigt, sondern mit aller Umsicht und Aufmerksamkeit betreut worden zu sein, wird den Beitrag zu seiner Erholung dem Zimmermädchen oder dem Tischkellner gegenüber durch ein Trinkgeld anerkennen, obwohl er an sich mit dem Bezahlen seiner Rechnung seinen Verpflichtungen nachgekommen ist. Denn Trinkgeld ist eine freiwillige Leistung des Gastes.

Man kann immer wieder feststellen, daß Freundlichkeit im Umgang mit dem Bedienungspersonal mehr Achtung und Zuvorkommenheit auslöst als Großspurigkeit im Reden wie im Trinkgeld. Ein anerkennendes Wort für gute Bedienung ist noch immer eine gute Münze und wiegt mehr als ein voller Herablassung hingeworfenes Geldstück.

Von jungen Menschen, die noch auf den Geldbeutel der Eltern angewiesen sind oder in der Berufsausbildung stehen, sollte niemand ein Trinkgeld erwarten. Die Jugend sollte sich jedoch den Rat zu eigen machen, den Dienst, den ihr ein Älterer oder ein Altersgenosse leistet, stets durch ein Wort des Dankes zu honorieren.

Stewardessen und Stewards der Luftfahrtgesellschaft betrachten sich, wie es bei der Lufthansa heißt, »als Gastgeber an Bord«. Sie sind gehalten, keine Trinkgelder anzunehmen.

Es versteht sich von selbst, daß die allgemeinen Empfehlungen zur Trinkgeldfrage nur für innerdeutsche Belange gelten. Vor Auslandsbesuchen tut jeder gut daran, sich über die dort geltenden Trinkgeldregeln unterrichten zu lassen. Erfahrene Reisende können solche Tips geben. Sie stehen aber auch in vielen Reiseführern. Auch Reisebüroangestellte und Betreuer geben gern Hinweise. Im übrigen sollte jeder bemüht sein, jenseits unserer Grenzen das rechte Maß zwischen dem Zuviel und dem Zuwenig zu finden. Besagen doch Berichte aus dem Ausland, daß in einigen der vom Tourismus heute bevorzugten Ländern fremde Besucher leicht den Unwillen auch der Einheimischen erregen können, wenn sie beim Trinkgeld des Guten zuviel tun. Dagegen können Deutsche in anderen Ländern mit den in der Bundesrepublik üblichen Sätzen in den Ruf kommen, knauserig zu sein.

Solche Fehlgriffe hängen wohl in den meisten Fällen damit zusammen, daß hier ein Bedienungsaufschlag mit der Rechnung erhoben wird, wie bei uns – und dort in den Dienstleistungsberufen, insbesondere bei den Kellnern und Boys, überhaupt kein oder ein tief unter dem Existenzminimum liegender Lohn gezahlt wird. Wer zum Fristen seines Lebensunterhalts auf Trinkgeld angewiesen ist, betrachtet das mehr oder weniger großzügige Verhalten des Gastes natürlich mit anderen Augen als der Kellner in jenen Ländern, in welchen die Existenz durch Tariflöhne gesichert ist.

WER BEZAHLT?

Früher hieß es kategorisch: »Die Dame bezahlt nicht!« Das ist eine heute völlig überholte Regel. Die Dame zahlt für alle, sofern sie alle am Tisch eingeladen hat; sie zahlt für sich selbst, wenn das vorher mit einer Begleitung so ausgemacht war. Und sie zahlt selbstverständlich persönlich, sie reicht nicht verschämt unter oder über dem Tisch dem Herrn ihr Portemonnaie und läßt dann ihn die Sache erledigen. Um der Bedienung die Arbeit zu erleichtern, kann man natürlich vorher ausmachen, daß man hinterher genau abrechnen oder sich die Summe teilen wird. Dann steht es den beiden frei, unter sich auszumachen, wer den Vorgang des Zahlens übernimmt.

Hat man vorher getrennte Kasse vereinbart, ist es selbstverständlich, daß sich auch beide Parteien daran halten. Weder sollte der Herr entgegen der Abmachung heimlich die Rechnung begleichen, noch sollte die Dame »vergessen«, später ihren Anteil zu berappen. Und keinesfalls sollte die Dame sich erst, wenn es ans Zahlen geht, ihrer Selbständigkeit entsinnen und den Herrn, der eben angeboten hat, alles zusammen zu zahlen, vor der Bedienung mit einem schroffen »Danke, ich zahle meine Rechnung selbst!« brüskieren. Hat sie keine vorherige Abmachung mit ihm getroffen und war sie auch nicht ganz eindeutig die Einladende, dann läßt sie den Herrn, der gern zahlen möchte, das auch tun. Freilich kann sie mit ihm ausmachen, daß zum Ausgleich sie das nächste Mal die volle Rechnung übernehmen wird.

Wer auch immer die Rechnung begleicht, die in besseren Lokalen auf einem Tellerchen diskret gefaltet oder unter einer Serviette versteckt gereicht wird, sollte einen kurzen prüfenden Blick darauf werfen – Fehler und Irrtümer sind schließlich immer möglich. Den Taschenrechner zücken und wie ein Oberlehrer alles auf den Pfennig nachrechnen, gar sich zum Preisvergleich noch einmal die Karte bringen lassen, sollte man allerdings nicht, es sei denn, man hat guten Grund für die Annahme, daß ein gravierendes Versehen unterlaufen ist.

Selbstverständlich kann heutzutage auch die Dame bezahlen

Für ein Gespräch mit dem Kellner über die Rechnung entfernt man sich unter Umständen vom Tisch. Es ist im Interesse aller, daß ein mögliches Versehen – und davon sollte man zunächst immer ausgehen – nicht zum lautstark verhandelten Skandal wird.

Ebenso diskret, wie die Rechnung gereicht wird, legt man das Geld auf den Teller, und zwar unter oder in die gefaltete Rechnung. Hat man die Summe inklusive im Kopf errechnetem Trinkgeld passend, sagt man der Bedienung: »Stimmt so!« Sie weiß dann, daß der Überschuß als Trinkgeld gedacht ist. Hat man die Summe nicht passend, kann man bitten, daß einem auf einen bestimmten Betrag herausgegeben wird, oder man läßt sich genau herausgeben und läßt von dem Wechselgeld eine entsprechende Summe als Trinkgeld zurück.

# Bitte zu Tisch!

## Tischsitten heute

Früher gab es nur Messer mit oxydierenden Klingen. Säuren von verschiedenen Gemüsen hinterließen verhältnismäßig schnell Rückstände auf der Stahlklinge, und diese beeinträchtigten oft schon beim Schnitt den Geschmack vieler Speisen. Silberne Klingen oder Löffel liefen an, sahen schnell nicht mehr ansprechend aus und verdarben zum Beispiel den Geschmack des weichen Eies. Messer, die teuersten Besteckteile, waren selbst im Bürgerhaus durch Jahrhunderte nicht in so großer Zahl vorhanden, daß in den zumeist sehr kinderreichen Familien für jeden am Tisch ein Messer zur Verfügung stand. Im übrigen gab es allenfalls sonntags Braten, und gegen den guten Brauch, das Messer rundum gehen zu lassen, bevor jemand zu essen begonnen hatte, war nichts einzuwenden.

Aus all diesen Gründen waren die Tischsitten bis in unser Jahrhundert hinein mehr auf den Gebrauch von Löffel und Gabel als auf den des Messers eingestellt.

Unterdessen hat sich das Besteck für jedes Familienmitglied, dazu eine Reserve für mehr oder weniger viele Gäste, längst durchgesetzt. Als dann vor dem Zweiten Weltkrieg mehr und mehr nichtrostende Klingen auf den Markt kamen, wurden diese zwar von der Hausfrau begeistert aufgenommen, weil sie sich leichter reinigen ließen. Die von den oxydierenden Klingen vor Jahrhunderten diktierten »messerfeindlichen« Sitten wurden jedoch bis lange nach dem Zweiten Weltkrieg beibehalten.

Heute sind viele Tischsitten dem Gebrauch der Bestecke unserer Zeit angepaßt. Auch die Tischetikette hat sich gegenüber früheren Gepflogenheiten gelockert. Wer sich bei Tisch insgesamt so verhält, daß er einen ästhetisch angenehmen Anblick bietet, kann sich ruhig den einen oder anderen kleinen Verstoß leisten, beispielsweise ein Besteckteil anders halten, als es unseren Vorschriften entspricht (ohnehin herrschen in anderen Ländern diesbezüglich meist etwas andere Sitten).

Weiterhin als grob ungehörig gilt es allerdings, mit vollem Mund zu sprechen, laut aufzustoßen oder das Messer in den Mund zu stecken – und sei es auch nur die vorderste Spitze, mit der man ein wenig Sauce aufgenommen hat.

Apropos Sauce: Früher galt es auch als ungehörig, Sauce mit einem Stückchen Brot aufzutunken oder ein Stückchen Kartoffel in die Sauce zu drücken. Auch hier sieht man die Dinge heute lockerer. Zumindest unter Freunden darf man mit einem mundgerechten Stückchen Brot eine köstliche Sauce aufnehmen. Weiterhin ungehörig ist es aber, mit einer Brotscheibe über den gesamten leergegessenen Teller zu wischen. Man darf im privaten Rahmen heute auch ein kleines, abgeteiltes Stückchen Kartoffel in die Sauce drücken. Unfein ist lediglich nach wie vor, zunächst alle Kartoffeln, die man auf dem Teller hat, zu zerquetschen und gar noch mit den Gemüsen zu vermischen.

Der schön gedeckte Tisch gilt als Zeichen gepflegter Haushaltsführung. Manche Anregung dafür kommt aus dem Hotel- und Gaststättengewerbe. Denn hier lebt man ja davon, Gäste zufriedenzustellen.

Wie man einen Tisch für ein kleines oder großes Essen korrekt eindeckt, steht im Abschnitt »Das Wichtigste aus der Tafelkunde« (Seite 137–143).

Da einer Volksweisheit zufolge die Augen mitessen, sollte – zumal bei einer Festtafel – ein wenig Dekoration nicht fehlen. Der Handel hält jede Menge Bücher bereit, die Tips geben, wie man eine Tafel hübsch ausstatten, wie man Servietten falten und den Tisch mit allerlei Extras wie Blumen und Kerzen ansprechend dekorieren kann.

## Was auf den Tisch kommt, und wie man es ißt

Da immer mehr gereist wird, auch in fernere Länder, haben mehr oder weniger exotische Früchte, Gemüsesorten und Gerichte auf unseren Speiseplänen Einzug gehalten, daneben auch fremde Eßgeräte, wie beispielsweise Stäbchen. Viele würden die kulinarischen Neuheiten gern probieren, wissen aber nicht, wie man sie ißt oder mit den ungewohnten Eßgeräten umgeht. Damit Sie nicht verzichten müssen, stellen wir auf den folgenden Seiten die »Problemkinder« vor und zeigen, wie man mit ihnen umgeht.

ARTISCHOCKEN

Die Blätter werden von außen nach innen mit den Fingern einzeln abgezupft. Das fleischige untere Ende – nur darum geht es zunächst – wird in die Sauce getaucht und dann möglichst geräuschlos ausgesaugt. Die Blätter legt man auf den danebenstehenden kleinen Teller ab. Vom Artischockenboden entfernt man zunächst das sogenannte Heu und ißt ihn dann. Dazu verwendet man Messer und Gabel oder die Gabel allein.

ARTISCHOCKEN
Blatt für Blatt herauszupfen, unten in die cremige Sauce tauchen und zwischen den Lippen das fleischige Ende (darum geht es) aufsaugen. Die Blätter auf den danebenstehenden kleineren Teller ablegen. Von dem Artischockenboden, an dem die Blätter vorher festsaßen, das sogenannte Heu entfernen, den Boden mit der Gabel zerteilen und mit der Sauce essen (Bild rechts unten)

AUSTERN
Zunächst werden »Austernpunkt« und Bartrand mit der scharfen Gabelseite abgetrennt, und zwar auf dem Teller, ohne eine Serviette unterzulegen. Danach wird die Auster mit etwas Zitrone beträufelt und von der Muschel geschlürft.

AUSTERN

Bei Austern, die roh aus der geöffneten Schale mitsamt dem Meerwasser und eventuell Zitronensaft, Salz und Pfeffer verzehrt werden, darf geschlürft werden, meinen zumindest echte Gourmets. Allerdings sollte man auch dies möglichst geräuschlos tun. Die Austerngabel benutzt man nur, um das Muschelfleisch am Austernpunkt von der Schale zu lösen.

Der Durchschnittsmensch sollte sich ohnehin jedenfalls nicht der Mühe unterziehen, die Austern selbst zu öffnen. Dazu braucht man ein kurzes, stumpfes, sehr stabiles Messer, zu Recht Austernbrecher genannt, für die eine Hand und einen möglichst dicken Handschuh für die andere. Schließlich erfordert das Ganze auch etwas Übung und Geschicklichkeit. Daraus ergibt sich, daß man in Restaurants ohnehin nur bereits geöffnete Austern serviert bekommt. Und dort oder am Spezialitätenstand in der feinen Einkaufspassage sollte man sie auch essen.

Bekommt man die Austern nicht roh serviert, sondern beispielsweise als Austerngratin in kleinen Förmchen, so ißt man das Gericht mit der normalen Gabel oder der Fischgabel.

AVOCADOS

Avocados, das tropische Gemüse mit dem großen Kern, werden der Länge nach durchgeschnitten und mit allerlei Leckerem gefüllt als Vorspeise gereicht. Zu derart gefüllten Avocados gehört als Besteck eine Vorspeisengabel und ein Löffel. Beide Besteckteile kann man wahlweise benutzen. Meist nimmt man zunächst die Gabel, um die Füllung zu essen und dann den Löffel, um das weiche Avocadofleisch auszulösen.

Selbstverständlich aber darf man auch alles mit dem Löffel essen. Die Gabel ist aus rein praktischen Gründen weniger geeignet, weil man die harte, wenig geschmackvolle Schale der Frucht nicht mitißt. Bei dem Versuch, das Fruchtfleisch auszulösen, kann man sie mit den Gabelzinken aber leicht durchstoßen.

Die weiche Frucht läßt sich, geschält, mit der Gabel zerdrückt und mit Crème fraîche verfeinert, auch als schmackhafter Brotaufstrich verwenden.

Gelegentlich wird eine süß zubereitete Avocado als Nachtisch gereicht. Man ißt sie mit dem Dessertlöffel.

BOWLENFRÜCHTE

Früchte und Fruchtteile in einer Bowle, wie Pfirsichstücke, Erdbeeren u.ä., werden mitgetrunken oder mit Bowlenstäbchen – auch einem kleinen Löffel – aus dem Glas geholt.

Toast wird, damit er warm bleibt, oft in einer Serviette gereicht. Links neben dem Platzteller wird ein Brotteller mit einem Messer gedeckt. Reicht die Bedienung Brot oder Brötchen, so legt sie wie im Bild vor

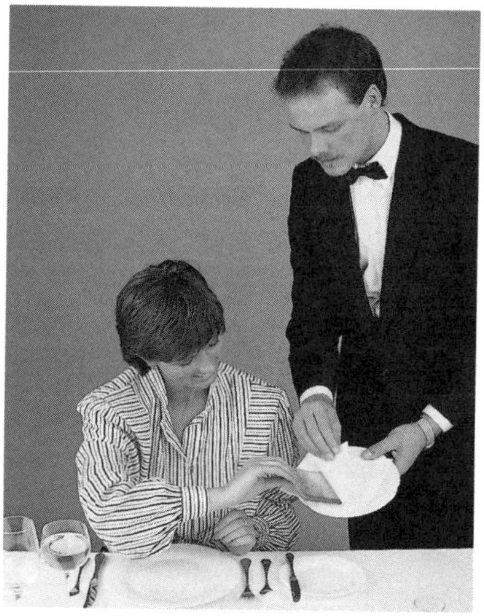

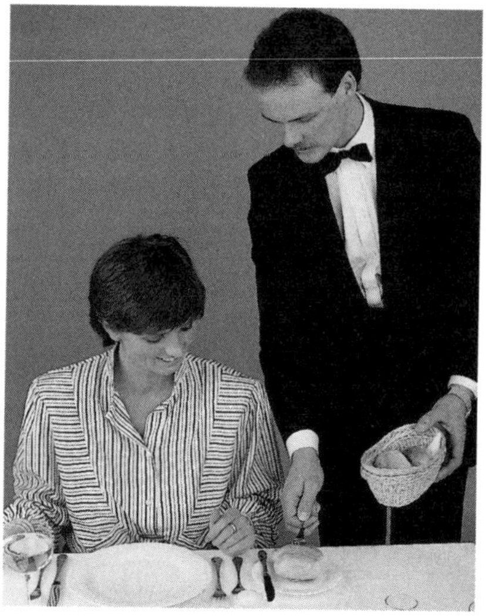

Ein kleines Stück Toast dient bei vielen Vorspeisen, etwa bei Gabelbissen, dazu, sie auf die Gabel zu schieben. Auch das mundgerechte Stück, das wir mit Butter genießen möchten, wird einzeln gebrochen und erst dann, Stück für Stück, mit Butter bestrichen

Toast paßt zu vielen Gelegenheiten und kann auch zum Aperitif gereicht werden

BROT, BRÖTCHEN, TOAST

Von Brot oder Brötchen, die als Beigabe zur Suppe u.a.m. gereicht werden, bricht man kleine mundgerechte Bissen ab, doch gilt es als unfein, solche Bröckchen direkt in die Suppe zu bröseln.

Sofern Butter (siehe unten) bereitsteht, kann man sich kleine Butterflöckchen auf das mundgerechte Brotstückchen setzen. Ein Brötchen, das zur Suppe oder Vorspeise gereicht wird, schneidet man nicht in der Mitte auf.

Toast wird wie anderes Brot in mundgerechte Stückchen gebrochen. Belegte Brote und größere Schnittchen werden bei Tisch mit Messer und Gabel gegessen.

Brot, das zum Frühstück oder Abendessen gereicht wird, bestreicht man sich bei Tisch selbst. Man nimmt das Brot mit der Hand vom Brotkorb und bestreicht es mit Butter, wobei man es ebenfalls mit der Hand festhält. Es dabei mit der Gabel zu halten, wie früher empfohlen, wirkt heute gespreizt.

BUTTER

»Mit einem Buttermesser nehmen, auf den Teller bringen, dann mit dem eigenen Messer aufstreichen«, empfehlen die alten Benimmbücher. Wenn kein Buttermesser gedeckt ist, nimmt man mit dem eigenen Messer eine geeignet große Portion und legt sie auf den Rand des eigenen Tellers. Man löst von der Butter ein gerades Stück ab, ein Loch in die Butter zu bohren ist unfein.

Steht links neben dem Gedeck ein kleiner Teller als Brotteller, gehört die Butter dorthin und nicht auf den großen Teller.

**Cocktailhäppchen**

Den winzigen Imbiß zu Beginn der kleinen Geselligkeit nehmen wir mit der Hand von der Platte. Den »Zugriff« erleichtern Gastgeber gern mit Holz- oder Plastikstäbchen.

Es genügt, beim ersten Anbieten jedem Gast zusätzlich eine kleine Papierserviette (Miniserviette) in die Hand zu drücken. Teller zu servieren ist nicht erforderlich.

Zu empfehlen ist, hier und da ein Schälchen zum Ablegen der Sticks hinzustellen, da die Aschenbecher nicht zweckentfremdet werden sollten. Niemand liebt den Geruch angesengter Holz- oder Plastikteile durch glühende Asche oder ausgedrückte Zigaretten bzw. Zigarren.

**Crêpes und Pfannkuchen**

Crêpes sind hauchzarte, meist gefüllte Pfannkuchen. Sie werden nur mit der Gabel zerteilt und verspeist. Läßt sich die Crêpe so nur schwer teilen, ist die Benutzung des Messers aber durchaus gestattet.

Die rustikalere Variante, den Pfannkuchen, kann man problemlos mit dem Messer schneiden, besonders wenn er große Scheiben Speck oder Schinken enthält.

Zu süßen Crêpes wird ein Dessertbesteck aufgelegt, das aus Löffel und Gabel besteht. Die weicheren Bestandteile des Desserts löffelt man, für die Crêpes selbst benutzt man die Gabel.

**Eier und Eierspeisen**

Die Eispitze sollte früher nicht mit dem Messer geköpft, sondern, ohne das Ei aus dem Becher herauszunehmen, mit dem Eierlöffel vorsichtig angeschlagen werden. Das Frühstücksei wird von der modernen Messerklinge geschmacklich nicht mehr beeinträchtigt. Also ist gegen den Gebrauch des Messers zum Abtrennen des Oberteils oder zum Zerklopfen der Schale an sich nichts einzuwenden. Allerdings ist beim Köpfen Vorsicht geboten.

Der kurze, sichere Hieb ist nicht jedermanns Sache. Nur der Sichere vermag rechtzeitig vor Erreichen der anderen Seite abzubremsen.

Wer kein Risiko eingehen will, klopft und pellt – und legt aus geschmacklichen Gründen Wert darauf, den Inhalt mit einem Löffel zu genießen, der nicht oxydiert. Der billigere Plastiklöffel rangiert hier vor dem silbernen. Die Schalensplitter legt man mit den Fingerspitzen auf den Unterteller. Harte Eier werden abgeschält und mit Messer und/oder Gabel zerteilt.

Eier im Glas oder aus dem Egg-Cobbler verzehrt man ebenfalls mit dem Eierlöffel; Rührei, Spiegelei oder Omelett dagegen mit der Gabel. Ausnahmen bilden das englische »Ham and eggs« und Gerichte wie Schnitzel Holstein oder Labskaus, zu denen ein Spiegelei gehört. Der mitgebratene Schinken oder Speck, das Schnitzel oder auch eine Scheibe Toast müssen mit dem Messer geschnitten werden.

FISCH

Hier hatten unsere Vorfahren natürlich recht: Ihre Messer mit Silber- oder Stahlklingen verboten sich für jeden Fisch. Wir schneiden saure und grätenlos marinierte sowie geräucherte Fische schlicht und einfach mit unserem »geschmacklosen« Messer. Wenn wir bei Koch- und Bratfisch das Fischbesteck, dessen stumpfes Messer eigentlich ein Schieber ist, bevorzugen, dann aus reiner Vorsicht. So lassen sich die Gräten viel leichter vom Fischfleisch lösen und die von der Fischnatur sozusagen bereits vorbereiteten Scheibchen auseinanderschieben.

Mit dem Fischbesteck wird das Fleisch von den Gräten gelöst (linkes Bild). Das Besteck soll man dabei möglichst flach halten (nicht wie auf dem rechten Foto), also nicht im Fisch »herumstochern«

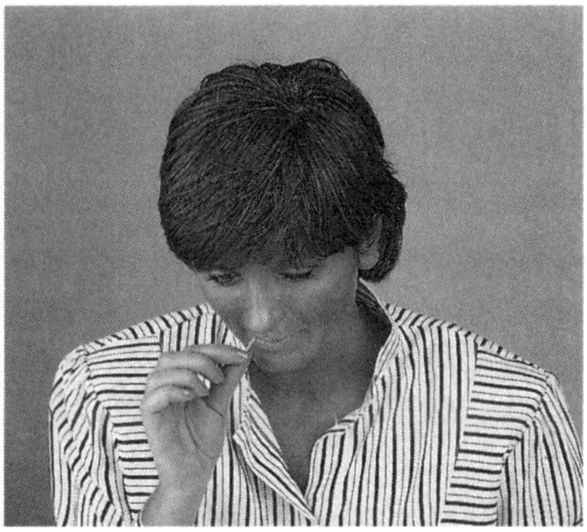

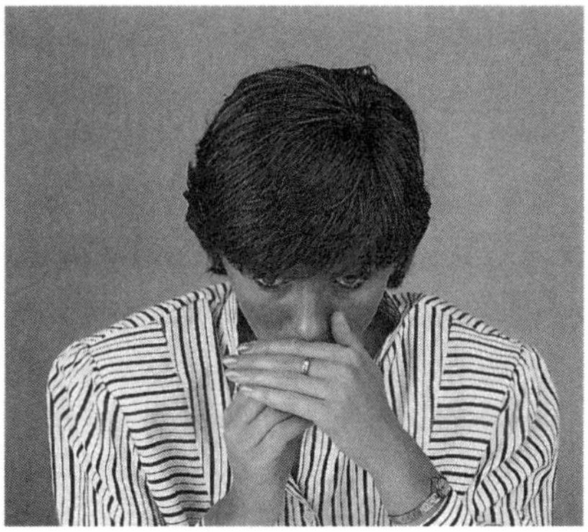

Hat man eine feine Gräte übersehen, schiebt man sie mit der Zunge auf die Gabel zurück. Erweist sich das als schwierig, nimmt man die Fingerspitzen zu Hilfe. »Tiefere Eingriffe« sollten hinter vorgehaltener Hand durchgeführt werden

Also: Gekochten oder gebratenen Fisch ißt man mit dem Fischbesteck, rohe Heringe, Rollmops oder Räucherfisch mit Messer und Gabel, weiche Büchsenfische, Sardinen, Heringe in Gelee usw. nur mit der Gabel unter Zuhilfenahme eines Stückchen Brötchen oder Brot.

Kommt eine Gräte in den Mund, bringt man sie so unauffällig wie möglich auf die Gabel und dann auf den Tellerrand, notfalls schiebt man sie bis an die Lippen und nimmt sie mit zwei Fingerspitzen ab.

FLEISCH

Fleisch schneidet man bissenweise ab. Nicht vorher in Stückchen schneiden! Speisen aus zerkleinertem Fleisch (Hackbraten und Sülze) werden nur mit der Gabel zerteilt, das Messer hat hier nichts zu suchen – so lautete die kategorische Anweisung früher.

Heute sieht man das anders. Da man ja selten nur einen Klops, eine Scheibe Hackbraten oder Sülze auf dem Teller hat, sondern meist ein ganzes Gericht mit Beilagen, verwendet man zum Essen das Besteck und nicht nur allein die Gabel. Das Messer hat dabei vor allem die Funktion einer Stütze, die es erleichtert, einen Bissen auf die Gabel zu befördern. Es als »Schieber« einzusetzen ist – schon wegen der Kratzgeräusche – nicht angebracht. Wer aber das Messer auch zum Schneiden – beispielsweise eines Klopses – verwendet, begeht heute keinen Fauxpas mehr.

Das Fleisch legt man gleich vorn auf den Teller. Die Gabel sticht das kleine Stück an, das wir abschneiden möchten, das Messer führen wir mit leichtem Druck vor den Gabelzinken hin und her. So können wir den abgeschnittenen Bissen mit der Gabel direkt zum Munde führen

Zunächst zieht man den Spieß aus dem Fleisch. Dabei hält man ihn am hinteren Ende mit der Hand fest – Vorsicht, wenn es sich um einen Metallspieß handelt, er kann sehr heiß sein! –, hebt ihn an und schiebt nun mit der Gabel Fleisch und Gemüse Stück um Stück vom kurzen Ende des Spießes her auf den Teller. Das ist gefahrloser, und letztendlich auch einfacher, als gleich alles auf einmal vom oberen Ende her vom Spieß zu lösen.

FLEISCHSPIESSE

Beim Fondue unterscheidet man zwischen Fleisch-, Fisch- oder Gemüsefondue einerseits und dem Käsefondue andererseits. Für die erstgenannten Fonduearten braucht man einen Fonduetopf und ein Rechaud sowie extrem langstielige, zweizinkige Gabeln mit Holz- oder Porzellangriff. Fondueteller – sie haben kleine Abteilungen für die verschiedenen Saucen und Dips – müssen nicht unbedingt verwendet werden, normale Eßteller tun es auch.

FONDUE

Die Fonduegabeln dienen lediglich dazu, die Fleisch-, Fisch- oder Gemüsebrocken im heißen Fett (beziehungsweise in der Brühe) zu garen. Die gegarten Brocken nimmt man dann auf den eigenen Teller, von wo man sie mit dem normalen Eßbesteck ißt. Direkt von der Fonduegabel zu essen ist nicht nur unfein, es ist gefährlich! Der metallische Teil dieser Gabeln ist nämlich extrem heiß.

Für das Schweizer Käsefondue oder seine piemontesische Variante, die Fonduta, braucht man ein nicht zu flaches, glasiertes Steingut- oder Tongeschirr (Caquelon) mit dickem Griff. Zünftige Käsefondueesser nehmen mit der eigenen Gabel einen Brotwürfel, den sie in die sehr heiße, zähflüssige Käsemasse tunken. Soll es feiner zugehen, macht man es wie beim obengenannten Fondue und verwendet zwei Gabeln. Normale Gabeln mit ihren vier Zinken eignen sich für das Brot besser als die zweizinkigen Fonduegabeln.

Bei der asiatischen Variante des Fondues (Sukiyaki und mongolischer Feuertopf) werden kleine Drahtsiebe und Stäbchen (siehe Seite 123) benötigt.

Geflügel wird in Gesellschaft und im Restaurant mit Messer und Gabel gegessen. Das ist insofern sinnvoll, als man meist Beilagen und eine Sauce zum Geflügel serviert bekommt. Äße man das Geflügel aus der Hand, müßte man das Besteck, um die Beilagen zu essen, entweder mit fettigen Fingern anfassen, oder man müßte die Serviette extrem verschmutzen.

GEFLÜGEL

Beim Geflügel nehmen wir ebenfalls Messer und Gabel zu Hilfe. Nur bei Wachteln oder Stubenküken ist es auch am weiß gedeckten Tisch üblich, die feinsten Knöchelchen in die Hand zu nehmen

Stehen allerdings Fingerschalen auf dem Tisch, so darf man das als Aufforderung verstehen, daß zum Verzehr feiner Geflügel – Wachteln, Stubenküken – die Finger genommen werden dürfen. Knochenteilchen, die in den Mund geraten, bringt man möglichst unauffällig mit der Gabel auf den Tellerrand.

In Hähnchenbratereien und auf Volksfestwiesen darf man sein saftiges Grillhähnchen natürlich mit den Fingern essen. Allerdings nimmt man nach Möglichkeit auch da nicht die ganze Hühnerhälfte mit beiden Händen auf. Man löst vielmehr Teile wie Flügel und Schenkel ab und hält sie, wenn es irgend geht, mit den Fingerspitzen nur einer Hand.

GEMÜSE

Gemüse – bis auf Spargel – wird nicht geschnitten, sondern, falls nötig, mit der Gabel zerteilt, es sei denn, man stößt auf holzige Stücke.

Erbsen schieben wir auf die flachliegende Gabel und führen diese, die Wölbung nach unten, zum Munde. Anders der Engländer. Er drückt die Erbsen zwischen die Zinken, weil er die Gabel grundsätzlich mit der Wölbung nach oben zum Munde führt.

KÄSE

Belegte Käsebrote werden mit Messer und Gabel, Käsebrötchen dagegen aus der Hand verzehrt. Belegt man ein Käsebrot selbst, so benutzt man lediglich das Messer dazu, bestreicht also das Brot mit Butter und legt den Käse mit dem Messer auf.

KAFFEE

Kaffee oder Tee sollte man nie schlürfen, sondern lautlos in kleinen Schlucken trinken. Dabei streckt man weder den kleinen Finger kunstgerecht in die Luft noch den Zeigefinger durch den Tassenhenkel, hieß es früher. Nun, wer den kleinen Finger abspreizt, macht in der Tat einen sehr gespreizten Eindruck. Aber wer den Zeigefinger durch den Tassenhenkel steckt, geht lediglich auf Nummer Sicher. Die Tasse wird ihm nämlich weniger leicht entgleiten.

Nicht als fein gilt es, Kaffee oder Tee kaltzupusten. Auch rührt man nicht länger als gerade nötig in seinem Getränk, wenn man

Zucker, Milch, Zitrone oder Rum beigegeben hat. Den zum Rühren benutzten Löffel legt man auf der Untertasse ab. Man läßt ihn nicht in der Tasse stehen, man leckt ihn nicht ab, man schlägt ihn auch nicht am Tassenrand aus.

KARTOFFELN

Wer Kartoffeln mit dem Messer schneidet, verletzt heute kein Tabu mehr. Es gibt ringsum angebratene Kartöffelchen, die sich anders kaum teilen lassen. Im übrigen wird der Geschmack des Erdapfels von unseren heutigen Klingen nicht mehr beeinträchtigt. Bei Gerichten mit feinen Saucen lohnt sich jedoch die Überlegung, ob das Zerteilen, vor allem der Salz- oder Dampfkartoffel, mit der Gabel nicht doch zu größerem Genuß verhilft. Da die meisten Saucen auf eine möglichst innige Verbindung mit der Kartoffel hin komponiert worden sind und da die Kartoffeln, mit der Gabel zerteilt, bei rauherer Oberfläche mehr davon aufnehmen als beim glatten Schnitt, ist zweifellos etwas daran an dem guten Rat: Genießer greifen, wenn feine Saucen im Spiel sind, lieber zur Gabel. Dann die Kartoffel in kleine Stücke zerteilen, die, auch das ist heute zumindest in vertrautem Kreise erlaubt, einzeln leicht in die Sauce gedrückt werden dürfen. Weiterhin verpönt ist es, alle Kartoffeln auf einmal in die Sauce zu quetschen.

Das Schneiden der Kartoffeln gilt heute nicht mehr als unfein

In vielen Ländern, zum Beispiel in den USA, schneidet man die Kartoffel ohne weiteres mit dem Messer, ja, es ist üblich, Fleisch, Gemüse und Kartoffeln zu Beginn kleinzuschneiden, danach das Messer beiseite zu legen und, die Linke auf dem Schoß, allein mit der Gabel zu essen.

Pellkartoffeln spießen wir vorsichtig auf die Gabel und ziehen die Schale mit dem Messer ab.

KAVIAR

Wir nehmen uns einen kleinen Löffel Kaviar auf den Teller, bestreichen, wenn wir mögen, das Schwarz- oder Toastbrot mit Butter und verteilen den Kaviar mit dem (Kaviar-)Messer darauf. Das Ganze ißt man aus der Hand ohne Messer und Gabel. Auch Pellkartoffeln können zu Kaviar gereicht werden.

KLÖSSE (KNÖDEL, NOCKERLN U.Ä.)

Klöße schneiden wir nicht mit dem Messer. Wir können es aber zu Hilfe nehmen, wenn wir den Kloß mit der Gabel aufreißen. Wer dennoch das Messer benutzt, um einen festen Kloß zu zerteilen, begeht keinen ernsthaften Etiketteverstoß.

KOMPOTT

Den Kompotteller hebt man mit der linken Hand leicht an, aber nicht hoch. Obstkerne läßt man vom Mund auf den Löffel gleiten und legt sie vorsichtig auf den unter dem eigentlichen Kompotteller stehenden Unterteller oder in ein Kernschälchen. Der Obstsaft wird ausgelöffelt.

Zum Auslöffeln der Sauce den Kompotteller nur leicht anheben. Anstelle der einst weit verbreiteten Kernschälchen geht man heute mehr dazu über, den Kompotteller oder den Eisbecher auf einen Unterteller zu setzen, der gleichzeitig dazu bestimmt ist, Obstkerne u.ä. aufzunehmen (rechts)

Mit der linken Hand faßt man den Krebs am Panzer an, mit der rechten Hand bricht man mit einem Ruck die Scheren mit den Gelenken vom Panzer ab. Jedes Gelenk kann man nun einzeln ablösen und das Fleisch aus den Röhren heraussaugen. Die kleinere Scherenseite wird abgebrochen und die Spitze in dem Loch des Krebsmessers abgeknickt. Der Inhalt ist nun bequem herauszudrücken oder mit der Krebsgabel herauszuziehen. Auch bei der größeren Schere wird die Spitze abgebrochen und der obere Teil des festen Panzers mit dem Krebsmesser abgelöst. Den Світereninhalt ißt man mit Toast und Butter.

Den Schwanz dreht man mit der rechten Hand aus dem Panzer heraus. Löst sich der Darm dabei nicht ab, schneiden wir, nachdem wir die Panzerglieder mit dem Krebsmesser abgelöst haben, den Rücken neben dem sichtbaren Darmkanal auf, um diesen dann vorsichtig herauszuziehen. Nach Herauslösen des Eingeweides aus dem Panzer wird die sogenannte Krebsbutter mit Gabel oder Löffel herausgeschabt und gegessen.

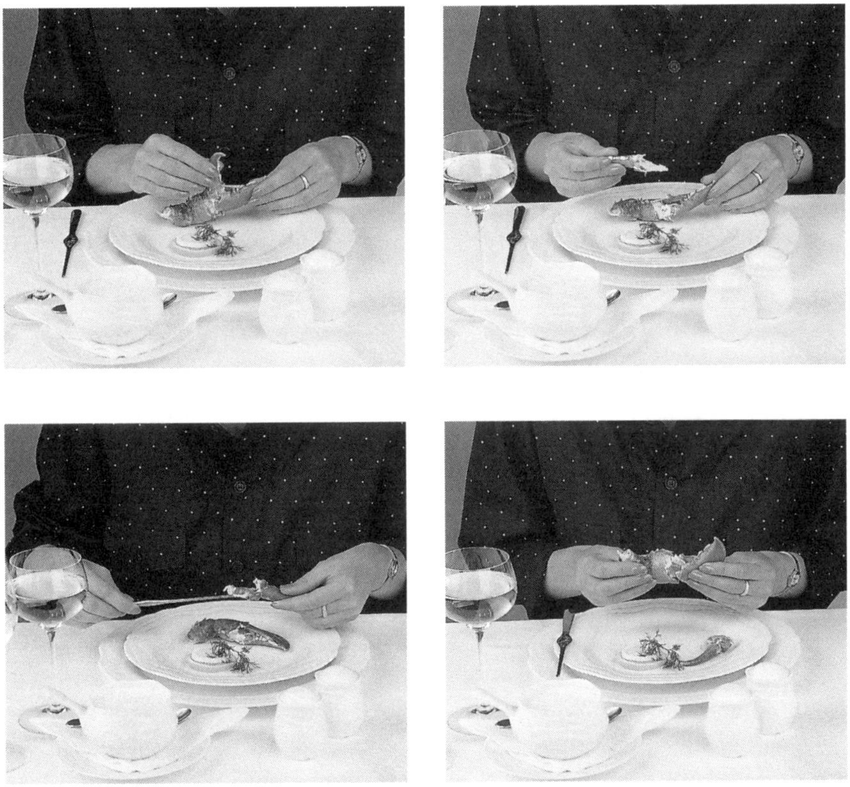

Der kleine Scherengreifer des Hummers läßt sich mit einem kurzen Ruck herausbrechen (Abbildungen oben), für den stärkeren bedarf es einer Hummerzange. Die Hummergabel wird benutzt, um das Fleisch aus den Röhrenknochen herauszuziehen (unten links). Größere Teile werden bereits in der Küche vorgetrennt, so daß wir sie auseinanderbrechen können (unten rechts)

Die Handhabung der Hummergabel

So wird das Fleisch aus dem geteilten Hummerschwanz verzehrt

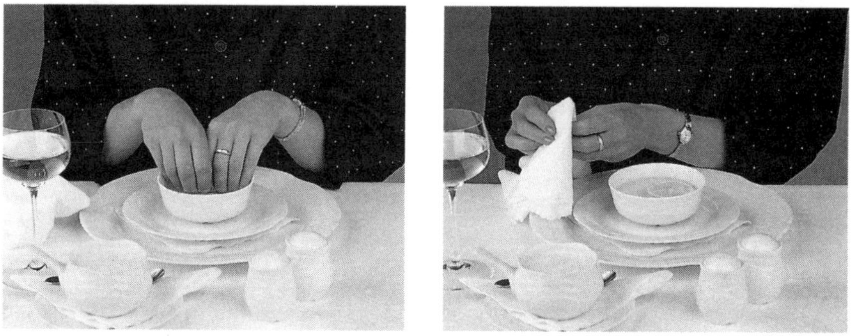

Nach dem Essen werden die Fingerspitzen gesäubert und mit einer Serviette abgetrocknet. Die Fingerschale enthält warmes Wasser und ein Stück Zitrone

Krebsbrühe wird aus Tassen getrunken oder aus dem Teller gelöffelt. Die Scheren von Hummern werden meist vorbereitet serviert, so daß sich das Fleisch leicht mit der Hummergabel aus dem Panzer herausziehen läßt. Die Beinchen knickt man oder zieht sie an den Gelenken durch Drehen auseinander, um sie auszusaugen. Aus dem mit einem scharfen Messer aufgeschnittenen Schwanz heben wir das Fleisch heraus, indem wir mit der Gabel zwischen Panzer und Inhalt fahren und diesen von hinten nach oben drücken. Das Messer hält dabei den Panzer fest.

KUCHEN, TORTEN, GEBÄCK

Trockene Kuchen, also alle Rührkuchen oder auch Stollen, werden, so hieß es früher, mit der Hand gegessen, indem man vom auf dem Teller liegenden Stück kleine Bröckchen abbricht, die man dann zum Mund führt. Es ist aber durchaus erlaubt, einen trockenen Sandkuchen mit der Kuchengabel zu verzehren.

Weiterhin aus der Hand ißt man lediglich trockenes Kleinstgebäck, wie beispielsweise Weihnachtsplätzchen, nicht aber Petits fours, die zwar klein, aber durch ihren Fondantüberzug sehr klebrig sind. Sie ißt man, wie alle gefüllten Kuchen und Torten, mit der Kuchengabel.

Stücke von runden Kuchen und Torten kommen in Keilen auf den Teller, die man von der Spitze zum dicken Ende hin verspeist. Es gilt als wenig fein, es umgekehrt zu machen, ein grober Verstoß gegen anerkannte Tischsitten ist es aber nicht.

Den Anschnitt eines Kastenkuchens auf der Kuchenplatte mitzuservieren sei kein Zeichen gepflegter Gastgeberschaft, sagte man früher. Grundsätzlich ist das richtig. Doch wenn Freunde oder gute Bekannte zur Kaffeetafel zusammenkommen, kennt man die Geschmäcker der Teilnehmer meist. Viele Leute mögen gerade das dicke vordere oder hintere Ende besonders gern. Warum also sollte man es ihnen vorenthalten?

MAKKARONI UND SPAGHETTI

Makkaroni werden vor dem Verzehr mit der Gabel zerteilt. Dem Messer fällt, wenn Makkaroni in Verbindung mit Fleisch gereicht werden, nur eine Hilfestellung zu.

Spaghetti nimmt man mit der Gabel auf und wickelt die Nudelfäden in der Höhlung des Löffels oder auch einfach auf dem Teller um die Zinken. Spaghetti zu essen bedarf einer gewissen Fingerfertigkeit. Am wichtigsten ist, mit wenigen, am besten nur mit ein, zwei oder drei Fäden zu beginnen, damit die Gabelportion nicht zu dick wird; denn diese sollte nicht zu groß sein, so daß sie ohne Mühe (und ohne lange herabhängende Enden) zum Munde geführt werden kann.

Genauso wie Spaghetti ißt man auch die langen, flache Fettuccine und Taglierini genannten Bandnudeln. Die breiteren Pappardelle kann man nicht mehr um die Gabelzinken wickeln, sie werden in Ziehharmonikamanier aufgespießt.

Auch andere Pastagerichte, wie beispielsweise Ravioli und Tortellini, ißt man allein mit der Gabel.

Übung macht den Meister: Spaghetti werden mit Hilfe des Löffels oder direkt im Teller um die Gabelzinken gewickelt

Bei Pastagerichten, die im Ofen mit Käse überbacken werden, wie beispielsweise Cannelloni und Lasagne, ist es sinnvoll, ein Messer aufzudecken und es im Notfall auch zu benutzen, denn der Käse kann, je nach Art, eine harte Kruste bilden.

MARMELADE UND SÜSSE BROTAUFSTRICHE

Süße Brotaufstriche werden nur mit dem dafür vorgesehenen Löffel aus dem Glas oder Gefäß entnommen, in dem sie auf den Tisch kommen. Man fährt nicht mit dem eigenen Kaffeelöffel oder gar mit dem Messer hinein.

Allerdings darf man den so entnommenen Aufstrich direkt auf das vorbereitete Brot oder Brötchen aufbringen, man muß nicht, wie früher empfohlen, die klebrige Süssigkeit erst auf dem Tellerrand zwischenlagern. Gerade bei Honig beispielsweise gäbe das nur eine unschöne, klebrige Angelegenheit. Verstreichen allerdings wird man den Aufstrich dann wiederum mit dem eigenen Messer und nicht mit dem Marmeladenlöffel.

MEHLSPEISEN

Sie werden entweder mit der Gabel und/oder mit dem Löffel gegessen. Löffel und Gabel bilden das Mehlspeisenbesteck.

MOKKA UND ESPRESSO

Die Untertasse kann stets mit der Mokkatasse zusammen in die Hand genommen werden.

Heute ist allerdings der gute alte Mokka weitgehend vom italienischen Espresso verdrängt worden, der aus weniger fragilen Tassen getrunken wird. Hier erübrigt sich demnach das Aufnehmen der Untertasse.

Im Sud gekochte Miesmuscheln, die in der Schale serviert werden, ißt man mit der Hand beziehungsweise mit Hilfe einer schon geleerten Schale, die man als kleine Zange benutzt. Die erste Muschel kann man mit der Gabel – sofern sie aufgedeckt ist – aus der Schale lösen. MUSCHELN

Die leeren Schalen legt man auf einem bereitstehenden Abfallteller ab. Den Sud kann man zum Schluß mit dem Löffel aufnehmen, gelegentlich wird der Sud aber auch getrennt in Suppentassen gereicht.

Äpfel und Birnen werden mit Obstbesteck oder Obstmesser in Viertel oder Achtel geschnitten, geschält und stückchenweise mit der Obstgabel oder aus der Hand gegessen. Apfelsinen schälen wir mit dem Obstmesser, Mandarinen mit der Hand. Die Banane wird mit der linken Hand festgehalten, mit dem Messer oben eingeschnitten und durch Abziehen der Schale soweit geschält, bis wir das Innere auf den Teller gleiten lassen können. Dann wird scheibchenweise mit dem Obstbesteck abgeschnitten. Ist die Banane größer als der Tellerdurchmesser, schneidet man sie zunächst mit der Schale mittendurch. OBST

Weintrauben zupft man einzeln ab. Die Grapefruit oder Pampelmuse wird zumeist halbiert serviert. Andernfalls teilen wir sie mit dem Messer nicht von Pol zu Pol, sondern am Äquator in zwei Hälften. Das saftige Fleisch bestreuen wir mit Zucker (oder auch nicht) und heben das Fruchtfleisch Fach für Fach mit dem Löffel heraus. Dazu gibt es auch fast spitz zulaufende Speziallöffel. Pfirsiche, Aprikosen usw. werden mit dem Obstbesteck geschält (oder auch nicht) und nach dem Entfernen der Kerne, falls nötig, in Stücke geschnitten. Bei Kernobst, wie Kirschen oder Mirabellen, werden die Kerne mit dem Obstlöffel auf den Teller zurückgelegt. Das gilt auch für die Kerne von Weintrauben. Pflaumen bricht man mit der Hand auf und entfernt den Kern. Zu Obst, das man anfassen muß, sollen stets Fingerschalen bereitstehen.

Das Obstbesteck liegt über dem Teller, aus gutem Grund mit den Griffen gegeneinander, so daß wir das Messer mit der rechten und die Gabel mit der linken Hand ergreifen können.

Man unterscheidet zwischen Pasteten (im Teigmantel gegarte Füllungen), Terrinen (ohne Teigumhüllung in einer Gußeisen- oder PASTETEN

Steingutform gegart) und Galantinen, deren Umhüllung aus Fleisch, Fisch oder ausgebeintem Geflügel besteht. Alle drei können einen sogenannten Kern haben, ein ganzes Fleisch- oder Fischfilet, bei Gänseleberpastete oft auch eine schwarze Trüffel.

Die Frage, ob man Pasteten nur mit der Gabel oder mit Messer und Gabel ißt, hängt also von der Art der Pastete ab. Wenn es nichts zu schneiden gibt, was häufiger der Fall ist, benutzt man eben auch kein Messer.

Bouchées (mit heißem Ragout gefüllte Blätterteigpasteten) ißt man üblicherweise nur mit der (Vorspeisen-)Gabel. Sind sie mit Fisch- oder Meerestierragout gefüllt, kann auch ein Fischbesteck dazu eingedeckt werden.

Spanische Empanadas, russische Piroggen, indische Samosas und andere kleine Teigpastetchen werden als Imbiß zu Wein oder Bier gereicht und aus der Hand gegessen.

PRALINEN UND KONFEKT

Pralinen darf man direkt aus der Packung anbieten, und der Gast darf mit den Fingern zugreifen. Abbeißen ist zwar erlaubt, aber gefährlich – meist kann man der Praline nicht ansehen, ob sie flüssig, cremig oder fest gefüllt ist.

Pralinen aus der eigenen Herstellung eines Konditors werden im allgemeinen in Papier oder Zellophantüten verkauft. Eine solche Tüte läßt man natürlich nicht unter Gästen herumgehen, man legt die Pralinen vielmehr in eine Konfektschale. Auch aus ihr dürfen sich die Gäste dann mit der Hand bedienen – ohne in der Schale herumzuwühlen! Es ist nicht nötig, eine Zucker- oder gar eine besondere Konfektzange dazuzulegen.

Kandierte Früchte oder besonders kleine Petits fours sind meist sehr klebrig und oft zu groß, als daß man sie an einem Stück in den Mund stecken könnte. Zu ihnen reicht man kleine Konfektgäbelchen. Bei kandierten Früchten tun es aber auch ganz normale kleine Holz- oder Plastikspieße.

REIS- UND GRIESS-SPEISEN

Reis oder ähnliche weiche Speisen werden mit der Gabel, Milchreis oder Grießbrei mit dem Löffel gegessen.

Zu Reisspeisen werden – vor allem in chinesischen und indonesischen Restaurants – häufig Gabel und Löffel aufgelegt. Man benutzt sie, wenn man nicht mit Stäbchen (siehe dort) essen kann oder möchte.

Grünen Blattsalat spießen wir auf die Gabel oder wickeln ihn um die Gabel. Was früher verpönt war – Salate zu schneiden – ist heute durchaus erlaubt (und bei bestimmten Salatsorten auch unvermeidbar). Salatsauce wird weder gelöffelt noch gar ausgetrunken.

SALAT

Der Salatteller wird links vom Hauptteller eingesetzt. Wenn ihn die Bedienung vor dem Gang bringt, zu dem er gehört, so ist nichts dagegen einzuwenden, den Salat zur Mitte zu nehmen und als Zwischengericht zu essen. Einst durfte Salat nur mit der Gabel in Berührung kommen. Seitdem die Messerklinge nicht mehr oxydiert, kann man große Blätter oder Stücke ohne weiteres damit kleinschneiden.

Weinberg- oder Achatschnecken sind bei uns ebenso wie Froschschenkel und Singvögel heute eher verpönte Gerichte, dennoch kommen sie, vor allem in Frankreich und Italien, noch oft auf den Tisch, und dann sollte man wissen, wie man damit umgeht.

SCHNECKEN

Für Schnecken braucht man spezielle Schneckenpfännchen. Das sind feuerfeste Geschirre mit meist sechs Vertiefungen. Außerdem benötigt man Schneckenzangen und kleine zweizinkige Schneckengabeln sowie einen Löffel.

Die Schnecken werden brutzelnd heiß direkt aus dem Ofen serviert; sie liegen in der eigenen Schale in den Vertiefungen der Schneckenpfanne in einem See aus Kräuter- oder Knoblauchbutter. Mit der Schneckenzange greift man nun ein Haus. Da man auf die Zange einen gewissen Druck ausüben muß, damit sich die Zangenblätter weit genug öffnen, greift man die Zange sinnvollerweise von oben. Nimmt man sie von unten (wie man beispielsweise einen Bleistift greifen würde), kann man nicht die erforderliche Kraft auf-

Mit der Schneckenzange fassen wir die Schnecke so, daß die Öffnung des Schneckenhauses oben bleibt. Dann läßt man die Sauce durch Kippen in die Vertiefung der Schneckenpfanne zurücklaufen. Mit der Schneckengabel zieht man die Schnecke aus dem Gehäuse und ißt sie.

bringen, die Zange kann vom Schneckengehäuse abgleiten, das Haus kann wegspringen. Umfaßt man das Haus an seiner dicksten Stelle, kann das nicht passieren. Hat man das Schneckenhaus fest im Griff der Zange, läßt man die flüssige (sehr heiße) Butter erst einmal in die Vertiefung der Schneckenpfanne zurücklaufen. Man kann sie aber auch in den Löffel laufen lassen. Mit der Schneckengabel zieht man dann die Schnecke aus dem Haus und verzehrt sie. Vorsicht! Sie wird sehr heiß sein. Die ebenfalls sehr heiße Butter darf man mit dem immer zu den Schnecken gereichten (Weiß-)Brot auftunken. Wer mag, darf sie aber auch ohne Brot auslöffeln. Das leere Haus legt man in die Kuhle der Schneckenpfanne zurück.

SPARGEL

Das Stangengemüse wird heute mit dem Messer geschnitten und in mundgerechten Bissen verzehrt. Wer die ganze Stange, das Köpfchen voran, zwischen die Lippen schiebt, folgt nur noch der Vorsicht aus alten Zeiten, in denen der Schnitt mit der Stahlklinge den Geschmack des feinen Gemüses beeinträchtigte. Man behilft sich bei dieser Methode entweder mit der Gabel oder benutzt nur die Hände.

Spargel wird heute mit dem Messer geschnitten. Spargelessen auf alte Art zeigen die beiden unteren Bilder: Das Stangenende in der rechten und die Gabel in der linken Hand, führt man den Spargel zum Mund. Er wird »eingesaugt« und der Rest, der nicht zart genug ist, auf den Teller zurückgelegt.

Chinesische Stäbchen sind hinten viereckig und vorne rund, aber stumpf. Japanische Stäbchen sind etwas zierlicher und laufen vorn fast spitz zu.

MIT STÄBCHEN ESSEN

Die Handhabung von Eßstäbchen erfordert ein wenig Übung: Das erste Stäbchen wird zunächst wie ein Bleistift in die Daumenkuhle genommen, jedoch gegen den Ringfinger abgestützt oder mit dem kleinen und dem Ringfinger gehalten. Dann nimmt man das zweite Stäbchen parallel dazu, ebenfalls wie einen Bleistift. Es wird von Zeige- und Mittelfinger geführt, der Daumen gibt Halt.

Obwohl man mit richtig geführten Stäbchen ein einzelnes Reiskorn greifen kann, ist es in asiatischen Ländern dennoch üblich, die Reisschale in die Hand zu nehmen, nahe an den Mund zu führen und den Reis mehr zu schaufeln als aufzunehmen. Fleisch, Fisch und Gemüse dazu werden direkt von den zahlreichen Platten auf dem Tisch mit den Stäbchen genommen.

Wer in einem Chinarestaurant mit Stäbchen essen möchte, sollte das bei der Bestellung gleich dazusagen. Er bekommt dann eine Reisschale serviert statt des Tellers, von dem man mit Messer und Gabel ißt. Von einem flachen Teller kann man nicht gut mit Stäbchen essen.

Suppe wird ebenfalls in kleinen sehr tiefen Schalen serviert und mit einem Porzellanlöffel gegessen.

Dim Sums, kleine gedämpfte oder fritierte Teigtaschen mit Füllung werden mit den Stäbchen gegriffen und entweder ganz in den Mund gesteckt, oder man beißt von ihnen ab.

Die recht großen Frühlingsrollen darf man bei uns mit der Gabel verspeisen, mit Stäbchen sind sie nur schwer zu bewältigen. Sind sie sehr kroß gebraten, darf man sogar das Messer zu Hilfe nehmen.

SUPPE

Wir bewegen den Löffel mit der rechten Hand vom Teller zum Körper, das heißt zum Mund hin, ohne heute noch jenen etwas halbkreisförmigen, zunächst zum gegenüberliegenden Tellerrand führenden Umweg, der einst als besonders fein galt. Der Teller wird dabei weder vorn noch hinten angehoben. Um auch den Rest auszulöffeln, darf man den Teller leicht kippen. Suppe in Tassen wird mit dem Löffel gegessen. Den Rest darf man austrinken, wenn es sich um eine sehr kleine Suppentasse handelt und die Einlage herausgelöffelt wurde.

Der Suppenlöffel wird in den meisten Ländern wie bei uns mit der Spitze zum Mund geführt. Nur kleine Suppentassen dürfen zum Austrinken an beiden Henkeln gefaßt werden

WURST

Schnittwurst wird mit der Wurstgabel von der Platte genommen und vor dem Auflegen mit Messer und Gabel von der Haut befreit. Von der Weichwurst, etwa Leber- oder Streichwurst, schneidet man mit einem Messer eine Scheibe ab (nicht aushöhlen!). Frankfurter, Wiener usw. darf man auf Volksfesten in die Hand nehmen; im Restaurant werden sie mit Messer und Gabel gegessen.

## Die häufigsten Verstöße bei Tisch

Hier ist die Liste der fünf häufigsten Verstöße gegen die guten Sitten bei Tisch:

Vor dem Trinken dürfen Messer und Gabel nicht auf dem Tellerrand abgelegt werden

1. Es wird zu hastig gegessen, zu wenig gekaut und somit geschlungen. Die ungesunde Hast führt zu einer krummen Haltung bei Tisch. Der Kopf wird zu tief über den Teller gebeugt. Man kommt dem Löffel oder der Gabel mit dem Mund entgegen, statt die Speisen mit dem Besteck zum Mund zu führen.

2. Beim Ablegen des Bestecks während des Essens werden Messer und Gabel von außen gegen den Tellerrand gelehnt

Links: Der Mund wird hier zur Gabel geführt, statt die Gabel zum Mund! Dabei werden oft die Unterarme gegen die Tischkante gepreßt. Die Ursache ist meist, daß der Stuhl nicht dicht genug am Tisch steht

Unnötiger Kraftaufwand bei hochgewinkelten Ellenbogen. Hier wird versucht, das ganze Stück in zwei Hälften zu teilen. Dabei wird das Messer zwischen die Gabelzinken geschoben

oder gar auf das Tischtuch zurückgelegt. Dagegen sollen Besteckteile, die einmal aufgenommen worden sind, mit dem Tisch nicht wieder in Berührung gebracht werden.

3. Der Zeigefinger wird oftmals zu weit auf Messerklinge oder Gabelzinken vorgeschoben.

4. Damen wischen rot fettenden Lippenstift an die Serviette, anstatt das Zuviel an Farbe vor dem Gebrauch des Mundtuches mit einem Papiertaschentuch zu entfernen. Während der Mahlzeit sollte man die Lippen nicht nachziehen, schon ganz und gar nicht, indem der Mund zur Grimasse verzogen wird. Nach dem Essen ist ein schnelles, diskretes Auffrischen des Lippenrots erlaubt.

5. Unhöfliches Verhalten gegenüber der Bedienung, lautes Rufen, das auch andere Gäste stört, ist ein weiterer Verstoß, ebenso mangelnde Rücksichtnahme und Geduld bei Hochbetrieb.

## Bedeutung der Bestecke

Werden Messer und Gabel, zum Essen benötigt, so wird das Messer in der rechten und die Gabel in der linken Hand gehalten. Beide, wie der Löffel, werden so gehandhabt, daß sie mit den Spitzen stets ein wenig nach unten, zumeist zur Tellermitte hin zeigen. Der Zeigefinger soll weder den Rücken der Messerschneide berühren noch die Zinken der Gabel. Der Löffel wird nicht mit der Hand umklammert, sondern etwa wie ein Bleistift gehalten. Linkshänder dürfen heute Messer oder Löffel übrigens auch links halten, ebenso die Gabel, wenn allein damit gegessen wird.

Sind die Besteckteile einmal aufgenommen, dürfen sie nicht wieder auf das Tischtuch zurückgelegt werden; auch nicht an den Tellerrand gelehnt nur mit den Griffen, weil sonst leicht Sauce daran entlang auf das Tischtuch fließen könnte.

Wenn während des Essens eine Pause gemacht wird, ist die Ruhestellung so: Handballen auf der Tischkante, Besteckteile etwa waagerecht, mit der Spitze zur Tellermitte hin zeigend.

Gekreuzte Bestecke auf dem leeren Teller zeigen an, daß man noch etwas nehmen möchte. Nebeneinanderliegend und mit den Griffen rechts, etwas zum Körper hin, sagen Messer und Gabel aus, daß man den Essensgang beendet hat.

Der Löffel wird in Deutschland (im Gegensatz zu England) mit der Spitze zum Mund geführt. (Ausnahme: Rundlöffel werden auch mit der linken Seite zum Mund geführt). Die Gabel sollte nur bis zu zwei Dritteln der Zinken im Mund verschwinden; das Messer darf die Lippen nie berühren. Der Kaffee- oder Teelöffel wird nur so lange in der Tasse gehalten, wie zum kurzen Umrühren nötig ist. Im übrigen ist sein Platz schräg rechts auf der Untertasse.

Das parallel zusammengelegte Besteck sagt aus: »Ich habe diesen Gang beendet. Der Teller kann weggenommen werden.« Diese Bestecklage hat einen praktischen Sinn. Die geschulte Bedienung bringt und nimmt Teller stets von rechts. Sie ergreift ihn beim Wegnehmen mit dem Daumen dicht neben dem Messer und kippt ihn ein wenig nach rechts, um zu verhindern, daß das Besteck bei flinker Bewegung wegrutschen kann.

Liegen rechts und links sowie über dem Teller mehrere Besteckteile, so werden sie in der Reihenfolge von außen nach innen und für den Nachtisch von oben nach unten benutzt.

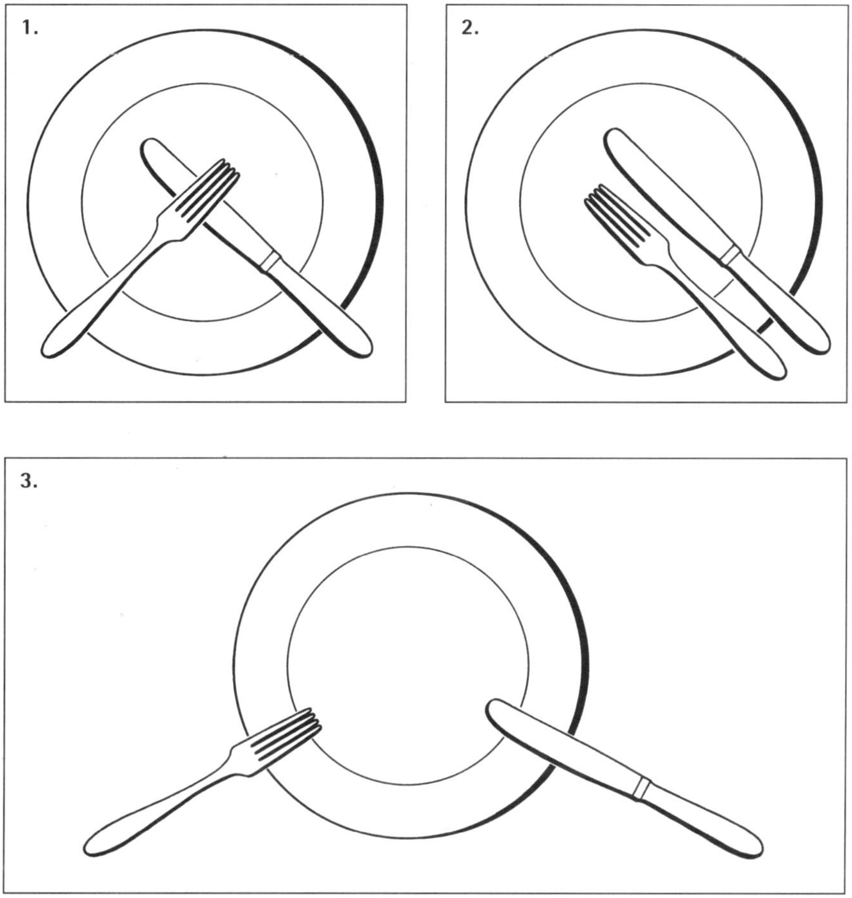


Die Stellung von Messer und Gabel hat jeweils eine klar definierte Bedeutung:

1. Ich möchte noch etwas nehmen

2. Der Essensgang ist beendet

3. Niemals so!

VORLEGEBESTECKE

Die Handhabung der Vorlegebestecke ist in der beruflichen Servierpraxis zum Teil anders, als wenn sich der Gast selbst bedient. Besonders gern wird das geschickte Hantieren des Kellners nachgeahmt, wenn er Löffel und Gabel mit einer Hand hält und zwischen beiden zum Beispiel ein Stück Braten auf den Teller bringt, um anschließend, die Gabel mit einem leichten Fingerdruck vom Löffel trennend, die Sauce darüberzugeben. Diese Ein-Hand-Arbeit gehört ausschließlich in die berufliche Servierpraxis. Der Gast bedient sich in diesem Fall, wenn ihm nicht vorgelegt wird, von der auf dem Tisch stehenden oder ihm angebotenen Platte, indem er das Vorlegebesteck mit beiden Händen handhabt. Er hat ja schließlich beide Hände frei.

## Allgemeine Tischsitten

Ob man bei Freunden oder Bekannten im kleinen Kreis speist oder zum großen Diner an eine Festtafel geladen ist, es gibt ein paar grundsätzliche Dinge, die bei Tisch zu beachten sind.

»GUTEN APPETIT!«

Vielen gilt der »Gute Appetit« als eine abgedroschene, leere Phrase. Doch da es bei einem Essen im privaten Kreis üblich ist, daß die Hausfrau – oder heute auch gern der Hausmann – das Essen eröffnet, ist nicht einzusehen, warum es nicht mit dieser angeblichen Floskel geschehen könnte. Alle Gäste warten, bis alle einen gefüllten Teller vor sich haben und warten dann auf das Zeichen, das durchaus mit einem »Ich wünsche Ihnen (Euch) einen guten Appetit« gegeben werden kann. Nur bei offiziellen, gesetzen Essen ist es nicht üblich.

Sofort zu essen anzufangen, sowie man den gefüllten Teller vor sich stehen hat, ist bei Essen in kleiner Runde ziemlich unhöflich, und nicht nur beim ersten, sondern bei allen Gängen. Wenn allerdings bei einem kleineren oder größeren Essen in einem Restaurant die Gäste unterschiedliche Speisen bestellt haben, die nicht zugleich serviert werden können, darf man zu essen anfangen, sobald man serviert bekommt.

TISCHGEBET

In unserer Zeit hat das Tischgebet an Bedeutung verloren. Längst nicht mehr alle Menschen sind religiös, selbst religiöse Menschen verzichten häufig auf den Tischsegen. An einer normalen weltlichen Tafel jedenfalls hat ein laut gesprochenes Tischgebet nichts verloren.

Allerdings wird eine aufmerksame Gastgeberin auf den religiösen Gast Rücksicht nehmen, der still ein kurzes Dankgebet sprechen möchte. Sie wird nicht ausgerechnet dann das Zeichen zum Essensbeginn geben, wenn sie sieht, daß der Gast das Haupt beugt und die Hände zusammenlegt. Der Gast seinerseits wird sich bemühen, die Runde nicht aufzuhalten, und er wird sein Gebet stumm verrichten.

Etwas anderes ist dagegen das Essen zur Feier eines christlichen Festes, an dem möglicherweise sogar ein Geistlicher teilnimmt, der den Tischsegen spricht. Hier wird sich der nichtreligiöse Gast schweigend zurückhalten, er braucht ein lautes Gebet nicht mitzusprechen. Gehört es jedoch zum Ritual, daß nach dem Gebet – oder währenddessen – alle Anwesenden am Tisch sich an den Händen fassen, so kann er sich davon nicht ausschließen.

### Auftun und Nachnehmen

Bei Essen im häuslichen Kreise ist es üblich, daß Schüsseln und Platten auf den Tisch gestellt werden und die Gäste sich selbst bedienen oder von den Gastgebern bedient werden.

Man häuft sich als Gast den Teller nicht übermäßig voll, und man nimmt auch keine lächerlich kleinen Portionen. Sich jedoch einfach zu bedienen, ohne zu fragen, ist nur bei guten Freunden erlaubt. Früher galt es als Zeichen von Gier und war entsprechend unhöflich, sofort zuzulangen, wenn man gebeten wurde nachzunehmen. Zwei Aufforderungen waren mindestens nötig, drei waren besser. Heute dagegen wird die wiederholte Aufforderung gemeinhin schon als Nötigung aufgefaßt und als unangenehm empfunden. Der Gast, der eigentlich noch etwas möchte, aber aus Höflichkeit bei der ersten Aufforderung ablehnte, hat dann unter Umständen das Nachsehen, denn heute heißt es: Der Gastgeber fordert die Gäste zum Nachnehmen auf, aber er drängt und nötigt nicht.

Was man sich selbst aufgetan hat, das ißt man auch auf. Der früher übliche Anstandshappen, den man auf dem Teller liegen ließ, ist heute völlig überholt. Lediglich wenn man – etwa in einem Restaurant – einen gefüllten Teller serviert bekommt, darf man, was man nicht bewältigen kann, liegen lassen.

### Darf man Speisen ablehnen?

Ja, das darf man, allerdings mit größter Höflichkeit und mit einer Entschuldigung, die die Ablehnung plausibel erklärt. Immer mehr Menschen leiden an Allergien – sie dürfen Lebensmittel, die sie nicht vertragen, selbstverständlich ablehnen. Unhöflich ist nach wie vor die Ablehnung mit den Worten: »Das mag ich nicht!«

Besteht tatsächlich beim Gast nicht mehr als eine gewisse Abneigung gegenüber einer Speise oder einem Lebensmittel, dann wird er versuchen, sie dieses eine Mal zu überwinden.

Man darf heutzutage aber bereits bei der Einladung zu einem Essen den Einladenden auf bestehende Allergien oder andere gesundheitliche Umstände hinweisen, die den Genuß bestimmter Speisen verbieten. Ein höfliches »Ich danke Ihnen sehr für Ihre Einladung, aber dürfte ich Sie bitten, darauf zu achten, daß ich keine Erdbeeren vertrage« wird niemand verübeln.

Umgekehrt ist es eine Geste der Höflichkeit, wenn ein Gastgeber/eine Gastgeberin vorher fragt, ob eine ausgefallene Speisenfolge auf allgemeine Zustimmung stößt: »Ich würde gern ein japanisches Essen mit rohem Fisch, Miso und Algen servieren, möchten Sie das probieren?«

#### Darf man nachwürzen?

Es galt früher als sehr unhöflich, bei Tisch nach Gewürzen oder Salz zu fragen. Nun sind aber unbestreitbar die Geschmäcker verschieden. Was dem einen sehr salzig oder auch sehr scharf erscheint, ist für den anderen lasch. Deshalb stellt man heute durchaus Salz, Pfeffer, gegebenenfalls auch andere Gewürze auf den Tisch und ermuntert zu deren Gebrauch.

Nach wie vor nicht sehr höflich ist es jedoch nachzuwürzen, noch ehe man überhaupt probiert hat, wie das Essen schmeckt.

#### Die Serviette

Die Serviette wird entfaltet über die Oberschenkel gebreitet. Immer noch wird es als unfein angesehen, sich die Serviette um den Hals zu binden – was bei der Größe der heutigen Servietten allerdings ohnehin kaum möglich ist.

Auch die auf dem Schoß ausgebreitete Serviette darf man diskret im Hosen- oder Rockbund oder unter einem Gürtel feststecken, denn auf den Oberschenkeln ausgebreitete Servietten haben eine starke Tendenz, zu Boden zu gleiten. Ist die Serviette tatsächlich zu Boden gefallen, so bittet man im Restaurant den Kellner, ein neues Mundtuch zu bringen. Ist man privat zu Gast, kann man in ungezwungener Runde die Serviette rasch aufheben und weiterverwenden, eventuell, je nach Gegebenheiten, auch um eine neue bitten. Bemerkt der Gastgeber eine heruntergefallene Serviette, reicht er dem Gast stillschweigend eine neue.

Am Ende der Mahlzeit wird die Serviette nur dann in die Kniffe zusammengelegt, wenn man in der Familie oder als Pensionsgast für mehrere Tage am selben Tisch ißt. Meistens sind dann Serviettentaschen aufgedeckt. Wo man eine einzige Mahlzeit einnimmt, wie im Restaurant, wird die Serviette nur lose zusammengefaßt und links neben dem Teller abgelegt. Die Papierserviette legt man heute ebenfalls neben dem Teller ab, nicht, wie früher empfohlen, auf dem Teller. Die Serviette soll nicht etwa zum »Abwischen des Mundes« und schon gar nicht des Make-ups dienen, sondern zum Abtupfen der Lippen, vor allem, bevor man trinkt.

So wie es der Hausfrau (oder dem Hausmann, so er eingeladen und gekocht hat) obliegt, das Zeichen zum Beginn des Essens zu geben, ist es auch sie, die die Tafel aufhebt. Je nach der Runde, die zusammengekommen ist, wird es dabei leger oder etwas steifer zugehen.

TAFEL AUFHEBEN

Früher reichte man nach einem großen Essen einen Mokka, und zwar nicht am Tisch, sondern in einem anderen Raum. Das Signal dafür gab die Hausfrau, indem sie aufstand und zum Mokka nach nebenan bat. Zum Mokka durfte dann auch geraucht werden.

Heute erfreut sich der Espresso großer Beliebtheit. Freunde und gute Bekannte bleiben zu dessen Genuß zusammen am Tisch sitzen, freilich wird der Tisch soweit abgeräumt, daß keine abgegessenen Teller, keine Schüsseln und Platten mehr darauf stehen.

ZAHNSTOCHER UND MAKE-UP-KORREKTUR

Ob man in Gegenwart anderer am Tisch einen Zahnstocher benutzen darf, ist bei uns eine umstrittene Frage, die – so noch immer die Tendenz – eher ablehnend beschieden wird. In anderen Ländern, etwa Italien und Frankreich, ist das anders. Dort stehen Holzzahnstocher auf dem Tisch, und niemand stößt sich daran, daß sie benutzt werden. In jedem Fall ist es üblich, bei Benutzung des Gerätes diskret vorzugehen und eine Hand abdeckend vor den Mund zu halten.

Möchte sich die Dame nach dem Essen kurz die Lippen nachziehen, so kann sie das am Tisch tun. Dabei gilt: je schneller und unauffälliger, desto besser. Weitergehende Make-up-Korrekturen,

Die Benutzung des Lippenstiftes am Tisch ist durchaus akzeptabel

vom Nasepudern bis zum Auffrischen der Wimperntusche, haben fern vom Tisch im Toilettenraum zu erfolgen.

In jedem Fall ungehörig ist es, den Kamm zu zücken und bei Tisch die Frisur in Ordnung zu bringen.

Auch wenn man kräftig zugelangt und an die Grenze seines Fassungsvermögens gegessen hat, sollte man nicht Gürtel und Hosen- oder Rockbund lockern. Zumindest sollte man darauf achten, daß man nicht dabei beobachtet wird.

### Tischreden

Tischreden sollte nur halten, wer auch wirklich über etwas Redetalent verfügt. Eine unbeholfene oder sogar gestotterte Rede bringt nicht nur den Redner, sondern auch die Zuhörer in Verlegenheit. »In der Kürze liegt die Würze!«

Da es sehr begabte Rednerinnen gibt, ist gar nichts dagegen einzuwenden, wenn eine Frau eine Tischrede hält. Gleichgültig ob Mann oder Frau, wer spricht, sollte laut und deutlich sprechen.

Wenn der Zeitpunkt für die Rede gekommen ist, macht man auf sich aufmerksam, indem man an sein Glas klopft und sich erhebt. Für die übrigen Gäste ist das das Zeichen, sich still zu verhalten und zuzuhören. Sitzt man weiter vom Redner oder der Rednerin weg und kann man nichts verstehen, so hat man Pech gehabt. In keinem Fall ruft man »Lauter!« dazwischen. Man wartet ab und fragt eventuell später den Tischnachbarn nach dem Inhalt der Rede.

Soll bei einer größeren Feier eine Tischrede gehalten werden, ist es gut, mit der Küche abzusprechen, wann der Zeitpunkt dafür gekommen ist, denn während der Rede sollte weder gegessen noch an- oder abserviert werden. Es ist heute üblich, die Rede vor dem Dessert einzuplanen. Mündet die Rede in einen Toast, so muß dafür gesorgt sein, daß alle Gäste ein gefülltes Glas haben. Früher galt die Empfehlung, daß sich beim Trinken auf ein Brautpaar oder einen Jubilar alle Gäste erheben. Sie ist heute nicht überholt, aber weniger zwingend.

Selbstverständlich darf, wer mit einer Rede geehrt wurde, mit wenigen kurzen Worten antworten. Eine Verpflichtung dazu besteht nicht.

### Das Tischgespräch

Zwar gilt nach wie vor, daß man mit vollem Mund nicht spricht, doch haben, zumal bei einem längeren Festessen, nicht pausenlos alle Gäste den Mund voll.

Früher hieß die Empfehlung: »Tischgespräche sollen leicht und heiter sein«, was oft dahingehend mißverstanden wurde, daß die Damen sich erzlangweilige Nettigkeiten des Tischherrn anhören mußten, auf die sie mit freundlich lächelnd vorgetragenen Einsilbigkeiten reagierten.

Es darf bei Tisch durchaus ein regelrechtes Gespräch aufkommen, an dem alle – so sie wollen – teilnehmen können. Weder sollte einer der Gäste das Gespräch an sich reißen und sich als Alleinunterhalter aufführen, noch sollte man einen schweigsamen Gast mit einem »Nun sagen Sie doch auch mal was« ins Gespräch zu ziehen versuchen. Tabu sind lediglich Themen, die wahrhaftig nicht zum Essen passen, beispielsweise Krankheiten. Auch hitzige Diskussionen sind zu vermeiden, dennoch können durchaus unterschiedliche Meinungen und Ansichten vertreten werden.

### Der Aschenbecher

Der Aschenbecher ist weder Mülleimer noch Papierkorb. Obstkerne und andere Obstüberbleibsel, Knochen und Fischgräten werden an den Tellerrand oder in eigens dafür bereitgestellte Schälchen gelegt. Das Cellophanpapier, das viele Zigaretten- und Konfektschachteln, Salzmandeln und anderes Knabberwerk umschließt, legt man zusammengedrückt neben den Aschenbecher. Die feinen Papierhüllen von Trinkstrohhalmen und Zuckerportionen drückt man zusammen und legt sie auf dem Tellerrand oder gleichfalls neben dem Aschenbecher ab.

Da der Aschenbecher auch zum vorübergehenden Ablegen der glimmenden Zigarette oder Zigarre dient und für das Ausdrücken der Reste freibleiben muß, führt eine Zweckentfremdung leicht zu Geruchsbelästigung. Während des Essens sollte, um jede Geruchsbelästigung zu vermeiden, nicht am Tisch geraucht werden. Fortschrittliche Haushalte führen bereits sehr praktische »Tischkörbchen« ein, die das Beseitigen von Plastikverpackungen und Papier erleichtern.

### Wenn ein Missgeschick passiert

Jeder fürchtet es, und jedem ist es schon einmal passiert: das kleine Mißgeschick bei Tisch. Sei es, daß man gekleckert hat, daß ein Glas umgestoßen wurde, daß man sich verschluckt hat, daß man plötzlich niesen muß ...

Jedes Malheur bei Tisch ist für alle Anwesenden eine peinliche Situation. Um so dankbarer ist der Verursacher, wenn die anderen möglichst stillschweigend darüber hinweggehen. Eine ausgegossene Flüssigkeit wird von der Gastgeberin oder vom Gastgeber (in einem Lokal von der Bedienung) so rasch und unauffällig wie möglich aufgetupft und mit einer Serviette abgedeckt. Ist etwas vom Teller, vom Löffel oder der Gabel auf den Tisch gefallen, nimmt man es so unauffällig wie möglich auf und plaziert es entweder auf einem Geschirr, auf dem auch andere Essensabfälle landen, oder auf dem eigenen Tellerrand.

Ist etwas zu Boden gefallen, das ernsthaft Flecken verursachen könnte, informiert man diskret den Gastgeber oder den Kellner. Kann man abschätzen, daß der Schaden unerheblich ist, etwa wenn ein Bröckchen trockenes Brot zu Boden gefallen ist, übergeht man die Sache schweigend.

Ist der Schaden größer, gar Geschirr oder ein Glas zu Bruch gegangen, so bietet man – später, bevor man sich verabschiedet, nicht gleich bei Tisch – dem Gastgeber an, für Ersatz zu sorgen. In einem Restaurant steht es im Ermessen des Wirtes, ob er sich den Schaden ersetzen läßt oder kulant darüber hinweggeht. Schlimmstenfalls muß man seine Haftpflichtversicherung bemühen, sofern man über eine verfügt.

KOMPLIMENTE ÜBER DAS ESSEN

Ein nettes Wort über das Essen sollte jedem gesagt werden, der für andere gekocht hat. Doch sollte man dabei unbedingt Fingerspitzengefühl walten lassen. Waren früher Komplimente, gar übertriebene Komplimente an der Tagesordnung, hat man heute ein geschärfteres Verständnis. Ein unangebracht großes Kompliment könnte als Ironie oder als Herablassung aufgefaßt werden. In jedem Fall sollte man sich um eine individuelle Formulierung bemühen und nicht auf abgedroschene Allgemeinphrasen zurückgreifen.

## Bequemes Sitzen

Die gute Haltung bei Tisch beginnt schon mit dem richtigen Hinsetzen. Dabei geht es nicht etwa um jenes steife, kerzengerade Sitzen, das einst, in Verbindung mit gesenktem Blick, das Kennzeichen einer wohlerzogenen »höheren Tochter« war. Bequemer sitzt, wer sich nicht auf die Stuhlkante setzt, sondern – je nach den gegebenen Körpermaßen – möglichst die ganze Sitzfläche aus-

Linkes Bild: Ellenbogen bei gedeckten Tischen nie aufstützen: Sie könnten Teller und Bestecke verschieben

Rechts: Wer die Füße hinter die Stuhlbeine klammert, wird sich schnell verkrampfen

Auch falsch (links): Sie ißt mit aufgestütztem Unterarm und führt den Mund zum Löffel. Nur die Serviette liegt richtig.

Rechtes Bild: So sitzt sie bequem und kann leicht mit den Bestecken hantieren. Die Füße sind entlastet, können ihr aber Halt geben, wenn sie nach einer Schüssel langt

füllt, aber darauf achtet, daß beide Füße ganz natürlich nebeneinander, aber mit der ganzen Sohle auf dem Boden stehen.

Sind die Knie verkrampft aneinander gedrückt, verliert man schneller die Balance, als wenn man sie lockert und die Füße entweder unmittelbar unter die Knie oder, bei längeren Unterschenkeln, ein wenig unter den Stuhl schiebt. Rückt man sie nach vorn oder schlägt man Füße oder Beine unter dem Tisch übereinander, vielleicht gar nur die hintere Absatzkante aufsetzend, dann wird die Sache immer kippliger.

Wer groß genug ist, um den Stuhlsitz wirklich bis zum Ansatz der Rückenlehne ausfüllen zu können, verspürt (bei einem sitzfreundlich gebauten Möbel) nun eine angenehme Unterstützung. Der Stuhl gibt ihm die richtige Rückenhaltung. Wer nicht bis ans Ende der Sitzfläche reicht, verspürt etwa dieselbe Erleichterung, wenn er das Kreuz ein wenig durchdrückt, ohne es zu einem Hohlkreuz kommen zu lassen. Wer sich so zu Tisch gesetzt hat, kann hervorragend mit den Bestecken hantieren, sitzt bequem und hat selbst bei einem zwei und mehr Stunden dauernden Hochzeitsessen keine Ermüdungserscheinungen zu befürchten. Eine zweckmäßige und gleichzeitig anmutige Haltung bei Tisch gewährleistet nämlich, sich bei aufrechtem Oberkörper spielend leicht nach vorn neigen zu können, also mit dem Kinn über den vorderen Tellerrand.

Eine schlechte Haltung bei Tisch ist zumeist eine Folge der Nachlässigkeit beim Platznehmen. Als Herr der Dame beim Hinsetzen behilflich zu sein ist keineswegs, wie manche meinen mögen, ein Überbleibsel aus Zeiten übertriebener Etikette. Der kleine Dienst ist um so notwendiger, wenn sie ein langes Kleid trägt. Die kleine Hilfeleistung nur anzudeuten, ist unhöflicher als die Unterlassung.

Aber auch die Dame ist selbstverständlich behilflich, und zwar die jüngere Dame der älteren, wenn kein Herr zugegen ist, und die sehr junge Dame dem deutlich älteren, möglicherweise schon etwas gebrechlichen Herrn.

HILFE BEIM PLATZ NEHMEN

Weit verbreitet, aber falsch: Der Herr steht links neben seiner Tischdame, zieht ihren Stuhl mit der rechten Hand zurück und schwingt ihn, während sie Platz nehmen will, in ihre Kniekehlen.

Richtig dagegen ist, hinter den Stuhl der Dame zu treten, ihn oben mit beiden Händen zu fassen, erst ein wenig zur Seite zu nehmen und dann zurückzuziehen. So kann die Dame bequem vor den Stuhl treten. Während sie sich nun setzt, schiebt der Herr den Stuhl nach. Das geht leicht, wenn er an der Rückenlehne anfaßt und den Stuhl hinten leicht anhebt, so daß der Sitz schräg nach vorn geneigt ist. Jetzt schiebt er den Stuhl vorsichtig nach vorn und setzt ihn ab. So wird er nicht gegen ihre Kniekehlen stoßen. Er wartet dann einen Augenblick für den Fall, daß sie den Stuhl noch ein wenig mehr an den Tisch heranziehen möchte, während sie den Rock glattstreicht. Von ihrer Seite ist nun ein kleines Danke angebracht. Ein freundlicher Blick, ein »Dankeschön« genügt.

Den richtigen Abstand vom Tisch hat gefunden, wer die Oberarme bei aufgerichtetem Oberkörper senkrecht hält und dabei die

Falsch (links): Den Stuhl nicht einfach vorwärts oder gar gegen die Kniekehlen schieben!

Richtig (rechts): Den Stuhl hinten ein wenig anheben und behutsam nachschieben, während die Dame sich setzt. Dann noch ein wenig warten, ob sie ihn weiter heranziehen möchte, und auch dabei behilflich sein

Handgelenke auf die Tischkante legt. Nur die Hände haben beim Essen ihren Platz auf dem Tisch, nicht die Unterarme und schon gar nicht die Ellenbogen. Solange das Essen noch nicht aufgetragen ist, sitzen wir natürlich nicht stocksteif da. Um locker zu wirken, kann man den Unterarm etwas vorschieben, eine Hand auf den Oberschenkel gleiten lassen, sich im Gespräch nach rechts und links wenden und sich auch hin und wieder zurücklehnen.

Und sollte, solange noch nicht serviert ist, auch einmal ein Ellenbogen auf den Tisch gestützt werden, so ist das auch noch keine benimmtechnische Todsünde. Es kommt auf den Gesamteindruck an. Einem Herrn, der ein guter Unterhalter ist und anschaulich zu erzählen versteht, verzeiht man den aufgestützten Ellenbogen oder sonst eine kleine läßliche Benimmsünde ebenso bereitwillig wie der charmanten Dame. Einigermaßen unästhetisch sieht es aber aus, wenn jemand während des Essens mit der einen Hand schaufelt, während die andere Hand den Kopf stützt.

### Das Wichtigste aus der Tafelkunde

Bitte erschrecken Sie nicht! Die Abbildung auf Seite 138 besagt nicht etwa, daß Ihr Hausstand erst vollkommen ist, wenn Sie all diese Bestecke im Schrank haben. Mit Tafelbestecken, Kaffeelöffeln, Suppenschöpfer, Gemüselöffel, Saucenlöffel und einer Bratengabel ist der junge Haushalt, solange anderes wichtiger ist, auf Jahre

1 Tafelbesteck
2 Vorspeisenbesteck
3 Fischbesteck
4 Dessertbesteck
5 Obstbesteck
6 Butter- und Käsebesteck
7 Mokkalöffel
8 Kaffeelöffel
9 Buttermesser
10 Austerngabel
11 Hummerbesteck
12 Suppenkelle
13 Gemüselöffel
14 Saucenlöffel
15 Kartoffellöffel
16 Salatbesteck
17 Bratenbesteck
18 Fischvorlegebesteck
19 Sardinenheber
20 Spargelheber
21 Bowlenlöffel

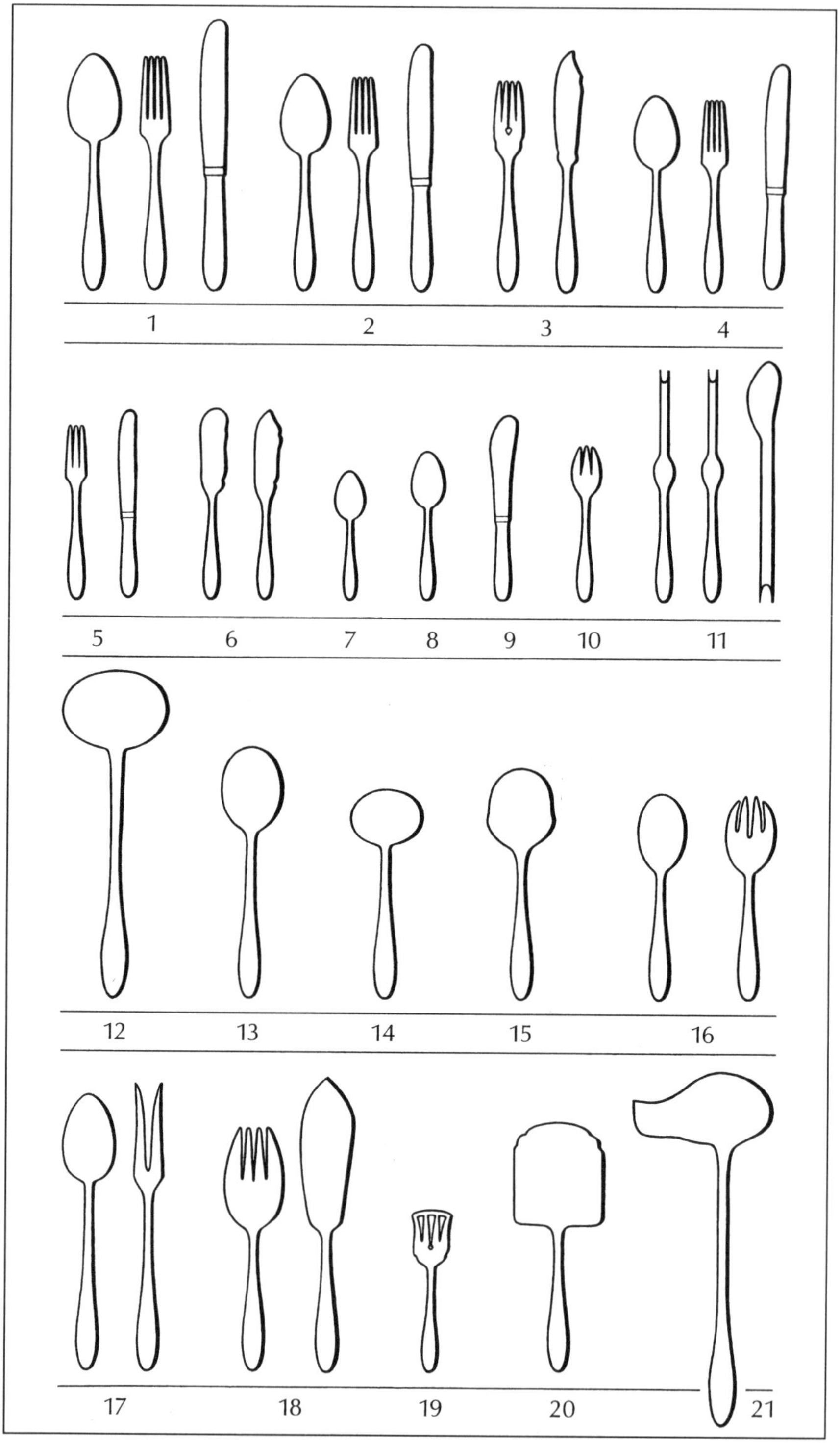

versorgt. Und wer gern Gäste einlädt, tut besser daran, zunächst Tafelbestecke und Kaffeelöffel zu ergänzen, bevor er zum Beispiel Hummerbestecke kauft, die nur selten oder gar nicht benutzt würden. (Heutzutage kann man übrigens alle selten gebrauchten Geschirre und Bestecke bei Partyservice-Unternehmen leihen.) Aber jedem sei geraten: Erkundigen Sie sich beim Einkauf eines Bestteckes, auf wie viele Jahre Sie das Muster in allen Teilen nachbeziehen können.

Darüber hinaus soll die Übersicht – auch über ausgefallene Besteckteile – eine Hilfe sein, wenn einmal ein etwas ungewöhnliches, aber doch praktisches Geschenk gesucht wird.

Schließlich soll diese Aufstellung auch davor bewahren, einmal hilflos dazustehen, wenn man auf einer Party zum Beispiel gebeten wird: »Geben Sie mir bitte den Sardinenheber« und man gar nicht weiß, wie so ein Ding überhaupt aussieht ...

GROSSES FESTESSEN

Im folgenden nun einige Erläuterungen zu der Abbildung auf Seite 140 »Gedeck für das große Festessen«:

HT Hauptteller (»Platzteller« genannt, wenn er dazu bestimmt ist, den später servierten Tellern als Unterteller zu dienen). BT: Brotteller, nimmt Brot, Brötchen oder Toast auf, die als Beigabe zu Vorspeisen oder Suppe gereicht werden. Butter wird dort unter Verwendung des stets wieder auf dem Tellerrand abzulegenden Buttermessers (0) aufgestrichen. (Gäbe es Salat, so würden hier der Salatteller und der Brotteller links neben den Gabeln stehen.) (1) Gabel für die Vorspeise, die mit der Gabel allein gegessen wird, weshalb man diese dann ausnahmsweise in die rechte Hand nimmt. (Restaurants servieren die Vorspeise heute allerdings meist mit Gabel und kleinem Löffel.) (2) Löffel für die Suppe, (3) Fischbesteck; also wird es nach der Suppe einen Fischgang geben. (4) Großes Besteck für den Fleischgang (Kombiniere: Als drittes Glas steht ein Rotweinpokal, dieser könnte auf Wild hindeuten). (5) Dessertlöffel für Pudding, Kompott oder Eis. (6) Dessertbesteck für Obst oder Gebäck (Messer und Gabel liegen mit den Griffen so, daß man sie, wenn sie an der Reihe sind, gleich mit der richtigen Hand nach unten ziehen kann).

Zu den Gläsern: (A) Südweinglas (zur Vorspeise könnte ein Wermut eingeschenkt werden). Hier kann auch ein Wasserglas stehen, für diejenigen, die keinen Alkohol mögen oder aber gerne

Gedeck für das große Festessen. (Abküzungen und Ziffern siehe Text Seite 139–140)

»zwischendurch« einen Schluck Wasser trinken. (B) Weißweinglas (zum Fischgang). (C) Rotweinpokal (zu Wild oder anderem dunklen Fleisch). (D) Sektkelch (zum Nachtisch). Die Gläser können auch im Viereck stehen. Das zuerst benötigte steht immer rechts, weil von rechts eingeschenkt und das Glas vor Beginn des nächsten Ganges weggenommen wird.

**Das kleine Gedeck**

Das kleine Gedeck nach internationaler Sitte setzt sich immer mehr durch. Es sieht so aus: Gabel links, Messer und Suppenlöffel rechts vom Teller, Dessertlöffel für den Nachtisch oben quer und das Glas (jedes Glas) oben rechts (Bild Seite 141 oben links).

**Das Festtagsgedeck**

Natürlich gibt es noch mehr Möglichkeiten. Auf Seite 141 oben rechts sehen Sie ein Beispiel für Vorspeise, Hauptgang und Nachtisch. Vielleicht gibt es Schinkenröllchen mit Spargel (das Vorspeisebesteck, kleines Messer rechts außen und kleine Gabel links außen, deutet zumindest darauf hin, daß es kein Omelett sein wird; dazu würde eine Gabel genügen), als Hauptgang einen Braten und am Ende einen Nachtisch, mit dem Dessertlöffel zu essen. Es könnte zwischen Vorspeise und Hauptgang auch eine Suppe aus der Tasse geben; denn dann wird der Löffel oft auf der Untertasse serviert. Zum Hauptgang wird es Wein und zum Nachtisch Sekt.

Links: Das kleine Gedeck nach internationaler Sitte. Rechts das Festtagsgedeck für Vorspeise, Hauptgang und Nachtisch

SITZORDNUNG

Junge und jung gebliebene Leute setzen sich in ungezwungener Gesellschaft in bunter Reihe an den Tisch. Erst wenn ein Paar sich als einander zugehörig betrachtet, legt es unter Umständen Wert darauf, daß er links neben ihr sitzt. Darauf wird sogar bei der offiziellen Tischordnung Rücksicht genommen (unten links). Bis zur Hochzeit sitzen junge Paare nebeneinander, später dagegen Ehepartner üblicherweise getrennt, doch wird man auch hier auf anderslautende Wünsche Rücksicht nehmen. Ehrenplatz war hierzulande im Hause der Platz links neben der Hausfrau oder (auswärts) neben der ältesten oder gastgebenden Dame. Der Hausherr führte jeweils die älteste der eingeladenen Damen zum Platz an seiner Rechten. Auch in Deutschland setzt sich allerdings mehr und mehr die internationale Sitte durch, nach der auch der männliche Ehrengast rechts von der Hausfrau plaziert wird. Treffen sich Ehepaare, so rechnet es sich jeder Mann zur Ehre an, die Frau seines Freundes oder Bekannten zu Tisch zu führen.

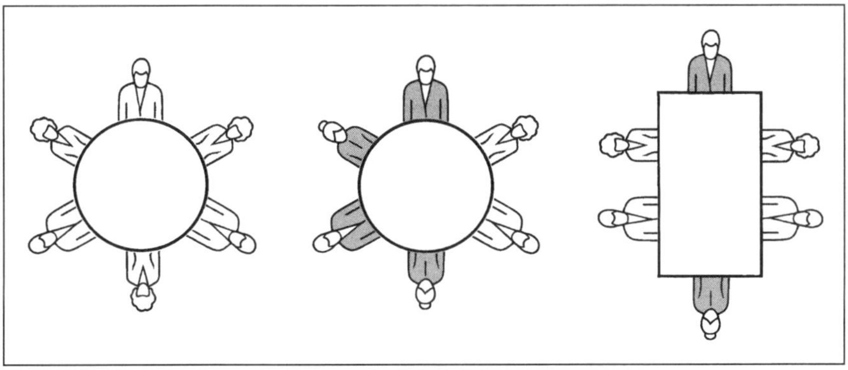

Gebräuchliche Sitzordnungen. Die graue Farbe kennzeichnet in der Illustration verheiratete Personen

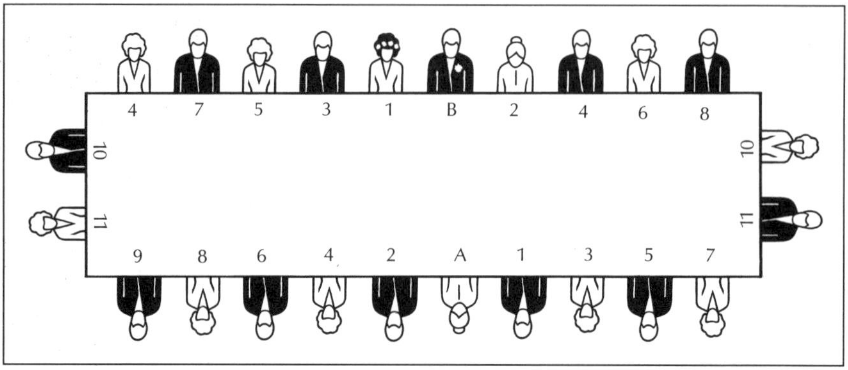


Große Festtafel (Erläuterung der Buchstaben und Ziffern im Text)

### Grosse Festtafel

An der großen Tafel sitzen sich Gastgeberin (Hausfrau) = (A) und Gastgeber (Hausherr) = (B) an den Tischbreiten des Tisches gegenüber. Ehepaare sitzen getrennt (gleiche Ziffern bezeichnen die Ehepaare). Diese traditionelle Regel ist heute jedoch eine »Kann-Bestimmung«, von der der Gastgeber auch abweichen darf, wenn er annimmt, daß das seinen Gästen lieber ist. Nach deutscher Sitte sitzt der Ehrengast (2) links neben der Hausfrau, nach internationaler Sitte rechts (1) von ihr. Im Gegensatz zu einst ist heute nicht mehr die Rangfolge nach Titel vorherrschendes Gesetz der Tischordnung – auch nicht unbedingt das Alter –, sondern vor allem die Überlegung, die Gäste so zu gruppieren, daß sich Menschen etwa gleicher Interessen und Anschauungen zusammenfinden.

### Hochzeitsessen nach deutscher Tradition

Der Grundgedanke der Tischordnung zur Hochzeit ist der, die beteiligten Familien einander näher zu bringen. Die engsten Familienmitglieder sitzen sich gegenüber, Ehepaare (mit Ausnahme des Brautpaares) getrennt. Genau beschrieben ist die übliche Sitzordnung bei Hochzeiten im Kapitel »Familienfeste« (Seite 158).

### Tischkarten

Bei großen Festen mit festgelegter Sitzordnung sind Tischkarten unerläßlich. Manche stellen sie aber auch gern bei kleinen Essen mit nur wenigen Gästen auf, weil sie einen hübschen Schmuck darstellen. Man kann Tischkarten kaufen oder selbst basteln, bei entsprechender künstlerischer Begabung kann man sie aus der freien Hand beschriften. Verfügt man lediglich über beschränktes handwerkliches Geschick, greift man zu Schablonen oder Anreibebuchstaben. Und selbstverständlich kann man die Tischkarten auch drucken lassen.

Sinn und Zweck der Tischkarte liegt bei großen Festen nicht nur darin, daß der einzelne Gast selbst seinen Platz findet; sie soll auch eine Hilfe für den Tischnachbarn sein, der anhand der Karte erfährt oder sich noch einmal ins Gedächtnis zurückrufen kann, wer neben ihm sitzt. Dabei gilt es einen wichtigen Punkt zu berücksichtigen: Haben mehrere Gäste denselben Vornamen, kann es leicht zu Verwirrungen kommen, wenn nur die Vornamen auf den Tischkarten stehen. Und wenn etwa bei einer Hochzeit zwei Familien zum ersten Mal zusammenkommen, dann ist es besser, die Tischkarten offiziell zu beschriften, das heißt mit vollen Vor- und Zunamen der Gäste, nicht mit der Verwandtschaftsbezeichnung. Denkbar und möglich ist auch die »Doppelbeschriftung«; etwa so: Elisabeth Meyer/Tante Betty.

PLACEMENT

Damit übrigens nicht erst bei Tisch die Suche nach dem eigenen Platz losgeht, liegt bei sehr großen Feiern im Vorraum oder auf einem kleinen Beistelltisch vor der Tafel ein Plan aus, »Placement« genannt. Es handelt sich um eine Platte aus Pappe oder aus Leder in Form des Tisches mit Einstecktaschen für Kärtchen, auf denen die Namen der Gäste stehen. Auf diesem ausgelegten Placement kann jeder rechtzeitig nachschauen, wo sein Platz ist.

# Trinksitten heute

In fröhlicher Runde, ohne besonderen Anlaß, sind die Trinksitten meistens lockerer. Im folgenden geht es um den festlich gedeckten Tisch und die Regeln, die hier in bezug auf die Getränke zu beachten sind.

HALTEN DES GLASES

Das Weinglas ergreift man normalerweise weder oben am Kelch noch unten am Fuß, sondern am Stiel. Allerdings darf man einen Rotweinkelch, soweit er nicht gerade zum Trinken hochgenommen werden soll, mit der Hand umfassen, um den Inhalt ein wenig nachzutemperieren. Und bei Weinproben werden Wein- und Sherrygläser von den Verkostern oft am Fuß gefaßt, weil sie auf die Art erstens am besten die Farbe und Blume prüfen können und zweitens ein Nachwärmen des kühl temperierten Weißweins durch die Handwärme vermeiden. Das Bierglas faßt man, falls es keinen Henkel hat, unterhalb der Mitte.

DAS EINSCHENKEN

Beim Einschenken faßt man die Flasche in der Höhe des Etiketts, freilich ohne es dabei zu verdecken, und gießt, den Handrücken oben, ein. Ein Nachtropfen vermeidet man durch kurzes Drehen der Flasche nach links. Der erste Schluck einer Weinflasche wird in das eigene Glas gefüllt, weil immer die Gefahr besteht, daß ein Stückchen Kork mitkommt. Der Gastgeber sollte von diesem ersten Schluck zunächst probieren, um sich zu vergewissern, daß der Wein in Ordnung ist. Er kann aber auch, sofern einer der Gäste echter Kenner ist, diesem den Probierschluck – nach dem Korkenschluck – einschenken.

Grundsätzlich werden Weingläser normaler Größe nur zu knapp zwei Dritteln gefüllt, dabei dürfen Weißweingläser etwas höher aufgefüllt werden als Rotweingläser. In die heute modernen großen Kelche schenkt man entsprechend weniger ein.

Links: Der Gastgeber sollte die Flasche in Höhe des Etiketts anfassen und nicht am Hals

Rechts: Wenn ein Trinkspruch ausgebracht wird, so wird in einer kleinen Runde oft miteinander angestoßen. Man faßt dabei das Glas – wie sonst auch – am Stiel

Anders als bei Kaffee- und Teetassen, die man auf der Untertasse hinhält, reicht man ein Weinglas zum Ein- und Nachschenken nicht an, man läßt es auf dem Tisch stehen.

### Der erste Schluck

Ganz korrekt ist es, mit dem ersten Schluck zu warten, bis der Hausherr – oder heute auch die Hausherrin – das Glas erhebt und mit einem »Zum Wohl« oder einem »Prosit« seinen/ihren Gästen zutrinkt, die selbstverständlich ebenfalls das Glas nehmen und mittrinken – auch wenn sie ein Mineralwasser oder Saft in ihrem Glas haben. Sie sind durch diese Getränke vom ersten Schluck weder ausgeschlossen, noch sollten sie meinen, er berechtige zum Alleingang vor den anderen.

Ohnehin ist es im strengen Sinne nicht korrekt, wenn ein Gast schon vor dem Gastgeber zum Glas greift, weshalb dieser seinerseits die Gäste nicht zu lange warten lassen sollte. Nach dem ersten Schluck kann jeder nach Belieben trinken.

Die Frage, was man zum ersten Schluck sagt, ist nicht eindeutig zu beantworten. Die oben genannten Formeln sind üblich und in jedem Fall richtig. Im engeren Kreis ist auch das etwas weniger feine »Prost« erlaubt. Unter Freunden wird man auch andere Formeln hören: »Prösterchen« etwa, »Cin-cin« unter den Italophilen, »Cheers« oder »Cheerio« unter Anglophilen.

### Alkoholfreie Getränke

Damit Autofahrer nicht in Versuchung kommen, darf in einer weintrinkenden Runde natürlich auch mit Mineralwasser, Trauben-, Apfel-, Johannisbeersaft u.ä. zugetrunken werden.

Außer bei offiziellen Anlässen, bei denen die Getränkefolge festgelegt ist, können die Gäste auch zwischen verschiedenen Getränken wählen, wenn sie angeboten werden. Die Frage nach einem nichtalkoholischen Getränk ist immer legitim, wenn es der Gastgeber nicht bereits von sich aus angeboten hat. Und auch das Glas Mineralwasser zusätzlich zum Wein – in anderen Ländern vollkommen selbstverständlich – kommt bei uns immer mehr in Mode.

### Das Zuprosten

Das Zutrinken oder Zuprosten ist eine urdeutsche Zeremonie, die sich aus den alten studentischen Trinksitten entwickelt hat, die einem sehr strengen Zeremoniell unterworfen waren. Beim üblichen Zutrinken ist von diesen starren Ritualen – die in gewissen Kreisen heute eine zweifelhafte Renaissance erleben – wenig übriggeblieben.

Zutrinken heißt heute, daß man das Glas hebt, wenn man mit dem- oder derjenigen, dem oder der man zuprosten möchte, Blickkontakt hat. Eine mündlich ausgesprochene Aufforderung ist also nicht nötig, ja verbietet sich geradezu. Man sieht sich also an, hebt das Glas, nickt freundlich, lächelt sich zu und trinkt dann gleichzeitig einen Schluck. Nachdem man getrunken hat, nimmt man den Blickkontakt wieder auf und hebt das Glas erneut ein paar Zentimeter weit, ehe man es abstellt.

Nicht mehr üblich ist, daß zwei Herren, die sich auf diese Weise zutrinken, danach die Gläser leeren müssen. Ebenfalls überholt ist das Dogma, daß nur Herren die Initiative ergreifen dürfen. Auch Damen dürfen von sich aus einem Herren – und selbstverständlich einer anderen Dame – zutrinken.

### Rund um die Weinflasche

Beim Öffnen der Weinflasche sollte der Korkenzieher nur so weit in den Korken hineingedreht werden, daß seine Spitze das untere Ende nicht durchsticht! So vermeidet man, daß Korken in den Wein gerät.

In der Gaststätte probiert der Gast am Tisch. Der Ober schenkt dem Besteller einer Flasche Wein zunächst nur einen Schluck ein, damit er sich von der Güte und vor allem der richtigen Temperierung überzeugen und diese, wenn sie nicht befriedigt, korrigieren lassen kann. Bewirtet man Gäste daheim, sollte der Gastgeber sich vorher um die ideale Temperierung kümmern. Am Tisch gibt er den ersten Schluck aus jeder Flasche dann lediglich noch in das eigene

Glas, um ein vielleicht dort zurückgebliebenes Korkstückchen nicht gerade dem Ehrengast einzuschenken, bei dem er mit dem Eingießen beginnt. Ist die Runde klein, beginnt er bei den Damen und gießt den Herren zuletzt ein. An der großen Tafel reihum!

Wenn die Hausfrau die Gäste allein bewirtet, kann sie einen Herren bitten, sich der Getränke anzunehmen; selbstverständlich kann sie das aber auch selbst tun.

ABLEHNEN VON GETRÄNKEN

Wenn bei einem großen Essen verschiedene Weine gereicht werden, besagt die alte Regel, daß man aus dem zum vorherigen Gang gehörenden Glas nicht länger trinken darf, sobald das neue eingeschenkt ist. Deshalb muß man jedoch nicht jedes Glas schnell austrinken.

Selbstverständlich ist es erlaubt, dem Einschenkenden den Hinweis zu geben: »Bitte nur einen kleinen Schluck!« Oder: »Ich möchte jetzt nur noch Saft (oder Wasser) trinken.« Und wenn die Bedienung den Rest eines köstlichen Tropfens wegnehmen will, so sind wir doch wohl in der Lage, sie mit einem netten Wort daran zu hindern!?

APERITIF UND DIGESTIF

Der vor dem Essen gereichte Aperitif soll den Appetit anregen und möglichst leicht sein. Gern genommen werden Sherry (trocken oder medium), Wermut, Champagner pur oder Sekt mit einem Schuß Cassis (Kir Royal). Süße Cocktails oder klare Schnäpse sind als Aperitif wenig geeignet und sollten nur dann vom Gastgeber gereicht werden, wenn der Gast sie ausdrücklich wünscht.

Wer sich Gäste zum Essen nach Hause einlädt, reicht den Aperitif wenn irgend möglich nicht erst bei Tisch, sondern vorher in einem anderen Raum oder zumindest, ehe sich die Gäste an die Tafel gesetzt haben. Den Rest des Getränkes an die Tafel mitzunehmen ist bei großen Festtafeln oder Essen mit offiziellerem Charakter nicht üblich. Im Freundeskreis ist es dagegen selbstverständlich erlaubt. Ebenso in einem Restaurant, wenn Gäste die Wartezeit, bis ein Tisch frei ist, an der Bar zugebracht haben.

Im Gegensatz zum Aperitif ist der Digestif – wie sein Name schon sagt – eine Verdauungshilfe. Er wird also nach dem Essen gereicht, ist oft hochprozentig und wird meist am Tisch genossen. Besonders wenn er in Verbindung mit Kaffee, Mokka oder Espresso gereicht wird, ist ein Cognac angebracht. Ebenfalls sehr beliebt sind

Gläsertypen:
1 Schnaps
2 Genever oder andere »Weiße«
3 Cognac
4 Likör
5 Cocktail
6 Südwein
7, 8 Weißwein
9, 10 Rotwein
11 Sektflöte
12 Sektkelch
13 Sektschale
14 Bierbecher
15 Biertulpe
16 Longdrink
17 Bowle
18 Grog
19 Whisky
20 Kullerpfirsich
21 Rheinwein
22 Frankenwein

Unsere »Gläserschau« soll für alle, die Spaß an solchem Studium haben, den Blick auch für seltener auf den Tisch kommende Gläser schärfen. Es könnte ja sein, daß uns ein lieber Mensch immer wieder dieselbe Vase mit hübschen Blumen schenkt und wir uns ob solcher »Phantasielosigkeit« schon an den Kopf fassen – bis wir endlich erfahren, daß er sich ausgedacht hat, uns gerade auf diese Weise zu sechs Kullerpfirsichgläsern zu verhelfen! Haben wir ihm doch einmal erzählt, wie wir die heimliche Verlobung mit Sekt und Kullerpfirsich begossen ...

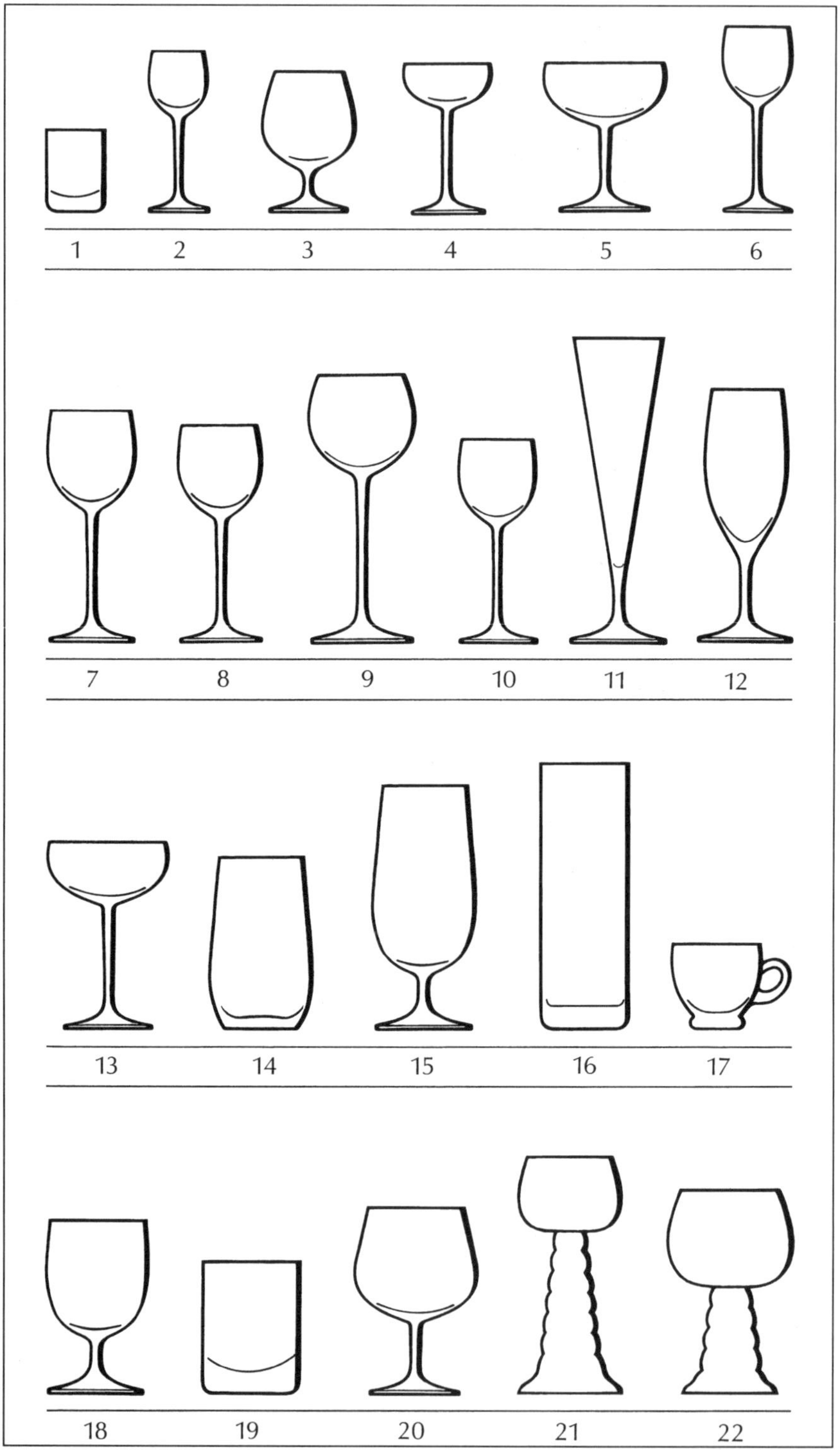

Obstbrände, Kirschwasser etwa oder Himbeergeist, der Grappa oder auch bittersüße Liköre wie Chartreuse.

## Wahl der Gläser

Braucht man überhaupt für jedes Getränk ein eigenes Glas? Es ließe sich einwenden: Hauptsache der Inhalt schmeckt! Aber, wie in unserer Besteckübersicht, so geht es auch bei der Gläser-Schau zunächst einmal darum, die richtige Auswahl für den Erstbestand auszusuchen. Betrachten Sie, wenn Sie Biergläser benötigen, nicht allein Biergläser, sondern das gesamte Sortiment der zur Wahl stehenden Modelle! Vergewissern Sie sich, ob Sie alle Gläser auf möglichst viele Jahre nachbeziehen können.

Eines Tages freuen Sie sich – und Ihre Gäste –, wenn neben dem Bierglas das passende Schnapsglas, neben dem Weißweinglas Rotweinpokal und Sektkelch aus einem Guß bestehen. Mit dem Dreiklang Schnaps-, Bier- und Weinglas fangen die meisten an. Viele fügen dann ein Longdrink-Glas hinzu, aus dem sich ebenso Whisky oder Martini mit Soda wie Obstsaft oder Sprudel trinken lassen. Wer auf Weinbrand oder Cognac geeicht ist, wählt gern den bauchigen Cognacschwenker, weil sich darin auch Creme oder Eis zum Nachtisch servieren läßt. Bei manchen Gläsermustern empfiehlt sich dazu eher der Rotweinpokal.

Doch nicht nur die Optik beeinflußt die Gläserwahl. Cognac beispielsweise, der gut temperiert sein soll, läßt sich in einem Schwenker wesentlich besser mit der Hand erwärmen als in einem Schnapsglas. Und wie jüngste wissenschaftliche Untersuchungen gezeigt haben, beeinflußt die Glasform auch den Geschmack. Nicht ohne Grund wird Exportbier meist in Bierbechern, Pils dagegen fast immer in Biertulpen serviert.

# Rauchersitten heute

Der blaue Dunst hat in den vergangenen Jahren die Nation in zwei sich fast feindlich gegenüberstehende Lager geteilt: Die immer größer werdende Gruppe der Nichtraucher und die Raucher, die sich manchmal schon beinahe fanatische Wortgefechte liefern. Fanatismus ist aber nie gut. Richtig ist, daß die heutigen Rauchersitten von gesteigertem Gesundheitsbewußtsein und Rücksichtnahme geprägt sein sollten. Dieser Grundgedanke bedeutet für Raucher: Wenn schon gequalmt wird, dann nie dort, wo andere darunter leiden müssen; also nicht in kleinen Räumen, Fahrstühlen und Autos (es sei denn, der Fahrer erlaubt es oder raucht selbst), natürlich auch nicht in Wartezimmern und an Krankenbetten. Nie darf während einer Mahlzeit geraucht werden (zwischen den Gängen eines längeren Menüs auch nur dann, wenn keine Nichtraucher am Tisch sitzen). Rauchend sollten außerdem weder fremde Büros noch Wohnungen betreten werden. Bevor wir eine Zigarette anzünden, bieten wir dem anderen Feuer an, aber ohne die eigene schon im Mund zu haben, und achten darauf, daß das Ende der Zigarette nicht mitten in die Flamme hineingesteckt wird, sondern nur mit deren Spitze in Berührung kommt.

Dem Zigarrenraucher überreichen wir nach alter Rauchertradition, die das Gasfeuerzeug vor allem für ältere Herren noch immer nicht akzeptiert, Streichhölzer und als aufmerksame Gastgeber wohl auch einen Zigarrenabschneider. Der Raucher löst, bevor er zu rauchen beginnt, erst vorsichtig die »Bauchbinde« von der Zigarre.

Wir hüpfen nicht mehr auf, um dem anderen Feuer zu geben. Wer rauchen möchte, zieht mit seinen Zigaretten das Feuerzeug heraus, auch die Dame, der es vor allem dann, wenn sie stark raucht, doch gar nicht lieb ist, daß aufspringende Herren diese Tatsache in das Blickfeld aller rücken. Wenn man sich selbst eine Zigarette

Es ist mehr als unhöflich zu rauchen, während am Tisch noch gegessen wird

anzündet, zunächst einen prüfenden Blick nach rechts und links zu werfen, um das Feuer Mitraucherin und -raucher zuerst anzubieten, versteht sich von selbst. Bietet man dem anderen Feuer an, hält man das Feuerzeug hoch genug, so daß unser Gegenüber sich nicht herabbeugen muß.

Übrigens: Der Herr gegenüber sollte sein Feuerzeug über den Tisch schieben und dem Tischherrn ohne Feuerzeug oder Streichhölzer die Hilfeleistung für seine Dame möglich machen, statt um die Runde herumzueilen und so gleichzeitig kundzutun, wie unaufmerksam die Partner auf der anderen Seite sind. Takt geht vor lauernder Aufmerksamkeit!

Ist man eingeladen, muß man sich nach den Gastgebern richten. Und der Gastgeber wiederum ist verpflichtet, auf jene Gäste Rücksicht zu nehmen, die gegen das Rauchen bei Tisch sind. In einem Restaurant gebietet es die Höflichkeit, Fremde am eigenen Tisch zu fragen, ob das Rauchen gestattet ist.

Wenn Sie Raucher als Gäste haben, sollten Sie genügend Aschenbecher bereitstellen – und diese zwischendurch leeren. Wenn Sie selbst Nichtraucher sind, müssen Sie sich aber nicht die Wohnung »einräuchern« lassen. Es ist keineswegs unhöflich, wenn Sie die Gäste bitten, zum Rauchen auf den Balkon oder die Terrasse zu gehen. Dort sollten Sie dann zuvor einen Aschenbecher aufstellen.

# Familienfeste

Die Völkerkundler bestätigen es: Auf Erden gibt es keine Gesellschaft, die nicht irgendwelche Feste feiert. Und genauso einig sind sie sich in der Ansicht, daß ursprünglich fast alle feierlichen Zusammenkünfte in irgendeiner Form mit religiösen Vorstellungen verknüpft waren. Vielfach lassen sich auch bei uns diese Ursprünge noch erahnen, oft freilich sind sie auch so verwischt, daß man sie kaum erkennt. Wer würde schon ohne weiteres bei einem Examen und nachfolgendem Fest die Parallele zu einer Initiationsfeier bei einem Naturvolk ziehen? Und doch sind die Grundelemente dieselben: Eine Gruppe bereits Eingeweihter, also Initiierter,

Für Feiern im Rahmen der Familie gibt es viele Gelegenheiten

kümmert sich eine Zeitlang um eine Gruppe noch nicht Initiierter. Schließlich findet vor einem Gremium eine Prüfung statt, an deren Ende, bei bestandener Prüfung, eine feierliche Übernahme in den Kreis der Eingeweihten steht. Dies alles ist stets mit bestimmten Ritualen und festlichen Bräuchen verbunden, bei naturnahen Völkern ebenso wie in westlichen Industrienationen.

In den sogenannten zivilisierten Gesellschaften sind heutzutage sehr viele Feiern, von der Geburtstags- über die Examens- bis hin zur Hochzeitsfeier, gänzlich oder teilweise verweltlicht und individualisiert. Das bedeutet, eine Verpflichtung, irgendein Fest zu feiern, besteht in unserer Gesellschaft für niemanden. Allerdings feiern die meisten Menschen sehr gern, andere wieder schließen sich aus bloßer Konvention an. Während es beispielsweise schon viele Menschen gibt, die Ostern oder Pfingsten nicht mehr unbedingt als Fest begehen, ist die Zahl derer, die freiwillig auf ein Weihnachtsfest mit Christbaum verzichten, doch ziemlich gering. Dabei hat das oft wenig mit ihrer religiösen Einstellung zu tun. Auch viele nichtreligiöse Menschen feiern Weihnachten.

Jedes Fest ist ein Zusammentreffen von Menschen. Wo aber Menschen zusammenkommen, gilt es bestimmte Verhaltensregeln einzuhalten. Deshalb sind auch Feste und Feierlichkeiten, so fröhlich es dabei zugehen mag, gewissen mehr oder weniger strikten Regelungen unterworfen.

## Verlobung

Zwar gibt es weder einen juristischen noch einen gesellschaftlichen Zwang, einer Eheschließung eine Verlobung vorausgehen zu lassen. Wenn man sich aber verlobt, dann muß man wissen, daß man im juristischen Sinne einen Vertrag geschlossen hat. Das wiederum bedeutet, beide Vertragsparteien müssen erstens geschäftsfähig sein, und sie können zweitens bei Vertragsbruch, wenn das Verlöbnis also wieder gelöst wird, möglicherweise zu Schadensersatzleistungen herangezogen werden.

Für viele ist heute die Verlobung ein Relikt aus alten Zeiten, andere betrachten eine Verlobung als gute Möglichkeit, ein rauschendes Fest zu feiern. So oder so, alles ist erlaubt; dazu gehört auch, eine Verlobung in aller Stille einzugehen.

**Die Kosten**

Die mit einer Verlobungsfeier verbundenen Einzelheiten sind in keiner Weise verbindlich geregelt, schon gar nicht gibt es eine feste Bestimmung darüber, wer die Kosten einer Feier zu tragen hat. Wer freilich schon über der Frage der Finanzierung der Verlobungsfeier mit dem zukünftigen Ehepartner in Streit gerät, hat eine gute Gelegenheit, sich noch einmal Schillers Worte ins Gedächtnis zu rufen: »Drum prüfe, wer sich ewig bindet ...« Die Kosten können von allen gemeinsam, von den Brauteltern oder den Eltern des Bräutigams, aber genauso gut auch von einer reichen Erbtante bestritten werden.

**Das Anhalten um die Hand der Braut**

Gelegentlich liest man heute noch (oder wieder), es sei »eine hübsche alte Sitte«, wenn ein junger Mann beim Vater der Braut um die Hand der Tochter anhalte. Alt ist diese Sitte in der Tat, ob sie auch hübsch ist, muß in Zweifel gezogen werden. Sie stammt aus einer Zeit, als die Frau keinerlei selbstbestimmende Verfügungsgewalt über sich hatte und folglich aus der Vormundschaft des Vaters (unter Umständen auch der des Bruders oder eines anderen männlichen Familienmitglieds) von diesem in die Vormundschaft des Ehemannes entlassen wurde. Eine Frau, die sich darüber im klaren ist, wird es nicht unbedingt als »hübsch« empfinden, wenn ihr Zukünftiger bei irgend jemand anderem als bei ihr selbst um ihre Hand anhält.

**Der Antrittsbesuch**

Von diesem Um-die-Hand-Anhalten zu unterscheiden ist der Antrittsbesuch bei den jeweiligen Eltern der Ehepartner. Natürlich sollte sich ein junger Mann als zukünftiger Schwiegersohn bei den Eltern seiner Braut vorstellen. Und auch sie sollte sich seinen Eltern vorstellen, wenn man sich nicht ohnehin bereits kennt.

Man sollte bei einem solchen Besuch einen guten Eindruck machen, also all das beachten, was gemeinhin zum guten Ton gehört. Das fängt bei der Kleidung an, setzt sich bei den allgemeinen Manieren fort und schließt vor allen Dingen auch die Tischsitten ein.

**Die potentiellen neuen Verwandten**

Unter Umständen ist die Verlobungsfeier die erste Gelegenheit, bei der sich eventuell zukünftige neue Verwandte, die Eltern und gegebenenfalls auch die Geschwister des Brautpaares zum ersten Mal begegnen. Das wird von den zukünftigen Schwiegereltern meist als Anlaß verstanden, vom Sie zum Du überzugehen. Dazu besteht allerdings überhaupt keine Verpflichtung. Wer gern weiterhin ein wenig Abstand wahren möchte, braucht bei dieser Gelegenheit nicht zum allgemeinen Du zu wechseln. Es ist ja noch gar nicht sicher, ob man wirklich eines Tages verschwägert sein wird.

Auch wie die Brautleute die Schwiegereltern ansprechen, ist individuell verschieden und keinerlei Regelung unterworfen. Bei jüngeren Leuten ist heute die Anrede mit den Vornamen recht beliebt, auch »Mutter« und »Vater« oder eine der Variationen dieser Begriffe finden viele Anhänger. Letztlich ist es eine Frage der persönlichen Entscheidung.

KAUF DER RINGE

Der gesellschaftliche Wandel zeigt sich auch beim Kauf der Ringe. War es früher allgemein üblich, daß der Mann die Ringe allein kaufte und bezahlte, so will die Frau heute meist mitbestimmen, wie der Ring aussehen soll, den sie – möglicherweise ein Leben lang – am Finger tragen wird. Es bleibt ihr heute auch unbenommen, sich an den Kosten für die Ringe zu beteiligen oder sie ganz allein zu bestreiten.

In die Ringe werden übrigens im allgemeinen innen Datum und Namen eingraviert. In Deutschland wird der Ring bei der Verlobung an den Ringfinger der linken Hand gesteckt.

BEKANNTGABE DER VERLOBUNG

Wer seine Verlobung feiern möchte, sei es mit einem rauschenden Fest, sei es mit einem kleinen Vormittagsempfang im engeren Kreise, muß Verlobungsanzeigen mit einer Einladung an Verwandte und Freunde schicken, und zwar rechtzeitig, also etwa drei bis vier Wochen vor dem großen Tag.

Wer sich ohne große Feier im stillen verlobt hat, kann im nachhinein Anzeigen verschicken oder in die Zeitung setzen, sofern er wünscht, daß die Verlobung bekannt wird. Jede Form der Bekanntmachung kann von den Eltern ausgehen. Heute zeigen die Verlobten allerdings häufiger selbst und in eigener Regie ihre Verlobung an.

Hat man eine Verlobungsanzeige in Form einer Karte zugeschickt bekommen – gleichgültig, ob es sich um eine Einladung handelt oder nur um die reine Information –, antwortet man darauf natürlich mit einem Glückwunsch. Auf eine Zeitungsanzeige braucht man dagegen nicht zu reagieren.

## Standesamtliche und kirchliche Trauung

Die standesamtliche Trauung muß bei uns in jedem Falle der kirchlichen vorausgehen. Das ist keine Frage des guten Tons, sondern eine gesetzlich vorgeschriebene Regelung, denn die kirchliche Trauung besitzt als religiöser Akt in einem weltlichen Staat keine Rechtsverbindlichkeit. Das bedeutet: Man kann sich selbstverständlich auch nur standesamtlich trauen lassen und auf die kirchliche Trauung verzichten. Im Sinne des Gesetzes ist man nach vollzogener standesamtlicher Trauung verheiratet. Welche rechtlichen Voraussetzungen zu erfüllen sind und wie die Zeremonie vor sich geht, erfährt man auf dem Standesamt.

Zwischen standesamtlicher und kirchlicher Trauung kann theoretisch ein unbegrenzt langer Zeitraum liegen.

KLEIDERVORSCHRIFTEN

Zwar wird eine festliche Kleidung bei der standesamtlichen Trauung nicht ungern gesehen, zwingende Kleidervorschriften gibt es allerdings nicht. Früher hieß es ziemlich verbindlich: Der Herr trägt bei der standesamtlichen Trauung einen dunklen Anzug mit Krawatte oder Fliege. Heute darf es, zumal im Sommer, auch ein heller Anzug sein. Die Dame trägt beim Gang zum Standesamt entweder ein Kleid, ein Kostüm, einen Hosenanzug oder ein Complet. Sie kann auch ein weißes Brautkleid mit Schleier anlegen, selbst wenn im Anschluß an die standesamtliche keine kirchliche Trauung auf dem Programm steht. Auch der Smoking, früher nur dem Abend vorbehalten, darf sich heute schon am Nachmittag sehen lassen, besonders wenn der standesamtlichen gleich die kirchliche Trauung folgt und sowohl Braut als auch Trauzeugen entsprechend festlich gekleidet sind.

## Die Hochzeitsfeier

Jeder hat das Recht, seine Hochzeit so zu feiern, wie es ihm Spaß macht: zu zweit oder mit einer unüberschaubaren Schar von Gästen, zu Hause oder in einem Lokal, vom frühen Vormittag bis tief in die Nacht hinein oder auch nur eine Stunde lang. Und niemand ist verpflichtet, seine Eheschließung auf Fotografien oder Videofilmen zu verewigen.

Für viele immer noch der glücklichste Tag im Leben – eine feierliche Hochzeit mit »allem Drum und Dran«

Will man allerdings im großen Stil feiern, so sollte man seine Gäste rechtzeitig und am besten schriftlich, mit einer schön gestalteten Einladung benachrichtigen.

Der Ehename

Die neue Gesetzesregelung erlaubt verschiedene Möglichkeiten, was den neuen Namen der Eheleute angeht. Im allgemeinen wird noch immer der Familienname des Mannes als gemeinsamer Ehename gewählt, doch wächst die Zahl der Frauen, die einen Doppelnamen annehmen oder neuerdings auch ihren Mädchennamen beibehalten. Vereinzelt entscheiden sich Männer für den Namen der Frau als gemeinsamen Ehenamen.

Wie auch immer, es ist von Vorteil, wenn sich bereits der Heiratsanzeige unmißverständlich entnehmen läßt, welche Form der Anrede von nun an für beide beziehungsweise für jeden einzelnen der beiden korrekt ist. Selbst wenn die Trauung erst noch bevorsteht, kann man auf den Karten beispielsweise bereits die Formulierung »Kurt Müller, geb. Meier« wählen, und damit deutlich machen, daß sich der Nachname des Mannes mit der Eheschließung ändernt.

**Veranstaltungsort und Hochzeitsessen**

Wo man die Hochzeitsfeier veranstaltet, ist nicht zuletzt von den zur Verfügung stehenden häuslichen Räumlichkeiten und den finanziellen Möglichkeiten der Betroffenen abhängig. Benimmregeln spielen hier kaum eine Rolle. Sehr wichtig ist allerdings, daß der Einladung unmißverständlich zu entnehmen ist, wann und wo die Festlichkeit stattfinden soll, damit alle Eingeladenen auch mühelos hinfinden und pünktlich da sind.

Noch immer sehr beliebt ist das große Hochzeitsessen, doch besteht keinerlei Verpflichtung dazu, ein großes Essen auszurichten. Auch zur Feier einer Hochzeit kann man sich auf einen Sektempfang beschränken. Oder man kann ein Buffet vorbereiten und dann jedem Gast selbst überlassen, wo er Platz nehmen möchte.

**Die Sitzordnung**

Die übliche Sitzordnung an der Hochzeitstafel sieht vor, daß die Brautleute – im allgemeinen die Braut zur Rechten des Bräutigams – die mittleren Plätze an der Breitseite des Festtisches einnehmen. Rechts neben der Braut nimmt dann der Vater des Bräutigams Platz, neben ihm wiederum die Mutter der Braut. Zur linken Seite des Bräutigams sitzen die anderen Elternteile, neben dem Bräutigam seine Mutter und daneben der Vater der Braut. Neben den Brauteltern können die Großeltern der Brautleute oder andere enge Verwandte oder Freunde Platz nehmen.

Üblicherweise sitzt außer dem Brautpaar kein Ehepaar zusammen. Nicht, weil man Streit vermeiden will, sondern weil sich die beiden Familien näher kennenlernen sollen. Selbstredend gibt es regional unterschiedliche Bräuche, was die Sitzordnung an der Hochzeitstafel betrifft.

An die Sitzordnung ist man aber nicht streng gebunden. Beispielsweise könnten die Eltern der Brautleute bereits verstorben, die Eltern geschieden und wiederverheiratet, untereinander oder mit den Kindern zutiefst verfeindet und zerstritten sein. Letztlich wird man die Tischordnung weniger nach den Regeln der Etikette festlegen, sondern vielmehr nach praktischen und vernünftigen Gesichtspunkten.

**Die Festtafel**

Wie man eine Tafel zu einem Festessen korrekt eindeckt, ist auf Seite 140 beschrieben. Findet die Feier außerhalb in einem Restaurant statt, wird diese Arbeit ohnehin vom Personal erledigt. Möchte man Tischkarten aufstellen, so empfiehlt es sich, die Sitzordnung vorher mit dem Oberkellner abzusprechen und die Karten rechtzeitig vorzubereiten, damit sie auch richtig aufgestellt werden können.

Zur Gestaltung großer Hochzeitsfeste gibt es so viele Möglichkeiten, und es sind dabei so viele Dinge zu beachten, daß hier nicht im Detail auf alles eingegangen werden kann. Einschlägige Literatur informiert sehr ausführlich über alle Fragen im Zusammenhang mit Trauung und Hochzeit. Auch Tanzschulen bieten meist sogenannte Hochzeitskurse an, in denen man nicht nur seine Tanzkünste ein wenig auffrischen kann. Die Tanzlehrer und -lehrerinnen sind auch gern bereit, zu allen anderen, die Etikette betreffenden, Fragen Rede und Antwort zu stehen.

## Geburt, Taufe, Namensgebung

Anzeige und Karte

Üblicherweise wird die Geburt eines Kindes in der Zeitung durch eine Anzeige oder durch private Anzeigen bekanntgemacht. Es ist Privatangelegenheit und persönliche Geschmackssache, welche Form der Anzeige man wählt. Es gibt vorgedruckte Karten, in die man nur noch die entsprechenden Angaben einzufügen braucht. Man kann in einer Druckerei aber auch eine Anzeige und Karten nach eigenen Angaben und Vorstellungen in Auftrag geben.

Auf eine Geburtsanzeige, die man persönlich zugeschickt bekommt, antwortet man selbstverständlich, und zwar in der Regel schriftlich, eventuell auch telefonisch; vielleicht schickt man der Mutter Blumen oder dem Kind ein kleines Geschenk. Das wiederum verpflichtet die Eltern zu einer Danksagung. Doch wird man als Schenkender hier Geduld aufbringen; die Eltern, vor allem die Mutter, haben jetzt erst einmal andere Dinge zu erledigen. Auf eine zufällig in der Zeitung gesehene Geburtsanzeige braucht man nicht zu reagieren.

Besuche bei der Mutter

Möchte man die junge Mutter besuchen, so ist es in jedem Fall geboten, sich vorher anzumelden. Und niemand sollte beleidigt sein, wenn er hört, daß Besuche zur Zeit – noch – unerwünscht sind. Viele »frischgebackenen« Eltern brauchen nach den aufregenden Tagen der Geburt zunächst etwas Ruhe.

Taufe und Namensgebung

Die Taufe ist wie die kirchliche Trauung ein religiöser Akt. Sie ist zwar mit der Namensgebung verknüpft, im Grunde aber wird der neue Erdenbürger mit der Taufe in die jeweilige christliche Gemeinde aufgenommen.

Ob es nun getauft wird oder nicht, in jedem Fall – dazu besteht sogar eine gesetzliche Vorschrift – muß das Kind einen Namen haben. Ob man die Namensgebung, die Taufe, mit einer weiteren Feier verknüpft, ist wiederum jedem selbst überlassen.

Wann man gegebenenfalls eine entsprechende Feier abhält, ist in allererster Linie eine Frage der Gesundheit von Mutter und Kind. Eine Vorschrift, wann ein Kind getauft zu werden hat, gibt es ohnehin nicht. Bekanntlich kann sich auch ein Erwachsener noch taufen lassen.

Die Einzelheiten der kirchlichen Zeremonie bespricht man, wie im Falle der kirchlichen Trauung, vorher mit dem Geistlichen, der die Zeremonie durchführt. Je nach Konfession und Region gibt es hier unterschiedliche Regelungen. Vor allem muß man auch besprechen, wer Taufpate sein darf. Hier kann es unter Umständen Einsprüche von kirchlicher Seite geben, wenn der Pate nicht die »richtige« Konfession hat. An der Taufzeremonie in der Kirche darf selbstverständlich jeder als Gast teilnehmen, der dazu eingeladen ist, die Religionszugehörigkeit spielt dabei keine Rolle.

Kleidervorschriften

Auch bei der Taufe herrscht, wie bei der kirchlichen Trauung, bedingte Freiheit, was die Wahl der Kleidung angeht. Man kleidet sich also, wie es dem Ort und dem Ernst der Feier entspricht, nämlich gut bis festlich, in jedem Fall ordentlich und gepflegt. Der Täufling kann ein besonderes Taufkleid oder einen Taufanzug anhaben. Doch auch wenn es die ganz normale Säuglingskleidung ist, wird der Geistliche die Taufe deshalb nicht verweigern.

Patengeschenk

Selbstverständlich kann sich der Taufe eine kleine oder größere Feier in einem Lokal oder im Hause der Eltern, der Großeltern oder einem der Paten anschließen. Unabhängig von einer wie auch immer gearteten Feier ist es üblich, daß die Paten dem Kind ein besonderes Geschenk machen. Ein solches Geschenk sollte von einer gewissen Beständigkeit und von bleibendem Wert sein. Deswegen braucht es längst nicht mehr der gravierte Silberlöffel oder die Bibel mit Goldschnitt zu sein. Es ist heute ganz und gar nicht unüblich, dem Patenkind ein Sparbuch mit einer gewissen Einlage und einer langen Sperrfrist einzurichten, das dem Kind beim Übertritt zum Erwachsenenalter ein erkleckliches Sümmchen verspricht. Andere Paten schließen eine Ausbildungsversicherung für das Kind ab.

## Kommunion, Konfirmation

Auch bei Kommunion und Konfirmation unterliegt der in der Kirche stattfindende Teil der Feierlichkeit den Vorgaben des Geistlichen. Das betrifft nicht zuletzt die Frage der Kleidung der Konfirmanden. Auch dabei spricht der Geistliche meist ein entscheidendes Wort mit.

Dagegen ist die Gestaltung der privaten Feier, die sich an den Kirchgang anschließen kann, völlig frei. Sie unterliegt ganz den individuellen Vorstellungen der Beteiligten. Man kann einladen, wen man will, und feiern, wo man will.

GESCHENKE

Häufig wird der Verdacht geäußert, viele junge Menschen ließen sich bloß der zu erwartenden (Geld-)Geschenke wegen konfirmieren. Das mag im einen oder anderen Fall tatsächlich zutreffen. Selbst wenn man persönlich den Verdacht hegt, einen jungen Menschen dieser Art vor sich zu haben, sollte man nicht kleinlich sein. Vor allem sollte man nicht disziplinierend oder erzieherisch wirken wollen und an den Wünschen des jungen Menschen vorbei etwas schenken, womit der Firmling oder Konfirmand überhaupt nichts anfangen kann.

Man sollte vor allem auch Verständnis haben, wenn junge Leute sich schlicht Geld wünschen. Besonders Konfirmanden, die meist etwa 14 Jahre alt sind, haben oft bereits sehr konkrete Vorstellungen und sparen auf eine bestimmte größere Sache hin.

## Examensfeiern, Jubiläen, Geburtstage

Jeder darf bestandene Prüfungen, eine wiedererlangte Gesundheit, seine Geburtstage und ähnliche Ereignisse feiern oder auch nicht, ganz wie es ihm beliebt. Ausschlaggebend dafür, ob gefeiert wird oder nicht, sollte der Wunsch des oder der Betroffenen sein. Jemanden, der deutlich gemacht hat, daß er nicht zu feiern wünscht, mit einer Fete in seinem Namen zu überraschen, ist nicht unbedingt eine gute Idee. Man sollte die Wünsche seiner Mitmenschen respektieren, auch wenn man möglicherweise nicht mit ihnen übereinstimmt.

Da Geburtstage regelmäßig wiederkehrende Ereignisse sind, weiß man im Freundeskreis und in der Verwandtschaft irgendwann, ob das Geburtstagskind dem Ereignis immer schon Wochen vorher entgegenfiebert oder am liebsten die Flucht ergreift. Entsprechend weiß man auch, ob es angebracht ist, zu schreiben, anzurufen, nach vorheriger Absprache persönlich vorbeizuschauen, um zu gratulieren, oder sich sogar ganz in Schweigen zu hüllen.

### Geburtstagsgrüße, Glückwünsche

Auch Freunden und Verwandten, die ihren Geburtstag oder ihr Examen usw. nicht feiern, gebührt ein kurzer Gruß beziehungsweise ein Glückwunsch in Form eines Anrufs, einer Karte oder eines kleinen Briefes. Es sei denn, der oder die Betroffene hat ausdrücklich darum gebeten, vom Geburtstag in keiner Weise Notiz zu nehmen.

Gratuliert wird am Geburtstag selbst, allerhöchstens, wenn die Umstände es nicht anders erlauben, danach, aber niemals vorher. Respektieren wir den Aberglauben mancher Menschen, die Schreckliches befürchten, wenn man ihnen seine besten Wünsche zu früh übermittelt. Komischerweise besteht diese Angst bei schriftlichen Glückwünschen nicht. Wer also vorher gratulieren möchte, der kann auf diese Form der Glückwunschübermittlung zurückgreifen.

Und selbstverständlich beglückwünscht man einen Examenskandidaten auch erst, wenn die Prüfung gut überstanden ist.

### Die Einladung

Wer seinen Geburtstag feiern, seinen neuen Führerschein, seinen Doktorhut oder was auch immer zünftig begießen und dazu Freunde, Bekannte und Verwandte einladen möchte, der sollte an eines denken: Ferne Bekannte unter den Eingeladenen, die nicht wissen, daß hier ein Geburtstag oder ein anderes Ereignis gefeiert wird, können in eine unangenehme Situation kommen, wenn sie kein Geschenk mitgebracht haben.

Als Gastgeber sollte man einem Gast auf jeden Fall die Peinlichkeit ersparen, möglicherweise als einziger ohne eine kleine Aufmerksamkeit erschienen zu sein und auch bei der Begrüßung keinen

Glückwunsch ausgesprochen zu haben. Man sollte also gleich bei der Einladung den Grund für die Feier mit angeben. Die Einladung spricht man rechtzeitig aus. Bei engen Freunden ist man dabei an keine bestimmte Form gebunden, bei entfernten Bekannten und beruflich Vorgesetzten ist eine schriftliche Einladung angebracht.

## Geschenke zu Familienfeiern

Im Abschnitt über Kommunion und Konfirmation war bereits kurz die Rede von Geschenken. Nicht nur bei diesen, auch bei allen anderen Familienfesten werden im allgemeinen Geschenke gemacht oder getauscht. Doch so sehr ein Geschenk Freude bereiten kann, so sehr kann es eine Last darstellen. Für den, der schenken muß, ebenso wie für den Beschenkten. Einen allgemeingültigen guten Rat, was man schenken sollte, kann niemand geben.

Am unangenehmsten, wenn es um Geschenke geht, sind wohl Gaben, mit denen der Beschenkte nichts anzufangen vermag. Das kann ein Duftwasser sein, das man als Mitbringsel überreicht bekommen hat und dessen Geruch man überhaupt nicht liebt. Es kann allerdings auch ein großes Geschenk von möglicherweise hohem Wert sein, das man jedoch persönlich geschmacklos findet.

Leider begehen viele Menschen den Fehler, ihren eigenen Geschmack zum Maß aller Dinge zu machen, das heißt, sie glauben, was ihnen selbst gefällt, müßte auch den Geschmack der anderen treffen.

Es sei hier an das erinnert, was bereits am Anfang des Buches gesagt wurde: Rücksichtnahme und Aufmerksamkeit sind die Eckpfeiler guten Umgangs. Wer auf den, den es zu beschenken gilt, ein wenig Aufmerksamkeit verwendet, wird wissen, was dessen Geschmack entspricht und was nicht. Auch wenn ein Schenkender bestimmte Gegenstände selbst wenig geschmackvoll findet, kann er sie dennoch einem anderen zum Geschenk machen, wenn er weiß, daß dessen Herz an solchen Dingen hängt.

HOCHZEITSGESCHENKE

Gerade weil man vermeiden möchte, daß ein junges Hochzeitspaar entweder ungeliebte Geschenke bekommt oder bestimmte Gegenstände in mehrfacher Ausführung, andere, ebenfalls benötigte Gegenstände aber gar nicht auf dem Gabentisch erscheinen, hat sich inzwischen eine sicherlich nicht ungebührliche Idee durchgesetzt: Junge Leute, die heiraten wollen, legen in einem bestimmten Geschäft ihrer Wahl, das Hausrat und ähnliches verkauft, eine Liste aus, in der vermerkt ist, was sie sich wünschen. Die zum Schenken Verpflichteten und die, die gern etwas schenken wollen, können nun anhand dieser Liste etwas aussuchen, was das Paar sich wünscht und auch in jedem Falle gebrauchen kann.

GESCHENKKARTEN

Der Schenkende versieht sein Geschenk, auch wenn es nur ein Blumenstrauß ist, bei allen Gelegenheiten, bei denen Berge von Geschenken zu erwarten sind, mit einer Karte. Das kann eine Visitenkarte sein, jedoch wirken eine Glückwunschkarte mit handschriftlichem Zusatz oder ein Brief wesentlich persönlicher.

Eine solche Karte ist deshalb nötig und sinnvoll, weil man nicht erwarten kann, daß die Beschenken im Kopf behalten, was sie von wem bekommen haben. Da sie sich aber bei jedem, der ein Geschenk gemacht hat, bedanken wollen und sollen, sind die beigelegten Kärtchen einfach eine Gedankenstütze.

DAS AUSPACKEN VON GESCHENKEN

Bei einer großen Veranstaltung, bei der der Gastgeber sich um eine Vielzahl von Gästen kümmern muß, erwartet niemand von ihm, daß er die Geschenke gleich auspackt. Ist mit keiner sehr großen Flut von Geschenken zu rechnen, kommen beispielsweise nur drei Freunde zum Geburtstag, von denen jeder eine Kleinigkeit mitbringt, dann öffnet man das Geschenk und bedankt sich sofort an Ort und Stelle. Ein einzelnes Geschenk unausgepackt beiseite zu legen ist nicht sehr freundlich gegenüber dem Schenkenden.

DANK FÜR GESCHENKE

Selbstverständlich bedankt man sich für Geschenke, die man erhalten hat, auch wenn sie noch so klein und unbedeutend scheinen. Man spricht seinen Dank entweder direkt und sofort aus oder später, wenn der Trubel des Festes vorüber ist. Man kann das mündlich, fernmündlich, aber auch schriftlich tun. Manchmal sieht man auch in den Zeitungen Anzeigen, die Dank für Glückwünsche und Geschenke zum Ausdruck bringen. Auf diese pauschale Form der Danksagung sollte man nur dann zurückgreifen, wenn man aus schwerwiegenden, nachvollziehbaren Gründen zu individuellem, persönlichem Dank absolut nicht in der Lage ist. Die beiden Neunzigjährigen, die ihre Eiserne Hochzeit gefeiert haben, mögen in der

Tat von ihrer körperlichen Konstitution her unfähig sein, auch nur ein einziges, geschweige denn 30, 40 oder gar noch mehr persönliche Dankschreiben zu verfassen. Daß aber ein junger, gesunder Konfirmand sich nicht bei jedem Geschenkgeber einzeln bedanken kann, erscheint, selbst wenn die Flut der Geschenke groß gewesen sein sollte, ziemlich unwahrscheinlich.

VORGEDRUCKTE KARTEN

Es gibt heute für beinahe jeden Anlaß vorgedruckte Karten zu kaufen. Ob man Glückwünsche zum Geburtstag, zum bestandenen Examen, zur Kommunion, zur Hochzeit oder zur Geburt eines Kindes übermitteln will oder ob man die bevorstehende Hochzeit oder die Geburt eines Stammhalters anzeigen möchte, zu praktisch allen Gelegenheiten kann man heute mehr oder weniger geschmackvolle Vordrucke erwerben. Damit nicht genug, kann man auch selbst in eine Druckerei gehen und Karten zu jedem nur denkbaren Anlaß mit selbstverfaßtem Text drucken lassen.

Vor allem fabrikmäßig vorgedruckte Karten sind eine heikle Sache. Man sollte sie sehr kritisch betrachten, ehe man sie erwirbt, und dann noch einmal, ehe man sie verschickt.

Gehen Sie bei der Auswahl solcher Karten, genau wie bei einem Geschenk, nicht allein von Ihrem eigenen Humor und Geschmack aus! Versuchen Sie, sich immer auch in die Situation desjenigen zu versetzen, der die Karte bekommen soll. Je einmaliger die Gelegenheit, zu der Sie die Karte verschicken wollen, desto gründlicher sollten Sie prüfen, ob der Text der Situation und allen Begleitumständen angemessen ist. Je neutraler eine Karte gehalten ist, desto geringer die Gefahr, daß man damit aneckt.

# Was ziehen wir an?

Die Betonung liegt auf wir! Hieß die Frage früher »Was ist korrekt?« oder gar »Was trägt der feine Herr, die vornehme Dame?«, so fragen wir heute: »Was ziehen wir an?« An die Stelle der einst zwingenden Kleiderordnung tritt heute immer mehr die freie Vereinbarung. Und überall, wo es nur irgend möglich ist, sind Arbeitgeber wie Gastgeber gut beraten, wenn sie die Meinungen anderer mitsprechen lassen, statt sich vielleicht auf einen überholten Kleidungskodex zu verlassen.

DUNKLER ANZUG ERWÜNSCHT ...

Die Empfehlung »dunkler Anzug« bedeutet heute nicht mehr und nicht weniger als: Eine Mehrheit ist sich darüber einig, daß einem bestimmten Anlaß ein dunkler Anzug entspricht. »Dunkler Anzug« schließt einen mittelfarbenen nicht unbedingt aus. Aber der Einladende weiß aus Erfahrung, daß sich ein einzelner im hellen Anzug unter Umständen gehemmt fühlen könnte, und er weiß vor allem, daß die meisten Gäste ihm für den Kleidungstip dankbar sind. Es ist dabei gleichgültig, wie groß der Kreis ist, der sich zur Veranstaltung zusammenfindet, ob ein Ehepaar, ein Verein, ein Gastronom, eine Tanzschule eingeladen hat oder wer auch immer.

Wenn wir in der folgenden Auflistung Bekleidungsempfehlungen geben, so handelt es sich in der Tat um nicht mehr und nicht weniger als Empfehlungen, schlichte Hinweise für den Orientierungslosen. Weder bedeuten die Angaben, daß es so und nicht anders sein müsse, noch können hier neue und allerneueste Modeströmungen berücksichtigt werden.

Die hier folgenden Hinweise sollen Richtlinien sein, die helfen, bei bestimmten Anlässen weder »overdressed« noch »underdressed« zu erscheinen, wobei »overdressed« (überangezogen) kein Zuviel an Kleidung bedeutet, sondern lediglich für den gegebenen Anlaß ein wenig zu elegant, zu kostbar, zu auffällig.

Der junge Mann links im Bild ist offensichtlich »underdressed« – aber für seinen Geschmack wirken die anderen sicher »overdressed«

Das Gegenstück »underdressed« meint entsprechend für den Anlaß zu sportlich, zu leger, zu unordentlich. In beiden Fällen wäre die Kleidung der Situation nicht angemessen, man würde gegenüber den anderen aus dem Rahmen fallen. Und den meisten Menschen ist das unangenehm, es sei denn, sie hätten es absichtlich so gewollt.

## Empfehlungen für verschiedene Anlässe

Im folgenden werden Bekleidungsratschläge gegeben. Dabei beschränken wir uns auf das »Übliche«, d.h. das Passende, wenn keine andere Kleidung vereinbart oder durch eine Kleiderempfehlung auf der geschriebenen oder gedruckten Einladung erbeten worden ist.

**Empfang am Vormittag, Geschäftsjubiläum, Kongreßeröffnung, große Schulfeier (Examen)**

**Er:** dunkler Anzug, helles Hemd, Krawatte (auch bunte), schwarze Schuhe

**Sie:** elegantes Kostüm, Kleid mit Jacke, dreiviertellangem oder langem Ärmel, oder Kleid, eleganter Hosenanzug; nach Belieben Hut, Käppchen

### Hochzeit, standesamtliche Trauung

**Bräutigam:** Anzug, Hemd, Krawatte, schwarze Schuhe

**Braut:** Kostüm, Kleid mit Jäckchen oder Complet, eleganter Hosenanzug; auch Hut

### Hochzeit, kirchliche Trauung

**Bräutigam:** schwarzer, auch dunkelgrauer oder -blauer Anzug mit glattem weißem Hemd, Krawatte oder Fliege oder (am Nachmittag nur, wenn unmittelbar nach der Trauung das Hochzeitsessen folgt) (schwarzer) Smoking mit Smokinghemd und Schleife, schwarze Schuhe mit dünnen Sohlen

**Braut:** (weißes) Brautkleid oder Brautkostüm, kurz oder lang, von schlichter oder festlicher Eleganz, eleganter Hosenanzug. Auch hier vollzieht sich ein Wandel vom Repräsentativen zum Besonderen mit oft sehr persönlicher Note. Im allgemeinen wird Kranz, Hut oder Käppchen oder auch ein Blumengesteck im Haar getragen, ferner ein kurzer oder langer Brautschleier. Keine Handtasche oder nur ein Beutel in den Farben des Kleides, Brautbukett

**Angehörige und Gäste:** Sie richten sich nach Bräutigam und Braut, berücksichtigen jedoch, daß das Hochzeitspaar auch in der Kleidung Hauptperson bleiben soll. Herren tragen nur dann Smoking, wenn ihn auch der Bräutigam trägt. Am Vormittag tragen die Damen in der Kirche elegante Tageskleider mit oder ohne Hut, am Nachmittag festliche Kleider, kurz oder lang. Weiß ist für die Braut.

### Trauerfeierlichkeiten

**Er:** schwarzer oder dunkler Anzug, auch Mantel. Schwarzer oder sehr dunkler Hut; keine hellen Westen

**Sie:** schwarz oder möglichst dunkel, Kostüm oder Kleid mit Mantel, keine glänzenden Stoffe. Auch die engsten Angehörigen mit schwarzen Strümpfen, Handschuhen und Hüten. Keine hellen Schirme

**Große Abendparty (einst Hausball) – wenn etwas »groß« gefeiert werden soll**

Für die Herren ist der dunkle Anzug immer richtig, auch der schwarze mit heller Weste sowie vor allem für jüngere der phantasievolle dunkle oder vom Material her festliche Partyanzug. Die Damen tragen festliche kleine Kleider, kurz oder lang, elegante Kostüme oder den modischen großen Partyanzug.

**Ball, Theaterpremiere, Festkonzert am Abend, festliches Abendessen**

Smoking, und für Jüngere auch dunkler Anzug. Elegante Partyanzüge im allgemeinen nur, wo getanzt wird. Weißes Hemd mit Krawatte oder Schleife, schwarze Schuhe mit dünnen Sohlen. Damen im Abendkleid, kurz oder lang, im eleganten Kostüm.

## Die Begriffe mit den meisten Fragezeichen

Einige nicht zum alltäglichen Kleidungsrepertoire des Herrn gehörende festliche Anzüge werfen immer wieder Fragen auf. Sie sollen hier deshalb etwas ausführlicher vorgestellt werden.

CUT UND STRESEMANN

Cutaway (auch nur Cut genannt) und Stresemann sind Gesellschaftsanzüge, die tagsüber zu festlichen Gelegenheiten getragen werden können und die sich lediglich durch die Art des Jacketts unterscheiden, denn zu beiden trägt der Herr eine schwarzgrau gestreifte Hose. Zur Stresemann genannten Kombination gehören dann ein einreihiges schwarzes Jackett sowie ein weißes Hemd (mit Schmuck-Manschettenknöpfen) und eine graue Weste. Die dazugehörige Krawatte ist silbergrau oder grau.

Der Cut ist noch etwas feiner als der Stresemann. Der Name seines Jacketts verrät dessen Herkunft, »Cutaway« bedeutet zu deutsch »abgeschnitten«. Es hat sich nämlich aus dem fast knielangen Gehrock der Herren entwickelt, dem die Vorderseite der Schöße schräg zur Seite hin abgeschnitten wurden. Auch diese hinten fast bis zu den Kniekehlen reichende lange Jacke ist schwarz und einreihig und wird mit weißem Hemd (Manschettenknöpfe), grauer Weste und grauer Krawatte kombiniert. Wie beim Stresemann sollte dazu eine Krawattennadel getragen werden. Der Cut ist ein nur noch selten getragener Gesellschaftsanzug. Das Protokoll der Bundesregierung sieht nur noch zwei Gelegenheiten vor, bei denen der Cut erwünscht ist: beim Neujahrsempfang des Bundespräsidenten für das diplomatische Corps und bei der Beglaubigung eines Botschafters (falls keine Landestracht getragen wird). Bei Anlässen wie Hochzeiten und Pferderennen gehört der graue Zylinder zum Cut. Mit schwarzer Weste, schwarzer Krawatte und schwarzem Zylinder ist der Cut ein Traueranzug für Staatsbegräbnisse.

FRACK

Der festlichste unter den großen Gesellschaftsanzügen ist der Frack, schwarz oder von sehr dunklem, sogenanntem Nachtblau. Die schmal geschnittene Hose hat einen hohen Bund und seitlich seidene Doppeltressen, »Galons« genannt (Doppelseidenstreifen, im Unterschied zur Smokinghose, die nur einen Einzelstreifen hat). Die Jacke ist vorn kurz tailliert und reicht hinten bis an die Kniekehlen - Schwalbenschwänze nennt man diese langen Zipfel, früher nannte man die ganze Jacke Schwalbenschwanz.

Das Jackett wird offen getragen. Das Frackhemd ist gestärkt und hat ausgearbeitete Kragenecken. Zum Gesamtensemble gehört eine ebenfalls gestärkte ein- oder zweireihige weiße Pikeeweste. Die Frackschleife ist weiß. Die Knöpfe von Hemd und Weste sind aus Perlmutt, eventuell aus Perlen, sogar Brillanten können den Frack ergänzen. Auch der Frack wird im allgemeinen nur noch bei hochoffiziellen Anlässen getragen.

SMOKING

Engländer und Amerikaner nennen den bei uns sogenannten Smoking gern Tuxedo. Der klassische Smoking besteht aus einer dunklen, also schwarzen oder nachtblauen Hose ohne Aufschlag, aber mit aufgesetztem einfachem seidenen Längsstreifen an der Außenseite (Galons). Dazu gehört das farblich passende Jackett mit seidenem Schalkragen oder seidenem Revers, das, sofern einreihig, zur Ergänzung entweder einer Weste oder eines »Kummerbundes« bedarf. Außerdem gehört zur klassischen Version eine schwarze Fliege zum weißen, durchaus reichlich mit Biesen, Spitzen oder Rüschen verzierten Hemd. Dieser schwarzen Fliege wegen nennt man den Anzug im Französischen auch »cravatte noir«, im Englischen »black tie«, im Gegensatz zum Frack, der als Gesellschaftsanzug mit weißer Schleife also »cravatte blanche« beziehungsweise »white tie« getragen wird.

Statt der erwähnten Weste kann der Herr einen »Kummerbund« um die Taille legen und die Fliege farblich dazu abgestimmt wählen. Der Name dieser Taillenzierde ist übrigens eine Verballhornung des Hinduwortes »kamerband«, jener Schärpe, die indische Männer der hohen Kasten um ihre knielangen Jacken schlingen. Der Name hat folglich nichts mit dem Kummer zu tun, den der gefältelte Seidengürtel seinem Träger verursacht, sollte die Leibeswölbung gar zu ausgeprägt sein.

KUMMERBUND

Unter dem Dinnerjackett verstand man hierzulande früher ausschließlich eine helle, fast weiße Smokingjacke, die nur im Sommer, in den Tropen, an Bord eines Kreuzfahrtschiffes usw. zur dunklen Smokinghose getragen werden durfte und mit weißem Smokinghemd und dunkler Schleife ergänzt wurde.

DINNERJACKETT

Heute gibt es auch farbige Dinnerjacketts, und sie können auch zu anderen Gelegenheiten getragen werden.

Als jüngste und modischste Variante der festlichen Herrenbekleidung hat sich der Spenzer entwickelt, den man mit Schleife oder Fliege und Kummerbund ergänzen kann. Es handelt sich um eine etwas kürzere Jacke mit vorn meist etwas auseinanderstehenden Ecken.

SPENZER

## Freizeit mit und ohne Kragen

Bei der sogenannten Alltags- und Freizeitkleidung hat man heute die größte Wahlfreiheit, denn hier ist inzwischen so ziemlich alles erlaubt. Sehr junge Leute nehmen sich aus der Sicht einiger älterer Mitbürger größere, gar vielleicht zu große Freiheiten heraus, doch bei genauerem Hinsehen zeigt sich, daß innerhalb der sozialen Gruppierungen erstaunlich wenig Spielraum gewährt wird, nicht zuletzt, weil ja gerade die Kleidung ein äußerlich sichtbares Zeichen der Gruppenzugehörigkeit ist.

Der 17jährige Schüler, der in Anzug und Krawatte daherkommt, die Schülerin, die ein Chanelkostüm trägt, wird in der eigenen Gruppe ebenso auf Unverständnis und Widerstand stoßen wie die ältere Dame, die zum Kaffeekränzchen mit einem Plastik-

KLEIDUNG ALS ZEICHEN DER GRUPPENZUGEHÖRIGKEIT

ohrring mit Schnuller und grünen Strähnchen im Haar erscheint, oder der Generaldirektor, der zur Vorstandssitzung mit Irokesenhaarschnitt auftaucht.

Trotzdem kann die sportliche ältere Dame durchaus in bequemen Jeans und lockerem T-Shirt zum Supermarkt fahren, um dort ihren Großeinkauf zu erledigen, und genauso kann sie ins Kino gehen oder zum Gartenfest bei Freunden auftauchen, und selbstverständlich verfügt auch der Herr Generaldirektor über bequeme Freizeitkleidung, mit der er sich bei privaten Gelegenheiten auch öffentlich sehen lassen darf.

In den eigenen vier Wänden kann man heute allemal sehr viel legerer herumlaufen, als das früher üblich war. Damals mußte man sich, weil man zu bestimmten Zeiten mit Antrittsbesuchern zu rechnen hatte, auch im eigenen Hause stadtfein zurechtmachen. Selbst wenn unverhoffter Besuch kommt, bedeutet es dagegen heute keinerlei Peinlichkeit mehr, wenn man in irgendeiner Art Hausdress, einem Jogginganzug oder ähnlichem die Tür öffnet. Seine Straßen- und Freizeitkleidung kann heutzutage jeder nach Geschmack und Geldbeutel wählen.

LEGER, ABER NICHT UNGEPFLEGT

Selbst wenn in bezug auf die Wahl der Kleidungsstücke sehr große Freiheit herrscht, wird es gemeinhin nicht akzeptiert, wenn die Kleidung ungepflegt ist. Dabei ist zwischen modisch gewolltem »Schlabberlook« und schlichter Ungepflegtheit deutlich zu unterscheiden. Eine saubere Leinenjacke kann durchaus die für dieses Material typischen Knitterfalten aufweisen. Daran wird kaum jemand Anstoß nehmen, wohl aber daran, wenn sie speckig, verdreckt und verkleckert ist.

## Körperpflege

Man behauptet zwar, Kleider machten Leute, doch korrekte Kleidung allein genügt nicht, es gehört auch die Körperpflege dazu.

Nach dem Sport möglichst noch auf dem Sportplatz reichlich Gebrauch von Wasser und Seife zu machen und außerdem, anstatt das Taschentuch zu strapazieren, stets ein Handtuch mitzuführen, versteht sich von selbst.

Mancher – und auch das gilt nicht allein für Sportler – sollte neben der Körperhygiene auch einem reinen Atem mehr Aufmerksamkeit schenken. Ein wirklicher Freundschaftsdienst, den die Freundin der Freundin und der Freund dem Freund erweisen sollte, ist ein Hinweis, wenn der Körper- oder Atemgeruch einmal unangenehm ist. Meistens merkt es nur der andere. Und es gibt heute Mittel genug, solche Kontaktbremsen mühelos zu beseitigen.

Für Menschen, die täglich mit anderen Menschen in mehr oder weniger engen Kontakt kommen, sollte die tägliche Dusche eine Selbstverständlichkeit sein. Ob man außer der dabei benutzten Seife oder dem Duschgel hinterher noch ein Deodorant einsetzt, ist in das eigene Ermessen gestellt. Empfehlenswert ist es in jedem Fall bei hohen Temperaturen oder körperlicher Bewegung.

FINGERNÄGEL UND HAARE

Sehr wichtig, und doch leider oft sträflich vernachlässigt ist die Pflege von Händen und Fingernägeln. Man mag einwenden, daß auch dies eine lediglich kulturell geprägte Frage sei. Die chinesischen Kaiser hatten zum Zeichen dafür, daß sie nicht zu arbeiten brauchten, extrem lange Nägel, die sie mit goldenen Kappen schützten. Bei uns sieht man sehr lange Nägel bei Männern als Zeichen von Ungepflegtheit an, zumal wenn sie außerdem schmutzig und teilweise abgebrochen sind. Auch lange Damennägel – eher akzeptiert – können ungepflegt wirken, wenn sie ungleichmäßig lang sind und der Lack blättert. Bei Damen wie Herren wirken abgekaute Nägel auch wenig attraktiv.

Viele Männer glauben auch, es genüge vollkommen, sich gelegentlich einmal mit markanter Geste durch die Haare zu fahren. Der Gebrauch von Kamm oder Bürste erübrige sich dann. Andere wieder verwenden diese Hilfsmittel zwar, achten aber nicht darauf, daß nach deren Einsatz Haare und Schuppen auf den Schultern liegen, die man bei dunklen Anzügen besonders gut sieht.

PARFÜM

Der übermäßige Gebrauch von Duftwässern ist für andere eine Belästigung. Vor allem wer täglich schwere Parfüms oder After Shaves verwendet, desensibilisiert die eigenen Geruchsnerven. Man riecht das eigene Parfüm längst nicht mehr so deutlich wie die Menschen der Umgebung. Mit der Zeit neigt man dann dazu, immer mehr von dem Duftwasser zu benutzen, und zieht, wo man geht und steht, eine nicht unbedingt angenehme Duftwolke hinter sich her.

# Er und Sie unterwegs

Wenn junge Leute, Freund und Freundin, Hand in Hand gehen, sei es auf der Straße oder beim Rückweg von der Tanzfläche, so sieht man darin heute nicht mehr und nicht weniger als eine Geste der Zuneigung und Sympathie. Ausgiebige Zärtlichkeiten in der Öffentlichekeit sollte man jedoch vermeiden.

KÜSSE IN DER ÖFFENTLICHKEIT

Wenn zwei sich in der spontanen Freude des Wiedersehens oder des Glückwunsches in die Arme fallen und küssen, so wird nur der prüde Spießer das verübeln. Ausgiebiges Schmusen oder »Knut-

An solch kleinen Zärtlichkeiten in der Öffentlichkeit wird sich heute kaum noch jemand stören

schen« dagegen wird auch großzügige Naturen stören. Wegschauen ist nicht immer möglich und selbst für einen wohlmeinenden Zeugen peinlich.

Es wäre daher verkehrt, Umgangsformen eines freieren Lebensstils nach jenen auszurichten, die jede Hemmung abstreifen, sobald sie glauben, in der Masse oder unter Fremden unerkannt zu bleiben. Überall kommt es darauf an, die Gefühle anderer nicht zu verletzen.

#### Wo geht der Herr, wo die Dame?

Früher galt als unumstößlicher Grundsatz: »Der Herr geht stets links neben der Dame.« Es war eine Regelung, die sich bei uns – im Gegensatz zu den angelsächsischen Ländern – seit dem Mittelalter unverändert erhalten hatte. Solange der Kavalier – das Wort stammt bekanntlich aus dem Französischen und bedeutet »Ritter« – als Zeichen seiner Würde an der Linken einen Degen trug, hatte sein Linksgehen noch einen echten Sinn. Es bewahrte die Dame davor, beim Gehen durch seine Waffe belästigt zu werden.

Heute drohen ihr, vor allem im dichten Gedränge des Großstadtverkehrs, andere Belästigungen oder gar Gefahren. Und so heißt es heute: Der Herr geht nur noch bei offiziellen Gelegenheiten links neben der Dame. Beim Spaziergang, in Einkaufsstraßen oder ähnlichen Situationen ist es völlig in das Ermessen der Dame gestellt, wo sie gehen möchte. Wenn der Herr beim gemeinsamen Fußweg in der Stadt auf die »Gefahrenseite«, das heißt auf die der Fahrbahn zugewandte Seite, wechselt, so ist dies eine höfliche Geste, aber kein »Muß«.

#### Ein Herr mit Gepäck

Hat der Herr ein schweres Gepäckstück zu tragen, wird er ab und zu die Traghand wechseln wollen. In dem Fall wäre es ein Gebot der Freundlichkeit, wenn die nicht mit Gepäck belastete Dame den Seitenwechsel vornimmt, und zwar hinter dem Mann, nicht, indem sie ihm vor die Füße läuft.

Apropos Gepäck: Selbstredend hilft man sich gegenseitig, wenn schwere Einkaufstüten oder ähnliches zu tragen sind. Der Kräftigere trägt das schwerere Paket. Daß der Mann der Frau grundsätzlich alles abzunehmen habe, ist übertrieben – eine solche Einstellung wird von vielen Frauen eher als lästig empfunden. Und ein Mann, der der Frau das Handtäschchen trägt, ist heutzutage ebenso lächerlich wie die Frau, die das zuläßt.

Treppauf – die Dame vor dem Herrn. Wenn Personen entgegenkommen oder auf der Treppe stehen, tritt er ebenfalls hinter die Dame.

Treppab – der Herr geht vor der Dame. So kann sie sich beim Stolpern notfalls auf ihn stützen

### Auf der Treppe

Der Herr geht auf der Treppe neben der Dame und bleibt beim Hinaufgehen eine Stufe zurück, um ihr, sollte sie ausgleiten, sofort helfen zu können. Sind die räumlichen Verhältnisse auf der Treppe beengt, folgt er aus demselben Grunde hinter ihr. Beim Hinabgehen aber geht er voran, damit die Dame sich notfalls auf seine Schulter stützen kann. Älteren Damen bleibt es unbenommen, durch Beiseitetreten am Fuß der Treppe anzuzeigen, daß es ihnen lieber ist, wenn der Herr, wie einst, vorangeht. Diese Brücke müssen wir vor allem jenen Damen bauen, die es peinlich finden, ihren Begleiter zum Zeugen gesundheitlich bedingter Erschwernisse beim Treppensteigen zu machen.

### Unter einem Regenschirm

Gleichgültig, ob Damen- oder Herrenschirm, ob der männliche Begleiter mit der Dame verlobt, verheiratet oder nur bekannt ist – der Herr trägt das gemeinsame Regendach, und die Dame darf seinen Arm nehmen, hieß es bisher, und grundsätzlich ist dagegen nichts einzuwenden. Doch sollte auch die Frage, wer bei Regen den aufgespannten Schirm trägt, danach entschieden werden, was praktisch und vernünftig ist. Am praktischsten ist es, wenn jeder einen eigenen Schirm hat. Gehen zwei unter einem Schirm, gleichgültig ob zwei Damen, zwei Herren oder ein Paar, sollte der Größere den Schirm tragen. Je höher man ihn nämlich halten muß, desto anstrengender ist es, und desto geringer ist auch der Schutz für beide.

Links: Schlecht beschirmt! Wenn die Dame, was sie darf, den Schirm hält, dann achtet sie doch darauf, daß auch der Herr in den Genuß des Regenschutzes kommt

Aber es geht auch anders: Er trägt ihren Schirm, und sie nimmt seinen Arm

Sollte also der Herr einen Kopf kleiner sein als die Dame, dann ist es vernünftig, wenn sie den Schirm nimmt.

### In Verkehrsmitteln

Beim Einsteigen in Omnibus, Eisen- oder Straßenbahn läßt der Herr der Dame den Vortritt, am Ziel steigt er zuerst aus und ist ihr beim Aussteigen behilflich. Jeder Herr weiß, daß es taktvoll ist, in überfüllten Verkehrsmitteln seinen Platz einer Dame oder auch einem wesentlich älteren Herren anzubieten. Ebenso verhält sich eine junge Frau gegenüber einer älteren Dame. Hilfeleistungen gebrechlichen und behinderten Menschen gegenüber sind eine Selbstverständlichkeit, die man ohne Mitleidsbekundungen erweisen sollte.

### In Aufzügen und Drehtüren

Im Fahrstuhl sollte jeder grundsätzlich grüßen, der ihn betritt, ganz gleich, ob er eine Dame oder einen Herrn darin antrifft, denn dieser Fahrstuhl ist ein kleiner Raum. Große Fahrstühle zur Beförderung vieler Personen, wie in einem Kaufhaus, sind Verkehrsmittel wie Omnibus und Straßenbahn. Dort braucht man heute nicht mehr unbedingt zu grüßen.

Durch die Drehtür geht der Herr voran, damit er der Dame das Bewegen der schweren Türflügel abnehmen und sie vorsorglich davor bewahren kann, daß von der anderen Seite in die Tür Drängende mit ihr zusammenstoßen.

Vor Gaststätten- und anderen Türen

Beim Betreten eines Hauses oder Zimmers gebührt, nachdem man die Tür geöffnet hat, der Respektsperson der Vortritt. Zur Gaststätte öffnet der Herr der Dame die Tür. Innen kann sie zur Seite treten, wenn sie möchte. Sie muß dem Mann heute aber nicht mehr die »Führung« überlassen. Geht in einer Gaststätte der Geschäftsführer oder ein Kellner voraus, bleibt der Herr hinter der Dame.

Aufstehen

Wenn ein Herr eine Dame in einer Gaststätte erwartet, so erhebt er sich bei ihrem Eintreten, um ihr das Suchen zu erleichtern. Haben die beiden bereits am Tisch Platz genommen und die Dame steht wieder auf, um zur Toilette zu gehen, so kann der Herr heute sitzen bleiben, sowohl wenn die Dame aufsteht als auch, wenn sie zurückkommt.

Der Herr ist seiner Dame beim Ablegen ihrer Garderobe behilflich, rückt ihr den Stuhl zurecht und setzt sich erst dann, wenn die Dame Platz genommen hat. Doch wird er dem freundlich zu Hilfe eilenden Kellner weder den Mantel der Dame aus der Hand reißen, noch wird er die Unterstützung des Kellners ablehnen, wenn er in Begleitung mehrerer Damen ist. Es ist bekannt, daß man einer Dame in den Mantel hilft, aber – bitte nicht nur in der Öffentlichkeit, sondern auch zu Hause. Übrigens zieht der Herr erst seinen Mantel an, bevor er den Damen behilflich ist.

Ob man einem Herrn in den Mantel helfen soll, ist persönliche Gefühlssache. Die meisten Herren lehnen diese Hilfe ab, und man sollte es dann nicht zu »Ringkämpfen« kommen lassen.

Vorrechte hohen Alters

Es gibt Altersunterschiede, die das Vorgehrecht der Frau einem älteren Herrn gegenüber aufheben – aber der Unterschied an Jahren muß schon erheblich sein, oder es müssen ganz besondere Umstände mitspielen. So wird einem 80jährigen alten Herrn die 40jährige Frau, um das hohe Alter zu ehren, eine Ausnahme einräumen. Sie muß sich dann ihrer Sache jedoch sicher sein, weil es auch sehr rüstige Greise gibt, die sich wesentlich jünger fühlen, als ihre Lebensjahre anzeigen, und die Hinweise auf ihr Alter nicht gern sehen. Andererseits wird es wohl der Achtzigjährige vielleicht als selbstverständlich hinnehmen, daß eine 18jährige ihm den Vortritt einräumt. Wie immer werden in solchen Grenzfällen Fingerspitzengefühl und Takt einen sichereren Weg weisen als die stets nur für den Normalfall gegebene Empfehlung.

## Beim Einkauf

Es macht einen Unterschied, ob man ein kleines Einzelhandelsgeschäft betritt, in dem man individuell bedient wird, oder ob man in einem großen Supermarkt als anonymer Kunde seinen Wagen zwischen den Regalen entlangschiebt.

IM KLEINEN EINZELHANDELSGESCHÄFT

Überall dort, wo man individuell bedient wird, ist es durchaus üblich und angebracht, beim Betreten des Ladens zu grüßen. In Geschäften, in denen der Kunde persönlich beraten und von einem Verkäufer/einer Verkäuferin bedient wird, wie beispielsweise in Modegeschäften, ergibt es sich oft, daß der Verkäufer den Namen des Kunden kennt und ihn auch damit anspricht.

Wie verhält man sich als angesprochener Kunde? Nicht in jedem Geschäft, nicht in jeder Branche ist es üblich, daß der/die Bedienende ein Namensschildchen trägt. Darf man in einem solchen Fall einfach nach dem Namen der Verkäuferin oder des Verkäufers fragen? Ja, das darf man durchaus. Man darf sogar einen Schritt weitergehen und darum bitten, den Namen aufgeschrieben zu bekommen. Denn, seien wir ehrlich: Wer behält einen Namen, zumal wenn er ungewöhnlich oder schwierig ist, schon gleich beim ersten Mal? Wie unangenehm aber, wenn man das letzte Mal nach dem Namen gefragt und ihn bis zum nächsten Einkauf doch wieder vergessen hat.

SUPERMARKT UND WARENHAUS

Wer einen Supermarkt oder ein Warenhaus betritt, grüßt nicht. Etwas anderes ist es, der Frau oder dem Mann an der Kasse ein Lächeln zu schenken. Ist man regelmäßig Kunde im selben Großmarkt und stößt dort immer wieder auf dieselben Angestellten, kann man sich auch zunicken oder grüßen. Wenn nicht gerade Stoßzeit ist und Hochbetrieb herrscht, wird man vielleicht sogar ein paar freundliche Worte wechseln.

Je größer und unübersichtlicher das Ladengeschäft, desto größer oft die Hilflosigkeit: Wo finde ich was? Meist sieht man aber irgendwo jemanden vom Personal, bei dem man sich freundlich erkundigen kann, oder man fragt einen anderen Kunden.

Umgekehrt bietet oft eine Angestellte ihre Hilfe an, wenn man sich in einem Kaufhaus gern erst einmal ungestört umschauen möchte. Natürlich darf man sagen, daß man nur schauen will und

– noch – keine Beratung oder Hilfe wünscht. Man muß aber auch Verständnis dafür haben, daß einem das Personal ziemlich dicht auf den Fersen bleibt. Das Personal muß einem nämlich nicht nur zur Beratung zur Verfügung stehen, es hat auch (so lautet die Anweisung vom Chef) Diebstähle zu verhindern. Und daß Sie kein potentieller Dieb sind, kann das Personal nicht wissen. Haben Sie also Verständnis, wenn man Ihnen nicht ohne weiteres von der Seite weicht.

DRÄNGLER

Oft kommt es vor, daß Leute es tatsächlich oder auch nur angeblich sehr eilig haben. Sie drängeln sich dann an der Warteschlange an der Kasse vorbei an die Spitze und fragen den ersten in der Schlange, ob er bereit ist, sie vorzulassen. Man sollte das grundsätzlich ablehnen, nicht aus Prinzipienreiterei, sondern weil man auch gegenüber den anderen, die weiter hinten in der Schlange stehen, eine Verpflichtung hat.

Etwas anderes ist es, wenn jemand innerhalb einer schon wartenden Schlange den Platz tauschen möchte, weil er etwa nur ein einziges Produkt gekauft hat, der vor ihm aber einen vollbepackten Warenkorb hat. Durch einen Tausch zwischen den beiden kommt es zu keiner Verzögerung für die weiter hinten Stehenden.

## Ämter und Wartezimmer

ÄMTER

Auf Ämtern gibt es im allgemeinen keine Wartezimmer, man läßt die Klienten auf dem Flur warten. Ist die Zahl der bereits Wartenden überschaubar, grüßt man. Herrscht großes Gedränge und entsprechende Verdrießlichkeit, kann ein freundliches Gesicht aufmunternd wirken. Ein allgemeiner Gruß wird möglicherweise unerwidert bleiben, trotzdem kann man ihn entbieten.

Ist man an der Reihe, so ist es in jedem Fall im eigenen Interesse sinnvoll, dem zuständigen Beamten beziehungsweise der Beamtin mit Freundlichkeit zu begegnen. Es entspricht zwar einem groben Vorurteil, Beamte als nicht gerade von Diensteifer sprühend darzustellen, doch gibt es leider durchaus Vertreter der Zunft, die zumindest dem Klischee des mürrischen Beamten entsprechen. Bekommen Sie es mit einem solchen Beamten zu tun, dann empfiehlt es sich, so sachlich und höflich wie irgend möglich zu sein und sich jeglicher Ironie zu enthalten.

WARTEZIMMER

Betritt man ein Wartezimmer, sei es bei einem Arzt oder wo sonst es Wartezimmer gibt, und es sind schon andere Wartende da, grüßt man, sucht sich einen leeren Platz und wartet, bis man an der Reihe ist. Ist man zu zweit gekommen oder trifft man einen Bekannten, darf man sich leise unterhalten. Mit fremden Wartenden ein Gespräch anzufangen, ist unter Umständen nicht sehr angebracht. Wird man angesprochen und möchte sich eigentlich gar nicht unterhalten, so kann man sich hinter einer Zeitschrift verkriechen oder auch ganz ehrlich zugeben: »Entschuldigen Sie bitte, aber mir ist nicht zum Reden zumute.«

BEGRÜSSUNG DER SPRECHSTUNDENHILFE

Ist man regelmäßiger Patient bei demselben Arzt, darf man die Sprechstundenhilfe selbstverständlich mit Namen grüßen, trotzdem wird man ihr nicht die Hand reichen, und zwar schlicht und einfach aus hygienischen Gründen. Strenggenommen ist sie danach nämlich verpflichtet, sich die Hände zu waschen.

## Im Hotel

DER GRUSS

Die breiten Treppenhäuser und Gänge der großen internationalen Hotels erfordern zwar nicht unbedingt einen Gruß. Es ist aber trotzdem höflicher, auch dort im Vorbeigehen zu grüßen. Dies gilt erst recht bei schmalen Treppen und Gängen, wo man sich im übrigen Platz macht, wenn man sonst schlecht aneinander vorbei kommt.

DER PENSIONSGAST UND SEIN TISCH

Im Frühstücks- oder Speiseraum, in dem nur die Pensionsgäste ihre Mahlzeiten einnehmen, hat die Wirtin oder der Wirt im Einverständnis mit den Gästen für die Tischordnungen zu sorgen. Ihre Aufgabe ist es, wenn nicht für alle eigene Tische vorhanden sind, die Gäste davor zu bewahren, von Fremden plötzlich gefragt zu werden: »Darf ich mich zu Ihnen setzen?« Daher kann man in einem solchen Fall ohne weiteres antworten: »Ich weiß nicht, wie der Wirt (oder der Oberkellner) sich die Tischverteilung gedacht hat!«

Der gewandte Gast setzt sich auf der Suche nach seinem Ferienstammplatz mit dem Wirt – in größeren Häusern mit dem Oberkellner – in Verbindung und gibt auch seine Wünsche für den Fall bekannt, daß bei Platzmangel Fremde mit an den Tisch gesetzt werden müssen.

DIE HOTELBAR

Die Auffassung, daß die Hausbar des Hotels ebenso für die allein reisende Dame wie für den Herrn da ist, hat sich inzwischen längst durchgesetzt. Keine Dame muß heute um ihren Ruf fürchten, wenn sie sich allein an die Hotelbar begibt. Dennoch besteht die Gefahr, daß ein oder mehrere sich ebenfalls an der Bar aufhaltende Herren meinen, der Dame ihre Gesellschaft anbieten zu müssen. Die Dame hat, wenn sie diese Gesellschaft nicht wünscht, selbstverständlich das Recht, höflich abzulehnen, und der Herr hat diese Ablehnung ohne beleidigte Bemerkung zu akzeptieren. Die Dame kann aber auch, bei entsprechender Sympathie, eine Einladung zu einem Gespräch oder einem Drink annehmen. Eine solche Entscheidung ist heute völlige Privatsache und ganz in das Ermessen der Beteiligten gestellt.

Das einst gern angeführte Argument, es gehe gar nicht darum, die Dame von dem Alleinbesuch einer Hotelbar oder auch eines (Nacht-)Lokals auszuschließen, sondern vielmehr darum, sie vor kompromittierenden Situationen zu schützen, wird heute von selbstbewußten Frauen als das entlarvt, was es ist: Bevormundung und Unterstellung von Unwissenheit.

Eine Frau, die alleine in eine Bar, einen Nachtclub oder ein Lokal geht, weiß, was sie tut – sie tappt nicht in aller Dummheit und Unschuld in eine ihr völlig unbekannte Situation, muß also auch nicht ritterlich vor der angenommenen beziehungsweise ihr unterstellten Naivität geschützt werden.

## Öffentliche Veranstaltungen

Bei jeder öffentlichen Veranstaltung, sei es ein Kinobesuch oder eine Theaterpremiere, eine Dichterlesung oder ein Vortrag, kommen wir mit fremden Menschen zusammen. Und das bedeutet zwangsläufig, daß Verhaltensregeln zu beachten sind, vor allem auch, um anderen nicht die Freude am Dargebotenen zu verleiden.

Kino

Im Kino kann man sich zwar ungezwungener benehmen als bei einem Konzert oder einer Theaterpremiere, trotzdem sollte man auch hier ein paar Grundregeln berücksichtigen:

Wenn man, ob absichtlich oder unabsichtlich, spät gekommen ist, so muß man eventuell mit einem Platz in den vorderen Reihen oder am Rand vorliebnehmen. Es ist recht ungehörig, sich in die Mitte einer Reihe vorzudrängen und dort gar vielleicht noch umständlich den Mantel abzulegen, wenn bereits der Hauptfilm läuft. Ohnehin gehört der ausgezogene Mantel allerhöchstens dann über die Lehne des Sitzes davor oder daneben, wenn im Kino gähnende Leere herrscht. In vielen Kinos gibt es eine Garderobe, wo man den Mantel wie im Theater ablegen kann.

Natürlich ist es wenig angenehm, wenn jemand mit Bonbonpapier raschelt oder das noch eben in der Pause vor dem Hauptfilm angebotene Eis allzu geräuschvoll schleckt, von herumgekegelten Bierdosen ganz zu schweigen. Sich solches Verhalten zu verbitten, ist aber meist sinnlos. Oft kann man als gestörter Kinobesucher nur eins tun – sich einen anderen Platz suchen.

Wird neben, vor oder hinter Ihnen allzu aufdringlich geflüstert oder gar so laut gesprochen, daß die Schauspieler auf der Leinwand übertönt werden, dann sollten Sie schon deutlich machen, daß Sie das stört. Sagen Sie es aber mit einem vollständigen Satz, ein »pssst!« ist erstens nicht sehr freundlich und bringt auch meist nicht den gewünschten Erfolg.

Das Publikum zum Lachen zu bringen, ist der eigentliche Sinn und Zweck einer Komödie. Zu zweit oder in der Gruppe lacht man im allgemeinen lauter und ausgelassener als allein. Gönnen Sie anderen den Spaß, auch wenn sie sich vielleicht ungebärdiger amüsieren, als es Ihrem Geschmack entspricht.

Vorträge und Dichterlesung

All das hier Gesagte gilt gleichermaßen für jede andere Veranstaltung. Mehr noch als im Kino achtet man bei Vorträgen oder Dichterlesungen darauf, sich so leise wie irgend möglich zu verhalten, sollte man spät kommen, ebenso bei Veranstaltungen, die »in Räumen mit Konsumationsbestuhlung« stattfinden. Gemeint sind damit Kleinkunst- oder Kabarettveranstaltungen, bei denen das Publikum an kleinen Tischen sitzt und Getränke »konsumiert«. Kommt man hier zu spät, stört man nicht nur das Publikum, sondern auch den Vortragenden oder den Künstler auf der Bühne.

Theater und Konzert

Bei großen Konzerten oder Theateraufführungen erhält man als Zuspätkommender ohnehin vor der Pause meist keinen Zutritt mehr. Eventuell wird einem die Tür geöffnet, so daß man in den Saal schlüpfen kann. Man muß dann jedoch an der Seite stehenbleiben oder sollte es als höflicher Mensch zumindest tun, auch wenn man vom Platzanweiser nicht direkt dazu aufgefordert worden ist.

Da man im Theater und Konzert eine Platzkarte bekommt, weiß man auch, ob der eigene Platz in der Mitte der Reihe liegt oder am Rand. Liegt der eigene Platz in der Mitte der Reihe, so sollte man unbedingt darauf achten, daß man weder bei Vorstellungsbeginn noch nach der Pause als letzter kommt. Schließlich muß man sich an allen anderen bereits Sitzenden vorbeidrängen. Dabei kehrt man den schon auf ihren Plätzen befindlichen Personen immer die Vorderfront zu. Man bedankt sich mit einem stummen Kopfnicken und einem Lächeln.

Ein unablässiges »Dankeschön, vielen Dank« ist eher störend. Wer andere vorbeilassen muß, steht selbst der Einfachheit halber auf. Meist sind die Sitzreihen sehr eng angeordnet, nur die Beine zur Seite zu drehen schafft oft nicht genügend Platz.

Kleidung bei öffentlichen Veranstaltungen

Ein endlos diskutiertes Thema ist die korrekte Kleidung. Im Kino oder bei einem einfachen Vortrag ist sicherlich kein besonderes Outfit gefragt. Normale Straßenkleidung ist richtig.

Früher waren Theater und Konzertbesuche etwas Besonderes, und man kleidete sich dem Anlaß entsprechend. Heute sieht man das nicht mehr so eng. Man unterscheidet vor allem recht genau zwischen einer normalen Aufführung im Stadttheater und einer Welturaufführung in einem großen Theater von internationalem Renommee, aber auch zwischen Sprechtheater und Oper, Ballett oder Konzert.

Der Applaus

Kein Künstler, selbst wenn seine Gage astronomisch ist, möchte auf Applaus verzichten. Bei Rock- und Popkonzerten ist es auch üblich, daß das Publikum kurz klatscht, wenn es ein bestimmtes Stück wiedererkennt und daß sich die Begeisterung in Pfiffen äußert. Bei klassischer Musik gilt das – noch – als unmögliches Verhalten. Allerdings ist bei klassischen Aufführungen, besonders bei Opern, sogenannter Szenenapplaus durchaus schon seit langem üblich, oder bei einem Liederabend wird jedes einzelne Lied

Balsam für die Künstlerseele – der Applaus. Doch es gibt auch Momente, in denen lautes Klatschen unangebracht ist

beklatscht. Üblicherweise aber wird eine Sonate, eine Sinfonie oder jedes andere in Sätze gegliederte Musikstück zwischen den Sätzen nicht durch Applaus unterbrochen. Manchmal geben die vortragenden Künstler oder der Dirigent entsprechende Zeichen.

Der Szenenapplaus nach der großen Arie wird auch vom klassischen Musikkenner geduldet. Ja, er kommt gelegentlich sogar im großen Sprechtheater vor. Im Boulevardtheater ist es auch üblich, zu klatschen, wenn endlich der ersehnte Hauptdarsteller oder die Hauptdarstellerin auftritt.

Man sollte beim Szenenapplaus zwei Dinge beachten: Erstens sollte er eine spontane Reaktion des überwiegenden Teils des Publikums und zweitens ein sehr kurzer Zwischenapplaus sein. Ein einzelner Klatscher gibt dazu manchmal den Anstoß. Keinesfalls jedoch sollte man alleine verbissen weiterklatschen, auch dann nicht, wenn man persönlich noch so begeistert ist.

Der Schlußapplaus kann, bei entsprechender Leistung der Künstler, dafür um so frenetischer ausfallen. Applaus, bei dem sich das Publikum zusätzlich erhebt, eine sogenannte »standing ovation«, ist nicht selten. Dabei wird durchaus auch getrampelt und »bravo« gerufen.

Bei Kirchenkonzerten, Passionsspielen, Konzerten anläßlich einer Trauerveranstaltung und Messen wird üblicherweise nicht applaudiert. Doch auch hier ändern sich die Sitten. Nicht nur Papstmessen werden weltweit mit Applaus bedacht, auch nach Kirchenkonzerten wird meist geklatscht – zumal, wenn sie grundsätzlich auch für ein weltliches Publikum gedacht waren und die Kirche eigentlich nur der guten Akustik wegen als Aufführungsort gewählt wurde.

Pfiffe können, wie erwähnt, Begeisterung ausdrücken, sie können aber ebenso wie Buhrufe auch als Mißfallensäußerung dienen. Ehe man sich selbst zu solchen Bekundungen hinreißen läßt, sollte man mindestens zweimal gründlich überlegen. Eine einfach nur schlechte oder unzureichende künstlerische Darbietung beklatscht man nicht, oder man ist mit seinem Applaus sehr zurückhaltend. Ist man dagegen beispielsweise in ein Konzert geraten, in dem eine Musik gespielt wird, mit der man persönlich nichts anfangen kann, so hält man tapfer bis zur Pause durch und verläßt dann das Konzertgebäude – und zwar schweigend. Draußen kann man mit seinen Freunden diskutieren, nicht im Saal. Immerhin besteht die Möglichkeit, daß Ihr eigenes Kunst- oder Musikverständnis nicht ausreicht, die wahre künstlerische Leistung zu beurteilen. Mit Ihrer persönlichen Mißfallensäußerung stören Sie aber möglicherweise den Kunstgenuß anderer, versierterer Zuhörer ganz empfindlich. Gleiches gilt natürlich für ungewöhnliche Theaterinszenierungen.

## Drängeln

Die aus allen Kreisen der Bevölkerung am häufigsten gebrandmarkte Unsitte ist das Drängeln in der Schlange von Wartenden oder Einsteigenden. Es ist nur schwer zu begreifen, weshalb sich das so oft zitierte gute Beispiel der Engländer, denen es angeboren zu sein scheint, sich ohne Tuchfühlung hinter den Letzten anzureihen, bei uns so schwer durchsetzt. Wir sollten nicht jedem Druck eines Drängelnden ohne weiteres nachgeben. Freilich müssen wir damit nicht erst auf der Straße beginnen, sondern schon drinnen; zum Beispiel beim Andrang zum kalten Buffet, vor einer überfüllten Theke und beim Abholen der Garderobe. Kommt es wirklich auf die zwei, drei oder fünf Minuten an, die wir warten müssen, bis wir an der Reihe sind? Ist es wirklich so wichtig, ein paar Meter näher an der Kinokasse zu stehen, wenn wir uns einmal in die Schlange eingereiht haben?

Drängeln gilt nicht! Rücksichtsvolles, vernünftiges Verhalten sollte beim Einsteigen in Verkehrsmittel wie in Warteschlangen eigentlich selbstverständlich sein

Wer sich an eine Schlange Wartender anreiht, sollte von vornherein soviel Abstand halten, daß er nicht einmal die Kleidung des Vordermannes berührt. Das gilt auch für das Warten an Haltestellen von Straßenbahn oder Omnibus. Ausnahmen von dieser Regel sind allein im Verkehrsmittel erlaubt, wenn wir durch dichteres Aufschließen anderen behilflich sein wollen, noch mitfahren zu können.

Nicht minder sinnlos ist Drängeln in einer Reihe Wartender vor Schaltern, weil die Abfertigung dadurch eher leidet, als daß sie etwa beschleunigt würde. Auch an den Garderoben von Sälen, Theatern und Kinos erschwert Drängeln nur die Ausgabe. Je aufgelockerter die Wartenden in der zweiten Reihe stehen, um so leichter können diejenigen, die ihren Mantel schon erhalten haben, nach hinten durchgehen.

Grundsätzlich ist es sinnvoll, daß von einem zusammengehörenden Paar oder auch von einem kleinen Grüppchen nur einer zur Garderobe geht und die Mäntel holt. Alter Schule entsprechend sollte das der Herr sein. Doch kann man heute durchaus auch praktischen Erwägungen entsprechend spontan entscheiden, wer die Mäntel holt.

# Auto und Verkehr

SICHERHEIT VOR HÖFLICHKEIT

Höflichkeit ist überall im Leben angebracht, auch und gerade im Straßenverkehr. Dennoch gilt in jedem Fall: Sicherheit geht vor Höflichkeit.

Wie man sich als Autofahrer, als Fahrerin im Straßenverkehr richtig zu verhalten hat, regelt die Straßenverkehrsordnung. Wer weiß, daß ein Fahrer oder eine Fahrerin zu riskanter, gar gefährlicher Fahrweise neigt, darf mit deutlichem Hinweis auf dieses Verhalten die Mitfahrt verweigern, sofern dazu die Chance besteht. Merkt man erst unterwegs, auf welches Abenteuer man sich eingelassen hat, kann man ebenfalls durch ein klares Wort versuchen, den Fahrer zu mehr Rücksicht zu bewegen.

FREUNDE ABHOLEN UND NACH HAUSE BRINGEN

Früher galt es als selbstverständlich, daß man einen Gast, den man mit dem Auto abholte, nicht auf der Straße warten ließ. Man stellte den Wagen ab, ging zur Haustür des Gastes, klingelte, wartete, bis er kam, ging mit ihm zusammen zum Auto, öffnete ihm den Schlag und fuhr dann gemeinsam los.

Allein die Parkplatznot macht solches Verhalten heute oft unmöglich. Es ist deshalb durchaus zumutbar, daß man jemanden, den man mitnehmen möchte, bittet, an einer bestimmten Ecke zu warten, bis man mit dem Wagen vorbeikommt. Allerdings weiterhin unhöflich ist es, durch lautes, anhaltendes Hupen auf sich aufmerksam zu machen. Noch unangebrachter ist es, zum Abschied noch einmal die Dreiklanghupe zu betätigen. Das ist nämlich nicht nur unhöflich, es ist – zumal nachts – Ruhestörung und wird als solche auch gesetzlich geahndet.

Bringt man jemanden mit dem Auto nach Hause, so ist es oft unmöglich, mehr zu tun, als ihn nur einfach abzusetzen und gleich weiterzufahren. In jedem Fall sollte man als umsichtiger Fahrer aber zumindest versuchen, den anderen bis zur Haustür zu begleiten, wenn es irgend möglich ist, oder doch zumindest zu beobachten, ob der andere sicher bis zur Haustür gekommen ist, besonders wenn man jemanden spätabends oder nachts mitgenommen hat.

Das hier Gesagte gilt für alle Fahrer und alle Mitgenommenen – gleichgültig ob »Er« am Steuer sitzt und »Sie« mitgenommen hat oder umgekehrt oder auch ob »Sie« eine andere »Sie« chauffiert. Es ist eine Empfehlung, die weniger die Höflichkeit als vielmehr die Sicherheit betrifft.

EIN- UND AUSSTEIGEN

Wie die Dame in ein Auto einsteigt, war früher, als Damen fast ausschließlich Röcke trugen und zudem ein strengerer Sittenkodex herrschte – wehe der Dame, die beim Einsteigen die Knie nicht zusammenhielt! –, eine in den Benimmbüchern mit Akribie abgehandelte Frage.

Heutzutage hängt es von der Dame selbst und ihrer Kleidung ab, wie sie in den Wagen steigt (und wieder hinaus). Wenn es nötig ist, beim Aussteigen behilflich zu sein – durch Reichen der Hand oder Stützen des Ellenbogens –, ist das dagegen kein alter Zopf, sondern einfach ein Gebot der Höflichkeit.

ABSETZEN IN VERKEHRSREICHER STRASSE

Was in einer verkehrsstillen Straße selbstverständlich ist, nämlich daß man aussteigt, und dem/der Mitgenommenen die Autotür von außen öffnet, gilt natürlich nicht im tosenden Großstadtverkehr, wenn der Autofahrer durch gedankenlose Auslegung der Höflichkeitsregeln seine Begleiterin, sich selbst oder gar andere Verkehrsteilnehmer in Gefahr bringen könnte. Hat man jemanden in die Stadt mitgenommen, um ihn irgendwo abzusetzen, wo reger Verkehr herrscht, so kann der Fahrgast nicht erwarten, daß ihm der Schlag von außen geöffnet wird. Allerdings muß der Fahrer davon überzeugt sein, daß der Fahrgast flink und verkehrserfahren genug ist, um durch das Öffnen der Tür beim selbständigen Aussteigen nicht selbst einen Verkehrsteilnehmer zu gefährden.

Verläuft zum Beispiel zwischen Fahrdamm und Bürgersteig ein Radweg, so muß der Lenker des Fahrzeugs den Mitfahrer unbedingt darauf aufmerksam machen: »Bitte, Vorsicht beim Öffnen – Radfahrweg!« Und einer älteren Dame muß er gerade in diesem Fall mit der nötigen Vorsicht auch im tosenden Straßenverkehr eine Brücke über den Radfahrweg bauen, indem er ihr das Geleit bis zum Bürgersteig gibt.

Auf die Frage des neben ihm sitzenden Beifahrers, der mit dem Wagen nicht vertraut ist, wo der Türgriff ist, pflegen sich viele Fahrer einfach nach rechts fallen zu lassen, um den Schlag mit ausgestrecktem Arm zu öffnen. Eine weit verbreitete Unsitte! Man muß diese Szene vielleicht einmal aus der Sicht des Beifahrers erlebt haben, um sie beurteilen zu können. Übertreiben wir ein wenig: Da fliegen dem Mitfahrer die Haare des Fahrers ins Gesicht, oder er wird von seinem Hutrand gestreift, vielleicht gar von seinem Ellenbogen, und wenn sich der »hilfreiche« Fahrer nicht richtig am Steuer festhält, liegt er dem Mitfahrer auch noch plötzlich auf den Knien. Gewiß, es gibt auch geschickte »Türangler« – aber warum überhaupt diese akrobatischen Versuche!

### Wer öffnet die Autotüren?

Zur Frage, ob der Lenker des Autos verpflichtet ist, allen Mitfahrenden die Türen zu öffnen oder zu schließen, ist folgendes zu sagen: Grundsätzlich könnte man jeden Mitfahrenden als Gast des Herrn oder der Frau am Steuer des Autos bezeichnen. Daraus ergibt sich, daß der Fahrer oder die Fahrerin sich um alle Mitfahrenden kümmern muß. Dazu gehört das Behilflichsein beim Ein- und Aussteigen, vor allem, wenn es sich um Ältere oder um Mitfahrende handelt, die wegen ihrer Kleidung oder anderer Umstände der Hilfeleistung bedürfen.

Eine nette Geste: das Öffnen der Wagentür für den Beifahrer oder die Beifahrerin

Falls noch ein anderer Herr im Wagen sitzt, nimmt er sich dieser Verpflichtung gleichfalls mit an – ebenso wie die Jüngeren den Älteren behilflich sein sollen. Jeder Mitfahrer sollte vor allem bei längeren gemeinsamen Fahrten daran denken, daß der Lenker des Fahrzeuges am meisten beansprucht ist und man ihn durch selbständiges Ein- und Aussteigen entlasten kann. Das sollte jedoch nur tun, wer die Situation so weit überblicken kann, daß er die Verkehrssicherheit nicht gefährdet.

EINBIEGENDE OHNE VORFAHRT

Die Rücksichtnahme im Straßenverkehr erfordert, einem aus einer Torausfahrt oder einem Parkplatz auf die Straße einbiegenden Fahrzeug das Einreihen in eine Autoschlange gerade auf einer lebhaft befahrenen Straße zu ermöglichen. Wem andere Argumente nicht einleuchten, der möge sich vergegenwärtigen, daß die Gedanken- und Rücksichtslosigkeit der sich mit aller Gewalt Aufschließenden vielleicht einen Arzt daran hindert, einem Menschen das Leben zu retten. Im übrigen hat sich fast allgemein die gute Regel durchgesetzt, sich im Reißverschlußverfahren einzufädeln.

NACH EINEM VERKEHRSUNFALL

Zwei Autos sind zusammengestoßen. Es hat Blechschaden gegeben. Ob sich der Lenker des einen oder des anderen Wagens nun einer Schuld bewußt ist oder nicht – es gehört sich, sich bei den Unfallpartnern zu erkundigen, ob jemand persönlich Schaden genommen hat. Ein Vorstellen im gesellschaftlichen Sinne ist dazu nicht erforderlich. In der Regel tauschen die Autofahrer lediglich die Anschriften aus. Je ruhiger und sachlicher sich beide Seiten verhalten, um so besser, auch dann, wenn die Polizei den Unfall aufnehmen muß.

Unsere Polizeibeamten sind im allgemeinen betont höflich. Ausnahmen bestätigen nur die Regel. Wie verhält man sich in einem solchen Ausnahmefall, sprich, wenn man angeschnautzt wurde? Ruhe und Höflichkeit entwaffnen dann meistens. Also nicht ebensolaut zurückfeuern: »Ich verbitte mir Ihr unverschämtes Gebrüll!«, sondern vielleicht, mit betonter Zurückhaltung: »Darf ich Sie bitten, in einem ruhigeren Ton mit mir zu verhandeln!«

TAXIFAHRTEN

Einst hieß es, der Herr solle der Dame seiner Begleitung beim Einsteigen in das Taxi oder in den Fond eines privaten Gefährts den Vortritt lassen und rechts neben ihr Platz nehmen, weil er so als erster aussteigen und ihr bei Verlassen des Wagens behilflich sein könne. Diese Regel bedeutete jedoch, daß die Dame nach dem Einsteigen auf den linken Sitzplatz und zum Aussteigen wieder zurück zur rechten Tür rutschen mußte; denn die Möglichkeit, zum Fahrdamm hin auszusteigen, wird in verkehrsreichen Straßen immer problematischer. Daher stellt man es heute in das Ermessen der Dame – wegen eines engen Rockes oder aus was für Gründen auch immer –, ob sie von Fall zu Fall den linken oder rechten Platz wählen will. Der Hinweis »Ich würde gern rechts sitzen!« genügt, und damit kann der Herr ohne weiteres vor ihr einsteigen, wenn der brausende Verkehr auf dem Fahrdamm das Öffnen der linken Tür verbietet.

## Öffentliche Nahverkehrsmittel

Die Massenbeförderungsmittel der Städte bringen täglich Menschen in Tuchfühlung, ob sie sich diese nun wünschen oder nicht. Dabei braucht man nicht einmal an Überfüllung oder Gedränge zu denken. Man sitzt oder steht nebeneinander, ist sich zwar fremd und doch aufeinander angewiesen.

Die Bereitschaft zu erwecken, hier einer alten Dame beim Einsteigen behilflich zu sein, dort als Jüngerer seinen Platz anzubieten, sich mit einem freundlichen »Gestatten Sie, bitte?« den Weg zum Ausgang zu bahnen, diese kleinen Hilfen der Rücksichtnahme sind oft wichtiger als die technischen Regeln: Beim Einsteigen läßt der Herr der Dame, der Jüngere dem Älteren den Vortritt und ist, wenn nötig, mit einer kleinen Hilfestellung behilflich.

Ist das Trittbrett hoch, so nimmt die Bekannte einen unterstützenden Griff unter den Ellenbogen in Anspruch. Fremde muß man natürlich fragen: »Darf ich Ihnen behilflich sein?«

Daß wir in einer überfüllten Bahn darauf achten, anderen den Durchgang zu erleichtern, sollte selbstverständlich sein. Komplikationen ergeben sich, wenn nicht jeder einen Sitzplatz findet. Gewiß soll der Jüngere darauf achten, wenn Ältere zusteigen, von sich aus aufzustehen. Aber der Ältere sollte nicht böse werden, wenn ein Träumer ihn nicht gleich entdeckt. Mancher sollte auch darüber nachdenken: Im Berufsverkehr fahren viele nach Hause, die schwer gearbeitet und vielleicht ununterbrochen gestanden haben. Ihnen gegenüber gehässig zu werden, wenn sie eine Dame stehen lassen, kann zu peinlichen Antworten führen. Viele Komplikationen lassen sich mit einem freundlichen Wort lösen: »Darf ich mich mit Ihnen im Sitzen ablösen, ich bin todmüde!« Oder: »Ich wäre Ihnen dankbar, wenn Sie mir vor dem Aussteigen Ihren Platz freihalten würden!« Wer nicht auf sein Recht pocht, sondern darum bittet, entwaffnet und kommt schneller zum Ziel als der belehrende Griesgram.

### Mit Gepäck unterwegs

Oft läßt es sich nicht vermeiden, daß man mit mehr oder weniger viel Gepäck unterwegs ist, ja, man nimmt vielleicht gerade deshalb den Bus, die Straßenbahn, die S- oder U-Bahn, weil man sein Gepäck nicht so weit schleppen möchte oder kann.

Wer mit Koffern und Taschen unterwegs ist, versucht natürlich, andere so wenig wie möglich zu belästigen. Umgekehrt hat man als wenig Bepackter Rücksicht zu nehmen auf andere, die sich mit Gepäck abplagen. In vielen Verkehrsmitteln gibt es Gepäckablagen. Man sollte sie unbedingt benutzen. Allerdings wird man als kleinerer und schwächerer Mensch nicht umhin können, hierbei um Hilfe zu bitten, denn oft sind die Gepäckablagen ziemlich hoch. Keinesfalls gehören Koffer und Körbe, Taschen und Tüten auf einen leeren Sitz – es sei denn, es herrscht wahrhaftig gähnende Leere im Verkehrsmittel.

### Das Grüßen

In den normalen öffentlichen Nahverkehrsmitteln ist ein Gruß nicht üblich. Doch Ausnahmen bestätigen die Regel. Wer täglich die gleiche Bahn, den gleichen Bus nimmt und dort immer wieder die gleichen Menschen trifft, wird irgendwann anfangen, einen unverbindlichen Gruß zu tauschen.

Auch den Busfahrer oder die -fahrerin, denen man als Fahrgast immer wieder begegnet, darf man beim Einsteigen ruhig grüßen. Verübeln Sie es ihm oder ihr aber nicht, wenn sie den Gruß nicht erwidern. Sie grüßen einen Fahrer – der Fahrer müßte unter Umständen Hunderte von Fahrgästen grüßen!

Beim Betreten eines Eisenbahnabteils ist ein Gruß nach wie vor üblich und eine freundliche Geste – eine gute Ausgangsposition, wenn man etwa eine längere Reise vor sich hat und mit den Mitmenschen eine »Gemeinschaft auf Zeit« bildet. Im Großraumwagen kann ein Gruß an den Sitznachbarn nicht schaden.

# Tanzen macht Freude – und ist auch noch gesund!

Die Tanzstunde

Die Tanzstunde ist in Deutschland, Österreich und der Schweiz, um nur die deutschsprachigen Länder zu nennen, eine anerkannte Stufe der Vorbereitung auf das gesellige Leben. Im allgemeinen beginnen die Mädchen mit vierzehn und die Jungen mit fünfzehn mit dem Tanzunterricht. Immer mehr gehen aber heute auch schon zum »Kindertanzen«, einer ganz neuen Form des Unterrichts. Hier wird Kindern schon ab vier Jahren Takt und Tanz in spielerischer Form beigebracht, und zwischendurch wird getobt. Es ist eine Mischung aus Gymnastik und Tanz.

Die Antwort auf die Frage nach der angemessenen Kleidung für den Tanzunterricht und die mit der Tanzstunde verbundenen Feste und Bälle ist gerade in jüngster Zeit einem deutlichen Wandel unterworfen. Grundsätzlich gilt: Die Tanzstunde ist ein Freizeitvergnügen, sie soll Spaß machen. Da es Jugendlichen aber gemeinhin kein Vergnügen bereitet, sich besonders herausputzen zu müssen, ist in den Tanzstunden normale Freizeitkleidung, sprich Jeans und T-Shirt, im Sommer auch Bermudas, durchaus akzeptiert. Auch für Twens und ältere Paare gilt inzwischen: Man kleidet sich für Tanzstunde oder Tanzklub so, daß man sich wohlfühlt. Ausnahmen bestätigen die Regel. Sogar in Österreich, wo früher eine recht strenge Kleiderordnung in den Tanzschulen herrschte, hat man den Zug der Zeit erkannt.

Eine vom Fachmann geleitete tänzerische Ausbildung der Jugendlichen wird heute nicht nur von vielen Eltern gewünscht. Ärzte messen dem Tanz große Bedeutung im Kampf gegen die Folgeerscheinungen des Schulbanksitzens zu, vor allem gegen frühe Haltungsschäden. Ja, sie empfehlen Tanzen auch älteren Menschen als Ausgleich gegen den Bewegungsmangel, unter dem wir durch fortschreitende Technisierung von Haushalt und Arbeitsplatz mehr und mehr zu leiden haben. So bleiben die jungen Tanzschüler, wie

Ob flotter Boogie (links), Cha-Cha-Cha oder Walzer – Tanzen macht Spaß, ist eine gesunde körperliche Betätigung und fördert die zwanglose Kontaktaufnahme

ihre Eltern in den Ehepaarkursen, heute durch regelmäßige Übungsveranstaltungen und Klubs der Tanzschule viel länger verbunden als früher.

Die weltweite Verbreitung auch jener Tänze, die einst auf bestimmte Länder oder Kontinente beschränkt waren, hat dazu geführt, daß heute neben dem Grundkursus ein Fortgeschrittenenkursus so gut wie unerläßlich ist.

### Das Auffordern

In einer überschaubaren Privatgesellschaft ist es erforderlich, daß der Herr mit der Dame bekanntgemacht ist, wenn er sie zum Tanz auffordern will. Bei größeren und öffentlichen Tanzveranstaltungen ist das nicht notwendig – auch nicht, sich selbst vorzustellen. Wenn in einer Hausgeselligkeit getanzt wird, gebührt der Hausfrau möglichst bald ein Tanz, nachdem der Herr einmal mit seiner Tischdame getanzt hat. Anders als früher, als der Herr mit jeder anwesenden Dame einmal tanzen »mußte«, gibt es heute jedoch keine Pflichttänze mehr.

Früher verlangte die ganz korrekte Aufforderung zum Tanz sechs Verbeugungen vom Herrn: Die erste galt dem Begleiter der Dame, die er zum Tanz aufzufordern wünschte (eine Dame ohne Begleitung gab es nicht, oder sie galt nicht als Dame, wenn sie ohne Begleitung erschien!), die zweite der Dame selbst, die er dann zur Tanzfläche führte. Dort verbeugte er sich ein drittes Mal, ehe der

Tanz begann. Die vierte Verbeugung war fällig, wenn der Tanz beendet war. Dann brachte er die Dame zu ihrem Begleiter zurück, verbeugte sich vor ihr und dankte dem Herrn mit der sechsten Verbeugung dafür, daß er ihm seine Begleiterin überlassen hatte.

Ganz abgesehen davon, daß die heute allein zu einem Tanzvergnügen oder zu einer mit Tanz verbundenen Veranstaltung gehende Dame in jedem Fall eine voll respektierte Person ist, empfinden es viele, zumal jüngere Frauen als Zumutung, wenn ein Mann über sie bestimmt. Deshalb ist die konservative Form der Aufforderung nur noch dort angebracht, wo sie mit allergrößter Wahrscheinlichkeit auf die entsprechende Erwartung der Dame trifft: bei der älteren Generation nämlich.

Ansonsten ist es heute allgemein üblich, daß der Herr die Dame, sei sie nun in Begleitung oder nicht, direkt auffordert. Er muß deshalb den Begleiter der Dame ja nicht völlig ignorieren. Die Verbeugungen fallen heute zunehmend leichter aus, das heißt, oft werden sie durch ein freundliches Lächeln begleitet von einem Grußnicken des Kopfes ersetzt.

Beim »Abklatschen« während eines Tanzspieles ist stets eine Verbeugung oder doch zumindest ein freundliches Kopfnicken erforderlich, ehe man die Partnerin oder den Partner wechselt, und natürlich auch vor der neuen!

Trägt der Herr einen kompletten Anzug, so tanzt er stets mit zugeknöpftem Jackett.

Selbstverständlich kann heute auch die Dame zum Tanz auffordern – und nicht nur Bekannte oder Freunde, wie es früher hieß. Wie sie das tut, hängt von der Umgebung und Stimmung ab:

»Hallo, Manfred, ein Tanz für uns!« ist – im Auftrommeln der Band über den Tisch gerufen – bei einer Discoparty ebenso passend wie »Herr Schneider, wie wär's mit diesem Cha-Cha-Cha?« bei einem Ball. Doch es geht auch so: »Frau Müller, Sie haben doch sicherlich nichts dagegen, daß ich Ihnen Ihren Mann zu einem Walzer entführe?« Auf das Wie kommt es an – auf ein wenig Gespür für die Empfindungen anderer und auf einen Schuß gesunden Selbstbewußtseins!

STIL DES TANZES

Zwar führt der Herr beim Tanzen – in der Art seiner Tanzführung muß er sich jedoch den Wünschen und Tanzkenntnissen der Dame anpassen. Es ist ausgesprochen taktlos, mit einer Dame

Schritte zu tanzen, die sie nicht beherrscht, nicht tanzen möchte oder aufgrund ihrer Kleidung nicht tanzen kann.

Die Dame sollte sich gegen die Mißachtung der Rücksichtnahme beim Tanzen verwahren und ihrem Partner beispielsweise ungeniert sagen: »Bitte, tanzen Sie mit kleineren Schritten!« oder »Ich möchte nicht twisten, tanzen wir lieber Foxtrott!«

DER »KORB«

Was den »Korb« anbetrifft, der seine Schrecken bei der Jugend längst verloren hat, so steht es dem aufgeforderten Herrn heute ebenso frei, zur Dame zu sagen: »Ich bin ein schlechter Cha-Cha-Cha-Tänzer. Darf ich Sie in Ihrem Interesse lieber zum nächsten Walzer auffordern?« – Oder: »Bitte, tun Sie sich das nicht an. Ich habe noch nie Jive getanzt. Doch beim Foxtrott bin ich dabei.«

NICHTTÄNZER IN TANZENDER GESELLSCHAFT

Es kann passieren, daß man sich aufgrund gesellschaftlicher Verpflichtungen als absoluter Nichttänzer in einer Gesellschaft von Tänzern befindet. Unter Umständen ist man dann gezwungen, immer wieder abzulehnen. Ist einem der Auffordernde besonders sympathisch, so darf man natürlich auch durchaus mit den Worten ablehnen: »Ich kann und ich möchte nicht tanzen; wenn Sie sich aber mit mir unterhalten möchten, so können wir uns gern ein wenig zusammensetzen.«

Jemanden, der einen oder auch grundsätzlich jeden Tanz ablehnt, zu drängen, doch endlich auch einmal zu tanzen, ist ziemlich unhöflich. Wer nicht tanzen möchte, wird dafür seine Gründe haben.

# Unser Verhalten gegenüber den Nachbarn

Grundsätzlich verhält man sich gegenüber Nachbarn und entfernten Bekannten nicht anders als gegenüber dem fremden Mitmenschen, nämlich freundlich, höflich und hilfsbereit. Dazu gehört auch, daß man sich nach einem Umzug in eine neue Wohnung oder in ein neues Haus mit den unmittelbaren Nachbarn bekanntmacht.

Wenn wir dann als neue Wohnungsnachbarn die Namen ausgetauscht haben, werden unsere Gespräche mit der Zeit erweisen, ob wir uns mehr bedeuten können als gute Nachbarn. »Ein guter Nachbar« – das ist schon sehr viel!

Die Verbreitung verstaubter Etikettebücher verunsicherte nach dem Krieg viele Leute derart, daß sie nur deshalb auf jede Beziehungsaufnahme zu den neuen Nachbarn verzichteten, weil ihnen das Etikettereglement von Besuch und Gegenbesuch mit Recht unzumutbar erschien.

Heute möchte sich der umziehende Großstädter im neuen Wohnbereich zunächst einmal nach allen Seiten »offenhalten«. Die Mehrheit strebt an, die unmittelbaren Nachbarn so weit kennenzulernen, daß man sich grüßt und hin und wieder miteinander spricht, wenn man – im Hausflur, im Treppenhaus oder beim Kaufmann – nebeneinander steht. Ein Zwang bei Begegnungen auf der Straße anhalten zu müssen – »nur weil man benachbart ist« –, wird von vielen schon als lästig empfunden.

In gewisser Beziehung ist eine Großstadt, vor allem in ihren Außenbezirken, eine Anhäufung von Kleinstädten. Je lockerer die Bebauung wird, um so leichter arrangiert man sich.

Im Hochhaus gibt es allenfalls Kontakte auf dem gleichen Stockwerk, selten jedoch mit weiter entfernt wohnenden Mietern im selben Haus. Ausnahme: Eltern mit Kindern haben häufiger den Wunsch, die unmittelbar unter ihren Räumen wohnende Mietpartei kennenzulernen. Sie verhalten sich wie auch andere umsichtige Mieter, die in Anbetracht des Getrappels temperamentvoller Füße bei den davon Betroffenen lieber vorbeugend um gutes Wetter bitten, als sich erst einer Beschwerde auszusetzen.

»Schlüsselgewalt«

Der Trend zu längeren und weiteren Reisen hat selbst eingefleischte Gegner von Nachbarschaftskontakten darüber nachdenken lassen, ob es nicht im gegenseitigen Interesse liegt, wenn in den Wochen der Abwesenheit ein Nachbar ein Auge auf die Wohnung hält, die Blumen gießt, den Rasen mäht oder den Zustand von Wasser- und Heizungsanlagen kontrolliert und den Briefkasten leert. Nachbarliche Hilfe erwächst oft auch aus dem Mangel an Handwerkern – oder aus allgemeinen Engpässen. Wie schön ist es nach wie vor, wenn Nachbar oder Nachbarin mit Milch, Kartoffeln oder Salz aushelfen kann.

Der neue Nachbar

In weiten Kreisen besteht heute der Wunsch, zum Nachbarn gute Kontakte zu haben. Darum macht man sich, wenn man in eine neue Wohnung zieht, am besten gleich mit den Nachbarn bekannt. Dazu bedarf es keines offiziellen Besuchs mehr. Die Entwicklung unserer heutigen, für soziales Denken aufgeschlossenen Gesellschaft und der Wandel unserer Arbeits-, Freizeit- und Wohngewohnheiten im Zuge der fortschreitenden Technisierung haben die

Wenn irgend möglich, sollte man sich gleich nach dem Einzug die Zeit nehmen, um sich bei den »alteingesessenen« Hausbewohnern vorzustellen

alten Formen von Antrittsbesuch und Gegenbesuch schon seit langem fragwürdig gemacht (siehe Seite 72: »Besuch mich mal, doch überfall mich nicht«).

Für alle, die einen beim Einzug unterlassenen Besuch nachholen möchten, hier ein paar Anregungen, um mit dem Nachbarn auch später noch bekannt zu werden:

»Am Umzugstag hatten wir das Gefühl zu stören, danach hatten wir so viele andere Dinge zu erledigen!«

»Als wir einzogen, waren Sie wohl verreist. Schließlich haben wir uns gesagt: Richten wir uns erst einmal richtig ein! Dabei ist die Zeit vergangen.«

»Die Wohnung war eigentlich nur für einen kurzen Übergang gedacht. Jetzt haben wir uns entschlossen, hier doch festen Fuß zu fassen. Die Gegend gefällt uns.«

»Wir planen ein Einweihungsfest mit vielen Gästen und möchten mit Ihnen beraten, wann wir Sie am wenigsten stören würden. Bei dieser Gelegenheit möchten wir uns mit Ihnen bekannt machen.«

»Ehrlich gesagt, wir wollten uns im neuen Heim erst einmal von unserer alten, allzu lauten Umgebung und dem Umzug erholen.«

Falls sich der erste Kontakt nicht durch Zufall am Einzugstag im Treppenhaus ergeben sollte und man den Nachbarn nicht antreffen konnte, ist es empfehlenswert, zuerst telefonisch Kontakt aufzunehmen.

Eine gute Lösung des »Problems« ist auch, daß der Zuziehende seine Nachbarn einlädt: »Wir sind in die Wohnung (Haus, Neubau, Stockwerk) eingezogen und würden uns freuen, unsere neuen Nachbarn am ... in der Zeit von ... bis ... bei einem Kaffee/einem Gläschen ... kennenzulernen.«

Als Mitbringsel kann der Eingeladene einen kleinen Blumenstrauß mitbringen, man kann aber auch mit leeren Händen zu dieser Einladung gehen.

## Die Hausordnung

Sofern es eine festgelegte Hausordnung gibt, hat jeder Hausbewohner sich daran zu halten. Sieht sie beispielsweise vor, daß die Hausbewohner selbst turnusmäßig die Treppe zu reinigen haben, so muß auch ein junger Mann selbstverständlich dieser Verpflichtung nachkommen. Die Zeiten, wo man dies dem »starken Geschlecht« nicht »zumutete«, sind endgültig vorbei.

LÄRMBELÄSTIGUNG

Ein weiterer Punkt der Hausordnung ist die Einhaltung von bestimmten Ruhezeiten. Da es im normalen Wohnungsbau nun einmal keine schalldichten Wände gibt, haben alle, die in einem Mehrfamilienhaus leben, mehr oder weniger Teil am Leben der anderen. Was der einzelne als Lärmbelästigung empfindet, ist relativ. Hat eine Mutter selbst zwei lebhafte Kleinkinder um sich, wird sie das Geige übende Nachbarskind oder die laute Stereoanlage von gegenüber kaum zur Kenntnis nehmen. Der Schichtarbeiter, der tagsüber seinen Nachtschlaf nachholen muß, wird dagegen empfindlich gestört. Wohnungs- oder Haustüren so laut zuzuschlagen, daß es durchs ganze Haus schallt, ist zu keiner Tageszeit angebracht, und auch wenn man noch so guter Laune ist, sollte man nicht laut singend durchs Treppenhaus gehen. Vor 7 Uhr morgens, nach 22 Uhr abends und in der Mittagspause zwischen 13 und 15 Uhr verbietet sich überhaupt jeder vermeidbare Lärm.

Gegen anhaltende Ruhestörungen sollte man sich zur Wehr setzen. Meist hat das ruhige, sachliche Gespräch mit dem ruhestörenden Nachbarn bereits Erfolg, unter Umständen weiß er gar nicht, daß die Bässe seiner Stereoanlage im ganzen Haus zu hören sind. In jedem Fall ist es besser, zunächst ein ruhiges Gespräch zu suchen. Erst wenn das fruchtlos bleibt, sollte man zu härteren Maßnahmen greifen, etwa einer Anzeige bei der Hausverwaltung oder notfalls gar bei der Polizei.

Etwas anderes sind vereinzelte Ruhestörungen. Wenn beim gerade eben erst eingezogenen Nachbarn plötzlich die Bohrmaschine kreischt, dann darf man davon ausgehen, daß das kein Dauerzustand sein wird. Man braucht also nicht gleich zum Telefon zu greifen, um sich zu beschweren.

Wird man bis tief in die Nacht hinein von Partylärm belästigt, so ist das sehr unangenehm – das soll gar nicht bestritten werden. Dennoch sollte man großzügig genug sein, ein Auge zuzudrücken. Ist es gar zu hoch hergegangen, war die Lärmbelästigung sehr störend, kann man am nächsten Tag eine sachliche Aussprache mit dem Ruhestörer herbeiführen. Weder aber sollte man gleich dic Polizei alarmieren, noch sollte man anonym anrufen und laut am Telefon schimpfen. Wenn man anruft, soll man auch sagen, wer man ist, und ruhig erklären, daß man sich von dem Lärm sehr gestört fühlt. Das nützt wahrscheinlich mehr als Schreien und Toben.

Nachbarn vorwarnen

Auf jeden Fall sollte man die Nachbarn warnen, wenn es einmal laut wird, beispielsweise weil man eine Party geben möchte. Dies gilt nicht nur für die Mitbewohner in Mehrfamilienhäusern: Feiert man zum Beispiel in einer Siedlung ein Gartenfest, sollte man auch die Bewohner der Nachbarhäuser informieren.

Und wie warnt man die Nachbarn vor? In jedem Fall rechtzeitig – und das heißt nicht erst am Tage der großen Party, sondern einige Tage vorher, und zwar aus einem guten Grund: So können die Nachbarn selbst Vorkehrungen treffen.

Man geht entweder – wenn es nur zwei oder drei sind – persönlich zu den Nachbarn, oder man steckt ihnen eine kleine, freundlich formulierte schriftliche Warnung in den Briefkasten. Auch telefonische Vorwarnungen sind möglich.

Haustiere

Ob man in einer Mietwohnung ein Haustier halten darf, regelt der individuelle Mietvertrag. Besitzer von Eigentumswohnungen unterliegen weniger großen Beschränkungen. Hausbesitzern steht die Wahl fast völlig frei. Ein allzu bellfreudiger Hund oder ein anderes die Nachbarschaft über Gebühr belästigendes Tier kann allerdings zu nicht unerheblichem Ärger führen.

Als Tier- und vor allem als Hundebesitzer hat man selbstverständlich darauf zu achten, daß das Tier sein Geschäft nicht in Nachbars Garten und nicht mitten auf dem Gehsteig verrichtet und auch sonst in der Umgebung keinen Schaden anrichtet.

# Als Gast im Ausland – der Ausländer als Gast

Man sollte grundsätzlich nicht ins Ausland fahren, ohne sich vorher über die Eigenheiten der Bevölkerung des zu besuchenden Landes eingehend unterrichtet zu haben. Dazu gehört auch, daß man sich ein paar Worte in der Landessprache aneignet. Wenigstens »Danke«, »Bitte« und »Guten Tag« sollte man in der jeweiligen Landessprache sagen können.

Auch wenn wir als zahlende Touristen, als Devisenbringer, ins Ausland reisen, sind wir dort Gast. Leider wird das häufig vergessen. Je eher das Urlaubsland der sogenannten Dritten Welt zuzuordnen ist, desto respektloser ist oft das Verhalten der Touristen und desto geringer auch oft ihr Wissen über die jeweiligen Landessitten.

Doch auch wer auf Safari gehen oder nur einen exklusiven Badeurlaub machen will, kommt zwangsläufig mit den Einheimischen des Landes in Kontakt. Wer sich dann nicht zu benehmen weiß, fällt nicht nur alleine unangenehm auf, er erweist seinen eigenen Landsleuten einen Bärendienst.

FOTOGRAFIEREN UND FILMEN

Zu den größten Unarten der Touristen gehört die Selbstverständlichkeit, mit der sie Menschen anderer Länder ungefragt fotografieren oder filmen. Das ist nicht nur eine grobe Unhöflichkeit, in manchen Ländern bedeutet es geradezu einen religiösen Tabubruch. Wenn sich die derart behandelten Einheimischen dann zur Wehr setzen, ist der Tourist womöglich noch beleidigt. Allein an diesem Beispiel wird aber deutlich, wie wichtig eine gründliche Vorinformation ist. Der schlichte Grundsatz »Was du nicht willst, daß man dir tu' …« greift hier allein nicht mehr.

RESPEKT VOR DEN LANDESSITTEN

Von keinem Touristen wird gefordert, daß er sich allen Landessitten total unterwirft. In weiten Teilen Indiens und Afrikas beispielsweise ißt man traditionell mit den Fingern, in fast allen asiatischen Ländern mit Stäbchen. Während die Einheimischen die nötigen Techniken beherrschen, um ästhetisch und sauber mit der Hand oder mit Stäbchen zu essen, haben wir diese Fähigkeit meist nicht. Man wird folglich nichts dagegen haben, wenn wir in den Speisesälen der Hotels unsere eigenen Tischsitten beibehalten. Doch man erwartet auch von uns, daß wir das andere nicht als primitiv und minderwertig abtun. Kernpunkt unseres Verhaltens sollte immer der Respekt vor den gesellschaftlichen Normen und Bräuchen der anderen sein.

Und noch eine kleine Warnung zum Schluß: Deutsch ist zwar keine Weltsprache, sie wird aber doch überall auf der Welt von einzelnen Menschen gesprochen. Vorsicht also! Ehe Sie sich allzu lautstark im vermeintlichen Schutz ihrer deutschen Muttersprache über angebliche oder auch tatsächliche Mißstände des Gastlandes auslassen, sollten Sie daran denken, daß irgend jemand in Ihrer Nähe Sie vielleicht besser versteht, als Ihnen lieb ist.

Wer für eine gründliche Vorbereitung keine Zeit hat, kann dennoch vielen Schwierigkeiten aus dem Wege gehen, wenn er sich zehn goldene Regeln einprägt, die das Generalsekretariat der Europa-Union ausgearbeitet hat.

## Zehn goldene Regeln

Diese gelten natürlich für alle Nationen; der Schweizer braucht nur »Schweiz«, der Österreicher »Österreich« einzusetzen, wo es nachfolgend »Deutschland« heißt:

**1.** Vergiß es nie: In Deutschland bist du ein Deutscher unter Millionen, im Ausland aber bist du der Deutsche, nach dessen Worten und Taten der Fremde das Bild deiner Nation formt.

**2.** Verheimliche nicht, daß du von deutschen Eltern stammst, aber sorge dafür, daß der Ausländer von dieser Tatsache angenehm überrascht wird.

**3.** Bist du der törichten Ansicht, im Ausland sei alles schlechter als zu Hause, dann bleibe daheim. Glaubst du, in der Fremde sei alles besser, dann kehre nicht wieder zurück.

**4.** Ziehst du durch fremde Länder, dann sorge dafür, daß sie von deiner Schweigsamkeit widerhallen. Je stiller du bist, um so lauter werden die andern reden.

**5.** Kleide dich so, daß dich niemand bemerkt, aber setze dir keinen Fes auf.

**6.** Singe gern, wenn man dich darum bittet, aber singe nur dann!

**7.** Suche nicht dort aufzutrumpfen, wo dir der Fremde überlegen ist. Wo aber du überlegen bist, lasse dich lächelnd besiegen, auf daß du verläßliche Freunde gewinnst.

**8.** Denke daran, daß nur die Namen der Tugenden und Laster in andere Sprachen übersetzt werden können. Was sie wirklich bedeuten, mußt du in jedem Lande von neuem erfahren.

**9.** Was dir bei fremden Völkern merkwürdig vorkommt, bemühe dich zu verstehen. Gelingt dir das nicht, so suche den Grund dafür erst zuletzt bei den anderen.

**10.** Erheben wir im Ausland den Finger nur, um zu lernen, nie um zu belehren!

## Wenn wir daheim Touristen aus dem Ausland begegnen

Wenn wir ins Ausland reisen, erwarten wir, dort höflich und freundlich behandelt zu werden. Dasselbe darf ein Mensch aus einem anderen Land, ob er nun Tourist ist oder nicht, hier erwarten.

Ein Ausländer, der uns um Hilfe bittet oder ganz offensichtlich der Hilfe bedarf, sollte diese Hilfe, sofern wir sie irgend leisten können, selbstverständlich erhalten.

Bittet uns ein Ausländer beispielsweise auf der Straße auf deutsch um eine Auskunft, dann geben wir sie, und zwar in klarem, deutlichem, einfachem Deutsch. Weder bedient man sich des leider sehr verbreiteten sogenannten Dummdeutsch (»Du erst gehen links, dann du gehen geradeaus ...«), noch ignoriert man seine Bemühung, sich in der Landessprache auszudrücken, mit dem sofortigen Wechsel in eine Fremdsprache.

Oft ist es reine Gedankenlosigkeit, die auch den gebildeten Menschen dazu verführt, solche Fehler zu begehen. Beherzigen Sie also folgende Ratschläge:

**1.** Sprechen Sie einen Ausländer, ganz gleich welcher Herkunft oder Hautfarbe er sein mag, in Deutschland zunächst immer erst in korrektem, einfachem, klar artikuliertem Deutsch an.

**2.** Unterstellen Sie grundsätzlich, daß der Fremde sich bereits bemüht hat, unsere Sprache zu lernen oder dies doch immerhin vorhat. Seien Sie ihm hierbei durch eigenes korrektes Sprechen Vorbild und Hilfe.

**3.** Überfahren Sie den Fremden nicht gleich mit eigenen Fremdsprachenkenntnissen. Respektieren Sie seinen Versuch, sich in Deutsch verständigen zu wollen. Bieten Sie den Wechsel zu einer Ihnen geläufigen Fremdsprache erst an, wenn Sie merken, daß eine Verständigung anders nicht möglich ist.

**4.** Wenn Sie selbst keine Fremdsprache sprechen und merken, daß der Fremde Sie nicht versteht, sprechen Sie nicht lauter – der Ausländer ist ja wahrscheinlich nicht schwerhörig! –, wählen Sie andere Worte und Begriffe, sprechen Sie langsamer und deutlicher. Bitten Sie andere, die möglicherweise eine Fremdsprache beherrschen, um Hilfe.

**5.** Auch wenn der Ausländer Sie möglicherweise duzt, duzen Sie in keinem Fall zurück! In den allerwenigsten Fällen ist dieses »Du« ein Mangel an Respekt Ihnen gegenüber. Deutsch steht nicht zu unrecht im Ruf, eine der komplizierteren Sprachen zu sein, und ein Anfänger kann noch nicht alles können!

**6.** Sprechen Sie nur, wenn Sie ausdrücklich danach gefragt werden, über Krieg, Wirtschaftswunder, das vereinte Europa, die deutsche Politik, über Entwicklungshilfe und sogenannte Gastarbeiter.

**7.** Verallgemeinern Sie nie persönliche Erlebnisse. Bedenken Sie stets, daß Sie für den Ausländer schnell von einem Deutschen zu dem Deutschen schlechthin werden könnten, nach dem er sein Urteil über alle Deutschen bildet.

## Der Fremde als Gast in unserem Haus

Sind Sie Gastgeber: Überlegen Sie stets, bevor Sie reden oder handeln, wie Sie dazu beitragen können, daß sich der Gast in Ihrem Lande – wie in Ihrem Heim – wohlfühlt.

Lassen Sie unser Land und was es dem Ausländer zu bieten hat, auf ihn einwirken. Lassen Sie jedem Gesprächspartner aber seinen Stolz auf die Errungenschaften seines Landes, die es ihm erlauben, unser Land zu besuchen.

Aber Vorsicht – aus falsch verstandenem Wohlwollen und Entgegenkommen heraus kann hier leicht etwas falsch gemacht werden. Der Gast soll sich, wie gesagt, wohl fühlen. Manche Gastgeberin, mancher Gastgeber meint, dies heiße, der Gast solle sich »wie zu Hause« fühlen, und schon wird ihm eine typische Spezialität seines Heimatlandes zum Essen serviert.

Man braucht sich nur vor Augen zu führen, wie »typisch« wohl eine Hamburger Aalsuppe ausfällt, die – und sei es mit noch so viel Liebe – von einer Köchin in Sizilien mit den dort zur Verfügung stehenden Zutaten zubereitet wird, um sich auszumalen, wie erfreut der Gast sein wird, dem man die Spezialität seiner Heimat vorsetzt.

Doch auch das Umgekehrte kann gehörig danebengehen. Ehe man dem ausländischen Gast einheimische Spezialitäten serviert, sollte man ihn in jedem Fall fragen, ob er sie probieren möchte, und nicht beleidigt sein, wenn er höflich ablehnt. Gehen Sie von sich selbst aus: Würden Sie gern gebratene Termiten oder ein besonders triefendes Stück Fettschwanz vom Hammel essen?

Ehe man einen ausländischen Gast zum Essen einlädt, sollte man ihn fragen, ob man ihm das geplante Essen vorsetzen darf oder ob er etwas anderes vorziehen würde. In keinem Fall drängt man einen Gast, etwas zu probieren – den ausländischen Gast schon gar nicht. Bedenken Sie auch, daß es in manchen Ländern religiöse Essensvorschriften gibt. So ist strenggläubigen Muslimen der Verzehr von Schweinefleisch verboten, viele Inder sind aus weltanschaulichen Gründen strikte Vegetarier. Hier zu drängen und zu nötigen, ist mehr als unhöflich. Schließlich respektieren wir ja auch, daß manche Katholiken nach wie vor den Freitag als fleischlosen Tag beibehalten.

# Briefe mit Herz, Takt und Verstand

BRIEFBEGINN UND -SCHLUSS

Wie man einen Brief beginnt und wie man ihn beendet, darüber sind ganze Bücher geschrieben worden. Wir wollen uns auf das Wesentliche beschränken. Zunächst der private Brief.

Anrede und Schluß wählen wir, nach dem Grad der (vorhandenen oder nicht vorhandenen) persönlichen Beziehungen, etwa nach folgender Stufenleiter: Bestehen nur sehr flüchtige Beziehungen, beginnen wir mit »Sehr geehrter Herr X« oder »Sehr geehrte Frau X« und schließen bei formellem Charakter des Schreibens: »Mit freundlichem Gruß ...« oder »Mit freundlichen Grüßen«. Nur an wirklich verehrte, ältere Empfängerinnen schreiben wir: »Sehr verehrte Frau X«.

Bei näherer Bekanntschaft schreiben wir: »Liebe Frau X«, »Lieber Herr X«. Diese Formeln stehen heute grundsätzlich auch dem jüngeren Herrn der Dame oder einem sehr alten Herrn gegenüber zu. Wer lieber auf Nummer Sicher gehen will, für den gibt es einen Mittelweg: »Sehr geehrte, liebe Frau X« oder »Sehr geehrter, lieber Herr X«. Nach der Anrede steht heute ein Komma, nicht wie früher ein Ausrufezeichen. Einen Brief mit »Ich« zu beginnen, ist heute kein schlechter Briefstil mehr.

Bei vertrauteren Beziehungen heißt es am Ende einfach – nach mehr oder weniger vielen Grüßen – »herzlichen«, »sehr herzlichen« – »Ihr ...«. Die Unterschrift (Vor- und Zuname) wird auch beim getippten Brief immer mit der Hand geschrieben, wenn ein »Ihr(e)« dabeisteht, dieses auch.

TITEL

Träger von Titeln werden im allgemeinen mit diesem angeschrieben. Während auch in der Privatkorrespondenz der oder die Titel immer auf dem Umschlag stehen, sind auf dem Briefbogen außer »Dr.«, »Professor« und den Würdengraden, Anreden wie »Sehr geehrter Herr Direktor« nicht nötig – im Gegensatz zur beruflichen und zur Behördenkorrespondenz. Hier vollzieht sich bereits seit einiger Zeit ein Wandel. In jedem Fall sind Briefanfänge wie »Werter Herr!« oder »Werte Frau X!« sowie der einschränkende Schluß (nur) »Achtungsvoll« oder »Hochachtungsvoll« längst in der Mottenkiste gelandet. Lediglich Behörden und Ämter hinken noch hinterher.

### Maschinengeschriebene Briefe

Die Schreibmaschine oder den PC auch für die Privatkorrespondenz zu benutzen ist erlaubt. Allerdings fällt, vor allem bei Älteren, angenehm auf, wer mit der Hand schreibt, sofern er eine leserliche Handschrift hat. Auch offizielle Glückwunschschreiben, Beileidsschreiben und – wenn wir sie nicht drucken lassen – Einladungen zu hohen Familienfesten kann man heute mit der Maschine oder dem PC schreiben, wenn man eine schwer lesbare Handschrift hat. Allerdings sollte man Anrede und Gruß dann handschriftlich einsetzen.

### Der Kondolenzbrief

Ein Kondolenzbrief sollte auf weißem, allenfalls hell eierschalfarbenem Papier geschrieben sein. Briefe oder Karten mit schwarzem Rand werden nur vom Trauerhaus selbst verschickt.

Wer nur wenige Worte schreiben möchte, kann auch eine weiße Briefkarte (keine Postkarte!) mit zugehörigem Umschlag nehmen. In jedem Fall aber schreibt man erstens sofort, nicht erst Wochen, nachdem man die Nachricht bekommen hat, zweitens möglichst per Hand, nur in Ausnahmefällen (siehe oben) mit der Schreibmaschine oder dem PC und drittens mit dunkler (blauer oder schwarzer) Tinte oder entsprechendem Filzstift.

Je ferner man selbst den Betroffenen steht, desto schlichter drückt man sich aus. Auf jeden Fall hütet man sich vor Schwulst und falschem Pathos. Wer einem Trauernden schreibt, sollte wirklich Trost spenden und nicht allein von der Wertschätzung sprechen, die man dem Toten entgegengebracht hat. Der echt empfundene Kondolenzbrief darf eine Rückschau sein; er sollte jedoch für den Betroffenen stets eine Brücke ins Leben weisen.

### Die Post- oder Ansichtskarte

Die Post- oder Ansichtskarte ist nur für nicht vertrauliche Mitteilungen geeignet. Eine Anrede ist auf der Postkarte nicht unbedingt erforderlich, aber höflicher und daher empfehlenswert. Zum Beispiel etwas so: »Aus den Ferien im schönen Dingsdatal sendet Ihnen, sehr geehrter Herr Müller, freundliche Grüße Ihr ...«.

Privat- und Geschäftsbrief

Den Unterschied zwischen Privat- und Geschäftsbrief sollten wir auch äußerlich schon sichtbar machen, um so mehr, als es heute erlaubt ist, auch den persönlichen Brief an Freunde und Bekannte mit der Schreibmaschine oder als Computerausdruck abzufassen.

In der privaten Korrespondenz wird die Anschrift des Empfängers auf dem Briefbogen nicht wiederholt und auch kein Diktatzeichen angebracht; denn dieses widerspricht ja dem Charakter des persönlichen oder gar vertraulichen Gesprächs, das der Brief in diesem Fall ersetzen soll. Ebenso sind Floskeln oder gar Bürodeutsch wie etwa »... Ich bestätige den Eingang Deines Schreibens vom ...« kein guter Stil. Gerade wer zahlreiche Geschäfts-, Behörden- und Werbebriefe bekommt, wird von der individuellen Note jedes Privatbriefes von vertrauter Hand angenehm berührt sein.

Briefwechsel mit Firmen und Behörden

Nicht in alle modernen Geschäfts- und Bürohäuser ist auch ein zeitgemäßer Briefstil eingezogen. Doch im allgemeinen ist das schriftliche oder persönliche Gespräch zwischen Lieferanten und Kunden heute wesentlich aufgelockerter und natürlicher als in den Gründungsjahren, aus denen noch immer längst überholte Floskeln der schmeichlerischen oder gar unterwürfigen Art von damals durch manche Geschäftsbriefe geistern.

Wie aber soll der in der Geschäftskorrespondenz Ungeübte antworten? Da das sogenannte Kaufmannsdeutsch einem guten Briefstil Platz macht, dessen Hauptmerkmale Klarheit, Sachlichkeit und natürliche Höflichkeit sind, braucht man sich nur dessen bewußt zu sein, daß ein kurzer Brief vom Empfänger schneller zu bearbeiten ist als ein langschweifig abgefaßter.

Was die Anrede anbetrifft, so muß man sich allerdings überlegen, welcher Art die Firma oder Behörde ist, an die man schreibt. Das geht aus dem Geschäftsbriefbogen oder aus der Firmenbezeichnung hervor, nämlich ob man es mit einer Einzelfirma, einer oHG = offene Handelsgesellschaft, einer KG = Kommanditgesellschaft, einer GmbH. = Gesellschaft mit beschränkter Haftung oder einer AG = Aktiengesellschaft zu tun hat.

Da eine Gesellschaft aus mehreren Personen besteht, zu denen eigentlich fast immer auch weibliche Mitglieder gehören, trifft in der Regel für sie die Anrede »Sehr geehrte Damen und Herren« zu.

Schreibt man an eine Einzelfirma – wenn im Briefkopf oder der Firmenbezeichnung also nur Vor- und Zuname des Inhabers und keine der oben aufgeführten handelsrechtlichen Zusätze stehen –, dann schreibt man in der Regel an diesen einen, etwa »Sehr geehrter Herr Müller« und, wenn der Inhaber eine Frau ist, »Sehr geehrte Frau Müller«. Dasselbe gilt für Briefe an Angehörige freier Berufe (Rechtsanwalt, Arzt, Steuerberater, Schriftsteller u.a.), sofern sich nicht zwei oder mehrere Personen zu gemeinschaftlicher Praxis zusammengetan haben, die dann wiederum mit »Sehr geehrte Damen und Herren« anzuschreiben sind. Nur wenn man sicher ist, daß ausschließlich Damen oder Herren die Empfänger sind, sollte man »Sehr geehrte Damen« oder »Sehr geehrte Herren« schreiben.

Die meisten Unternehmen legen Wert darauf, daß die an sie gerichteten Briefe die Firmenanschrift tragen und nicht den Namen eines ihrer Angestellten. Durch Angabe der Abteilung und des Diktatzeichens ist bei ihnen – mit der Bitte, diese Geschäftszeichen bei der Antwort anzugeben – dafür gesorgt, daß jedes Schreiben sicher seinen Weg auf den richtigen Schreibtisch findet. Andere Unternehmen dagegen pflegen bewußt den Briefkontakt zwischen dem Kunden und dem seine Aufträge bearbeitenden Sachbearbeiter. Aber auch in solchen Fällen richtet man sein Antwortschreiben nicht an den Angestellten. Man gibt auf dem Umschlag oder auf der Briefadresse die volle Firmenbezeichnung an und setzt darunter »Herrn/Frau Meier« (wenn möglich mit Vornamen). Die Briefanrede lautet auf den Namen des Sachbearbeiters.

ALTE BRIEFZÖPFE

»Sehr geehrte Firma« sowie »Werte Firma« zählen nicht mehr zum guten Briefstil. Man schreibt ja an Menschen und nicht an eine Sache. Man bestätigt nicht mehr »den Besuch Ihres sehr geehrten Herrn Schulze«, sondern »den Besuch von Herrn Schulze« oder schreibt noch besser, wie man spricht, etwa: »Ich habe mich gefreut, daß Herr Schulze mich besucht hat!« Es heißt heute schlicht »Ihr Schreiben« anstatt »Ihr wertes« oder gar »allerwertestes Schreiben«. Man schreibt »Ich danke Ihnen für Ihren Brief vom ...« anstatt »Ich beziehe mich höflichst dankend auf Ihr Geehrtes vom ...«. Die Schlußworte »Mit vorzüglicher Hochachtung« sind für hochoffizielle Schreiben zum Beispiel an den Bundespräsidenten nach wie vor korrekt, aber in Geschäftsbriefen werden sie durch verbindlichere Formulierungen ersetzt: »Mit freundlicher Empfehlung«, »Mit freundlichen Empfehlungen«, »Mit freundlichem Gruß«, »Mit freundlichen Grüßen«.

Behördendeutsch

Aus dem Gefühl, der Geldmacht oder der Staatsgewalt sowie ihren Verwaltern ausgeliefert zu sein, hat sich unter demokratisch denkenden Menschen das Bewußtsein einer echten Partnerschaft entwickelt. Diese kommt allmählich auch mehr und mehr im sogenannten Amtsdeutsch zum Ausdruck, das heute viele Behörden zu entstauben beginnen.

Schon gibt es Finanzämter, die selbst ihre Vordrucke höflich formulieren, man findet Behördendrucksachen, in denen eine Zeile für die persönliche Anrede ausgespart ist.

Mag der Inhalt auch unabwendbar sein, es dient beiden Seiten, wenn sich der Empfänger mit seinem Namen angesprochen sieht und wenn er am Ende des amtlichen Schreibens unter der hoffentlich leserlichen Unterschrift, mit der Schreibmaschine hinzugesetzt, den Namen des Beamten findet. Er verhandelt dann nicht mehr mit einem anonymen Amt, sondern mit einem Menschen aus Fleisch und Blut. Schreibt man nun zum ersten Mal an eine Behörde, in der man den Namen des zuständigen Beamten oder der Beamtin noch nicht kennt, so eröffnet man den Brief mit der Anrede »Sehr geehrte Damen und Herren«.

Die Behörden haben heute in der Regel persönlich klingende Bezeichnungen, wie etwa »Der Stadtdirektor, Amt für öffentliche Ordnung«. Es versteht sich von selbst, daß man an dieses Amt nicht »Sehr geehrter Herr Stadtdirektor« schreibt, sondern »Amt für öffentliche Ordnung« und (wenn bekannt) »Frau Rita Soundso«. Nur wenn man dem Stadtdirektor persönlich in einer amtlichen Sache etwas mitzuteilen hat, heißt es auf dem Umschlag »Herrn Stadtdirektor X« und in der Briefanrede »Sehr geehrter Herr Stadtdirektor!«. Sofern man den Namen kennt, darf man den Stadtdirektor auch namentlich anschreiben.

Das offizielle Protokoll

Bei seinem Ausscheiden aus dem Kanzleramt hat Helmut Schmidt mehrere tausend Briefe aus der Bevölkerung als sogenannte »Fan-Post« erhalten. Viele der Briefschreiber plagte die Frage, wie man denn einen ehemaligen Bundeskanzler anzureden habe. »Ich habe mich überall erkundigt, aber niemand konnte mir weiterhelfen«, schrieb ein Angestellter. Er hoffte, daß er mit der schlichten Anrede »Sehr geehrter Herr Schmidt« keinen »Fehlgriff« getan habe. Der Mann konnte beruhigt werden: »Herr Schmidt findet diese Anrede durchaus brauchbar.«

Schwerer machen es sich dagegen die Protokollexperten, die von Amts wegen für die Einhaltung der guten Sitten von Ämtern und offiziellen Persönlichkeiten mit dem Exkanzler zuständig sind. Sie sind nur in einem sicher: Die Anrede »Herr Altbundeskanzler« sei unangebracht, weil sie erstens nach Altenteil klinge und einem weiterhin politisch aktiven Mann wie Schmidt nicht gerecht werde, und zweitens, weil sie Schmidt bekanntermaßen mißfällt. Auf die Anrede »Herr Altbundeskanzler« pflegt Schmidt tatsächlich ungehalten zu reagieren. »Ich bin weder alt noch Kanzler.« Wenn Bonner Behörden Schmidt amtlich schreiben, wählen sie meist die Anrede »Sehr geehrter Herr Bundestagsabgeordneter«, bisweilen aber auch ganz einfach die Anrede »Sehr geehrter Herr Schmidt«. Beide Möglichkeiten haben ihre Befürworter. Ein ranghoher Protokollfachmann meint: »Zu einer Demokratie gehört es, daß die Personen in Ämtern wechseln. Schmidts heutige Funktion ist die eines Abgeordneten. In einer entsprechenden Anrede kann deshalb keine Geringschätzung liegen.« Ein anderer Protokollexperte vertritt dagegen die Auffassung, »Sehr geehrter Herr Schmidt« sei vorzuziehen: »Der Name Schmidt bedarf keines Beiwerks.«

Damit zeichnet sich auch beim Protokoll eine deutliche Entkrampfung ab. Kein Bürger begeht einen Fauxpas, wenn er einen ehemaligen Bundespräsidenten, Bundeskanzler oder Minister einfach mit seinem Namen anredet.

# Ruf mich mal an, doch stör mich nicht

Im privaten Kreis sollte nur zwischen 9.30 und 12.30 und zwischen 15 und 20.30 Uhr telefoniert werden, im Geschäftsverkehr allein zur Geschäftszeit.

Erst überlegen – dann wählen! Vor 9.30 und zwischen 12.30 und 15 Uhr sowie ab 20.30 Uhr sollten wir nur anrufen, wenn dies eindeutig im Interesse des Angerufenen liegt. Will man bei längeren Ferngesprächen die günstigeren Tarife am frühen Morgen oder am späten Abend nutzen, so empfiehlt sich zuvor ein kurzer Anruf während der genannten »Kernzeiten«, um mit dem Gesprächspartner einen passenden Telefontermin auszumachen. Am Wochenende tun wir gut daran, das Telefon und den vielleicht noch schlafenden Geschäftspartner erst nach 10 Uhr zu bemühen.

Diese Regeln gelten selbstverständlich nicht für Verwandte, gute Freunde und enge Bekannte, deren Gewohnheiten man genau kennt. Manche Menschen sind Nachteulen und ziehen einen Anruf nach Mitternacht einem Gespräch am Nachmittag vor.

STÖREN WÄHREND DER NACHRICHTEN?

Früher, als es nur zwei Fernsehprogramme gab und sich sozusagen die gesamte Nation zur Hauptnachrichtenzeit vor dem Fernseher einfand, galt es als unhöflich, zu dieser Zeit durch einen Anruf zu stören. Heute heißt es, diese Empfehlung sei überholt, denn das Angebot an Nachrichtensendungen ist inzwischen so groß, daß jeder die Möglichkeit hat, sich jederzeit auf einem anderen Kanal über das aktuelle Zeitgeschehen zu informieren.

In jedem Fall und egal zu welcher Uhrzeit ist es angebracht, den Gesprächsteilnehmer kurz zu fragen »Störe ich?« und darauf gefaßt zu sein, wenn man hört, daß man tatsächlich stört. Umgekehrt ist es nicht unhöflich, von sich aus einen Anrufer darauf hinzuweisen, daß man im Augenblick für ein Telefonat keine Zeit hat. Man bietet allerdings an, von sich zurückzurufen.

Der Anrufer meldet sich kurz etwa so: »Hier Müller, guten Morgen!« Nach Nennung des Namens die Tageszeit zu entbieten ist heute selbstverständlich – und eine gewandtere Telefoniersitte als das verpönte »Hallo«.



Der Angerufene meldet sich mit Vor- und Zunamen. Verbreitet sind auch noch folgende ältere Regeln: Der Anschlußinhaber meldet sich mit »Meier«, seine Frau mit »Frau Meier«, seine Tochter mit »Gisela Meier«, sein Sohn mit »Wolfgang Meier« oder »Meier junior«, die Hausangestellte oder ein zufällig sich im Haus befindender Gast mit »Hier bei Meier!«. Möchte man, daß jemand herbeigerufen wird, sollte man stets eine verbindliche Form wählen, wie etwa: »Guten Tag, Frau Meier, ich würde gern Ihren Mann sprechen!«

Auch beim Telefonieren sollte man bestimmte Dinge beachten, um das Gespräch für beide Seiten angenehm zu gestalten

Glückwünsche darf man nur Freunden und sehr guten Bekannten durch den Draht übermitteln. Beileid durch einen Anruf auszudrücken, ist taktlos, es sei denn, der Anrufende habe selbst den Todesfall soeben mitgeteilt.

Wer einen häufig vorkommenden Familiennamen hat, beugt Verwechslungen vor, indem er – auch wenn er nicht der Sohn des Hauses ist – seinen Vornamen mit nennt. Das ist vor allem im Geschäftsleben wichtig.

Heute wird immer wieder die Frage diskutiert, ob es nicht genüge, sich bei Anrufen einfach nur mit »Hallo« oder »Ja, bitte!« zu melden. Damit könnten unerwünschte Gesprächspartner leichter abgewehrt werden, und Einbrecher blieben im unklaren darüber, ob die Wohnungsbesitzer zu Hause seien.

Eine Anfang 1987 abgeschlossene Untersuchung ermittelte eine starke Mehrheit gegen das Melden mit »Hallo« oder »Ja, bitte!« (72%) im privaten und nahezu 90% im Geschäftsbereich. Dennoch steht es weiterhin im persönlichen Ermessen der Fernsprechteilnehmer, ob sie sich mit dem anonymen »Hallo« melden wollen. In Pensionen oder in Wohnungen, die von mehreren Mietern genutzt werden, melden sich die Teilnehmer auch oft mit Nennung der eigenen Rufnummer. Wer dort den Hörer abnimmt und die Rufnummer sagt, sollte hinzufügen: »Wen möchten Sie sprechen, bitte?«

### Im Betrieb

In einem Betrieb melden sich Vermittlungsangestellte nur mit dem Namen der Firma. Sachbearbeiter und -bearbeiterinnen oder andere Angestellte, mit denen man als Anrufer weiter zu verhandeln hat, melden sich entweder gleich mit dem eigenen Namen oder mit dem Firmennamen, dem sie dann den eigenen Namen nachstellen.

### Anrufbeantworter

Nicht jeder mag automatische Anrufbeantworter, aber sie haben natürlich ihre nicht zu leugnenden Vorteile. Für den Anrufer, der an eine Maschine gerät, gilt es folgendes zu beachten: Nennen Sie Ihren Namen – möglichst deutlich – und eventuell, wenn Sie um Rückruf bitten, auch Ihre volle Telefonnummer (mit Vorwahl). Sind Sie selbst nur schwer zu erreichen, sollten Sie außerdem einen Zeitraum angeben, in dem Sie der Zurückrufende auf jeden Fall »an die Strippe bekommen« kann.

Wer selbst Besitzer eines Anrufbeantworters ist, sollte bei der Gestaltung des Ansagetextes auf ein paar Dinge achten. Zwar sind originelle oder gar freche Texte beliebt, doch nicht jeder Anrufer kann über jeden Blödsinn lachen. Grundsätzlich ist ein neutral gehaltener Text einem markigen Spruch vorzuziehen. Und bedenken Sie auch: Je länger der Ansagetext, desto teurer wird das Gespräch für den Anrufer. Fassen Sie sich also kurz!

EINLADUNG PER TELEFON?

Was noch vor wenigen Jahren als Ungehörigkeit empfunden worden wäre, ist heute selbstverständlich möglich: Freunde, Verwandte und gute Bekannte dürfen zu einer Party, einer kleinen Geselligkeit, ja sogar zu größeren Festen telefonisch eingeladen werden. Man muß keine gedruckten Einladungen verschicken.

Auch entferntere Bekannte, die man zu einem Essen oder einem Treffen in kleinem Kreis bei sich zu Hause oder in ein Restaurant bittet, darf man telefonisch einladen. Weniger günstig ist es allerdings, eine Einladung auf den Anrufbeantworter zu sprechen. Wer telefonisch einlädt, sollte mit dem Eingeladenen persönlich gesprochen haben, um sicherzustellen, daß es keine Mißverständnisse gibt.

FAXGERÄTE

Dem Telefon hat sich in den letzten Jahren ein neues Kommunikationsmittel hinzugesellt, das Faxgerät, das immer öfter auch für Mitteilungen im privaten Bereich und nicht nur von Geschäftsleuten genutzt wird.

Wer sich ein Faxgerät zulegt, muß damit rechnen, von jedermann angefaxt zu werden. Zwar gibt § 1 des Gesetzes gegen den unlauteren Wettbewerb einen gewissen Schutz vor Überflutung mit unaufgeforderter Werbung, aber es ist ähnlich wie mit der Reklame, die man ungebeten im Briefkasten vorfindet. Wichtiger ist, daß ein Fax – anders als ein Brief, der in geschlossenem Umschlag verschickt wird – ziemlich ungeschützt ankommt und möglicherweise von gänzlich Unbefugten gesehen werden könnte. Grundsätzlich gilt: Was telefonisch übermittelt werden darf, ohne daß dabei die Grenzen des guten Benehmens verletzt werden, darf auch gefaxt werden, also beispielsweise die Einladung zur Spontanfete oder zum Bierabend. Ausnahmen bilden all jene Mitteilungen, die nicht für Augen und Ohren Dritter gedacht sind. Ein Kondolenzbrief per Fax ist tabu.

# Fernsehen

In den ersten Jahren, als die Fernsehgemeinde noch nicht nach Millionen zählte, als es erst einen, später zwei Kanäle gab, die die Zuschauer nur stundenweise mit einem Programm versorgten, wurde das »Pantoffelkino« oft als Störenfried des Familienlebens und der häuslichen Geselligkeit angeprangert.

Heute kann, wer will, rund um die Uhr zwischen den verschiedensten Sendern wählen. Das Fernsehen hat seinen festen Platz. Auch wer es nach wie vor ablehnt, muß in gewissem Sinne mit dem Bildschirm leben. Neue Umgangsformen tragen dieser Entwicklung Rechnung.

Es sollte innerhalb der Familie oberste Fernsehregel sein, die Interessen an den verschiedenen Programmen rechtzeitig vorher abzustimmen. Wo sich Programme überschneiden, wird heute schon oft der Videorecorder eingesetzt.

GÄSTE ZUM FERNSEHEN

Wer seine Freunde und Bekannten gut kennt, weiß zumeist auch um ihre Lieblingsprogramme im Fernsehen. Daraus sind neue Formen der Geselligkeit entstanden: Sportübertragungen oder auch bekannte Spielfilme sind Anlaß für gemeinsame Fernsehabende.

Wie bei jedem Besuch sollte man hier pünktlich erscheinen – um so mehr, als ja das Programm zu einem festen Zeitpunkt beginnt – und gelegentlich an ein Mitbringsel (Getränke, Knabbereien) denken.

SCHWEIGEN ODER REDEN?

Kritik ist, wenn sie nicht an Anwesenden oder ihnen Nahestehenden geübt wird, stets ein willkommenes belebendes Element der Unterhaltung. Vor dem Bildschirm sollte man sich mit seinen Gästen und Familienmitgliedern vor Beginn des gewählten Programms darüber abstimmen: Soll stillschweigend zugeschaut oder spontan kritisiert werden, wann es jedem gerade paßt?

Bei einer Sportübertragung wird es schwierig sein, spontane Begeisterung oder auch Enttäuschung oder gar Verärgerung zurückzuhalten. Außerdem ist das Mitgehen Teil des Vergnügens. Eine Gruppe von Fernsehzuschauern, die eine Sportübertragung schweigend verfolgt, wäre schon merkwürdig.

Entstörte Störungen

Alle anderen Besucher unterliegen der Regel, daß man heute unangemeldet, von seltenen Ausnahmen abgesehen, keinen Besuch mehr macht. Selbstverständlich bildet der Nachbar von gegenüber, obwohl wir ihn nur flüchtig kennen, eine Ausnahme, wenn er zum Beispiel eigens herübergekommen ist, um mitzuteilen, daß man seinen Wagen mit aufgeblendeten Scheinwerfern abgestellt hat und morgen mit Sicherheit mit leerer Batterie nicht starten könnte. Und ein alter Bekannter, den wir jahrelang nicht gesehen haben und den bei der Fahrt über die Autobahn erst das Ortsschild an sein Versprechen erinnert hat, bei nächster Gelegenheit auf jeden Fall abzubiegen und für ein paar Stunden unser Gast zu sein, kann natürlich erwarten, daß wir das Wiedersehen mit ihm höher einschätzen als selbst den Rest eines spannenden Krimis. Heutzutage, wo schon viele über einen Videorecorder verfügen, kann man ihn rasch einschalten, um sich den Rest eines Filmes aufzuzeichnen.

Hilfeleistungen in Krankheits- und Notfällen, um die wir mit Fug und Recht gebeten werden können, gehen immer vor.

Das Fernsehen als Störenfried

Während es einerseits als störend empfunden wird, wenn jemand beim Fernsehen dazwischenspricht, scheinen viele Zeitgenossen es nicht als störend zu empfinden, wenn im Hintergrund der Fernseher (oder auch das Radio) läuft, während man sich eigentlich unterhalten will.

Bei vielen Menschen läuft heute der Fernseher sozusagen ununterbrochen. Im Interesse einer sinnvollen Unterhaltung sollte man den Kasten allerdings abschalten, wenn Besuch kommt, der nicht gezielt zum gemeinsamen Fernsehabend eingeladen wurde. Daran also hat sich nichts geändert: Wir sollten keinem Besuch eine Musikberieselung, geschweige denn ein Fernsehgemurmel im Hintergrund zumuten.

## Deine Arbeit
## + meine Arbeit
## = unsere Arbeit

Grundsätzlich besteht kein Unterschied zwischen den Umgangsformen, die man am Arbeitsplatz den Kolleginnen und Kollegen gegenüber an den Tag legen sollte, und dem höflichen Umgang, den man im Alltagsleben mit Bekannten oder Freunden pflegt. Dagegen wird es sehr wohl Unterschiede geben zwischen der Art, in der gleichrangige Kollegen miteinander umgehen, und dem Verhalten zwischen Vorgesetzten und Untergebenen.

Umgangsformen am Arbeitsplatz können sogar für den Betriebserfolg eine entscheidende Rolle spielen

Die Kollegen, die unmittelbar miteinander arbeiten, werden sich möglicherweise duzen und auch sonst untereinander einen Ton pflegen, den sie dem Direktor des Betriebes gegenüber nicht anschlagen werden.

Der Direktor einer Fabrik wiederum wird mit seinen Angestellten anders sprechen als mit einem Geschäftspartner aus der Führungsebene. Das heißt, es wird auf allen Ebenen, unter Arbeitern und Angestellten ebenso wie unter den Führungskräften eines Betriebes, Duzfreunde geben. Die einzelnen Schichten der Hierarchien werden aber nach wie vor sehr viel seltener durch Duzverbindungen durchbrochen.

Es würde den Umfang dieses Buches sprengen, hier dem Ethos der Arbeit oder dem Für und Wider der Ideologien von Arbeitnehmern und Arbeitgebern nachzuspüren. Hier geht es um Umgangsformen und damit stets um ein möglichst hohes Maß an Freiheit der Persönlichkeit oder – um es mit einfachen Worten zu sagen – doch wohl vor allem darum, daß sich jeder bei seiner Arbeit auf die Dauer möglichst wohl fühlt. Bei diesem Ziel gilt überall die Einschränkung: Allen Menschen recht getan, ist eine Kunst, die niemand kann.

UMGANGSFORMEN – VORAUSSETZUNG FÜR GUTES BETRIEBSKLIMA

Moderne Umgangsformen sind ein Teil, wenn nicht Voraussetzung für das gute Betriebsklima. Mitmenschliche Beziehungen können in einem kleinen, mit nur wenigen Fachkräften besetzten Betrieb über den Firmenerfolg letztendlich sogar über Sein oder Nichtsein der Firma entscheiden.

Die offene, verständnisvolle Aussprache – wo es angebracht ist, unter vier Augen – hat ihre Bedeutung nicht verloren. Die Datenverarbeitungsanlage, die der Betrieb mit Angaben über Eigenschaften, Kenntnissen und Leistungen von Bewerbern oder Mitarbeitern füttern kann, vermag das Gespräch von Mensch zu Mensch nicht zu ersetzen. Der Computer kann wohl Gesprächsgrundlagen liefern, Eignungen feststellen und falscher Berufswahl in der Beratungsstelle bis zu einem gewissen Grad vorbeugen. Die Maschine kann zwar viele Menschen ersetzen, ihnen unangenehme, monotone, langwierige, körperlich aufreibende Arbeiten abnehmen; aber je mehr der Mensch sich daran gewöhnen muß, mit Maschinen zu leben, um so nötiger ist für ihn die Aussprache mit anderen Menschen.

Beruflicher Aufstieg

Wer aufsteigen will, muß außer Können und Erfahrung innere Werte mitbringen; denn wenn er Vorgesetzter werden soll – sei es nun Werkstattleiter, Atelierleiterin oder Abteilungsleiter –, muß er dem Ganzen in zwei Richtungen dienen können: dem Arbeitnehmer wie dem Arbeitgeber und, wenn er mit Kunden zu tun hat, zusätzlich nach innen und nach außen.

Bei der Beurteilung wird zu entscheiden sein:

- Ist er/sie unter den bisherigen Kollegen geachtet genug, um von ihnen als Vorgesetzte/r anerkannt zu werden?
- Wird er/sie nicht zu denen gehören, die gern nach oben schmeicheln und nach unten treten?
- Hat er/sie die rechte Art, mit den Vorgesetzten zusammenzuarbeiten, oder wird er/sie nur ein Jasager sein, anstatt mitzudenken?
- Kann man sich auch dann auf ihn/sie verlassen, wenn er/sie sich unbeobachtet glaubt?
- Wenn er/sie im Verkauf tätig werden soll: Hat er/sie die gewinnende Art, mit Kunden umzugehen?
- Fragen über Fragen, die alle darauf abzielen, die Art des Menschen zu ergründen. Wer Erfolg haben will, muß also eines Tages mehr in die Waagschale werfen können als seine Arbeitskraft, die freilich stets die erste Voraussetzung ist, nämlich Takt!

Was Erfolgreiche auszeichnet

Nur in den seltensten Fällen ist einer »von denen da oben« besonders beliebt, der es nicht vorher schon als Arbeiter unter Arbeitern oder Angestellter unter Angestellten war. Lange, bevor es den betrieblichen Vorgesetzten aufgefallen ist, wissen zumeist die Kolleginnen oder Kollegen schon, wer unter ihnen »mehr auf dem Kasten« hat als der Durchschnitt.

Was zeichnet diese – nennen wir sie Erfolgsmenschen – nun aus? Haben sie außer ihrem beruflichen Können, ihrem Pflichtbewußtsein, ihrer Pünktlichkeit und Zuverlässigkeit noch etwas Geheimnisvolles – eine besondere, menschengewinnende Kraft?

Es gibt eine solche Kraft – den Takt, oder anders gesagt, Verständnis für den anderen. Und diese Kraft, nicht nur an sich selbst zu denken, sondern sich auf andere einstellen zu können, verleiht Gespür für viele Aufgaben im Umgang mit Menschen.

## Die Bewerbung

Die schriftliche Bewerbung soll viel über Sie aussagen und Sie in möglichst günstigem Licht erscheinen lassen. Sie müssen also Ihre Unterlagen mit Sorgfalt und genügend Zeit zusammenstellen, damit das Risiko einer Ablehnung verringert wird. Zu den »üblichen Unterlagen« einer Bewerbung gehören:

- Bewerbungsschreiben
- Lebenslauf
- Zeugniskopien (keine Originale!)
- Foto

Wird noch mehr verlangt, zum Beispiel eine Handschriftprobe oder ein handschriftliches Anschreiben, Referenzen, Gehaltsvorstellungen, muß man auf diese Wünsche eingehen.

Es macht einen schlechten Eindruck, wenn der Bewerber wichtige, in der Anzeige oder Ausschreibung verlangte Unterlagen beizulegen vergißt. Es kann dazu führen, daß der Arbeitgeber sich eine ungünstige Meinung bildet. Im Notfall sollte man also eine Begründung angeben, weshalb ein Dokument länger auf sich warten läßt.

### Das Bewerbungsschreiben

Das Bewerbungsschreiben soll den Empfänger ansprechen. Kürze ist oberstes Gebot, aber auch Sachlichkeit. Daher führen Sie die Gründe auf, warum Sie sich für die ausgeschriebene Stelle interessieren und warum Sie ihren bisherigen Arbeitsplatz aufgeben wollen. Weiter müssen Sie Ihre Kenntnisse und Erfahrungen kurz schildern und damit darlegen, warum Sie glauben, der Richtige für die neue Stelle zu sein.

Vergessen Sie nicht, das frühestmögliche Eintrittsdatum anzugeben und auch den Gehaltswunsch, wenn danach gefragt wurde. Ist diese Angabe nicht verlangt, können Sie diese Frage dem Vorstellungsgespräch überlassen, es sei denn, Sie wollen sich von vornherein nur verändern, wenn Sie eine bestimmte Verbesserung erreichen. Dann sollten Sie das auch schreiben. Vermeiden Sie unter allen Umständen Schreib- und Zeichensetzungs- oder Rechtschreibefehler. Flüchtigkeitsfehler in einer Bewerbung können Ihre Chancen zunichte machen.

Bewerber mit kurzem Anschreiben ohne Unterlagen verschlechtern ihre Situation es sei, eine Kurzbewerbung wird ausdrücklich verlangt. Dazu gehört aber zumindest ein Lebenslauf.

Wird eine Handschriftprobe erbeten (meist für graphologische Gutachten), sollten Sie keinen Text aus Ihrem Bewerbungsschreiben oder Lebenslauf nehmen, sondern einen neutralen Text etwa aus dem Wirtschaftsteil einer Zeitung. Dazu wählen Sie eine Stunde, in der Sie ausgeruht sind, um diese Zeilen (10–20) mit Tinte oder Kugelschreiber auf ein gesondertes DIN-A4-Blatt zu schreiben.

Bevor Sie Referenzen angeben, vergewissern Sie sich rechtzeitig, daß die angegebene Persönlichkeit auch tatsächlich etwas Positives über Sie sagen kann – und dazu bereit ist.

DER LEBENSLAUF

Soll der Lebenslauf tabellarisch abgefaßt sein, so heißt das: Auf einer DIN-A4-Seite schreiben Sie links untereinander die Daten und rechts stichwortartig die Stationen des Lebens- und Berufsweges. Name, Adresse (Telefon nicht vergessen), Geburtstag, Geburtsort, Familienstand interessieren. Danach müssen Angaben über die Schulausbildung folgen, Wehrdienst, Studium, Berufsausbildung und Berufsweg. Nicht unwichtig sind auch Sonderausbildung, Kurse, Prüfungen, schließlich besondere Interessen und Fähigkeiten, wie Sprachkenntnisse.

DIE ZEUGNISKOPIEN

Sämtliche Kopien müssen leserlich sein und sollten in der Reihenfolge lückenlos beiliegen, wie die Stationen im Lebenslauf aufgeführt sind. Schulzeugnisse legen nur Berufsanfänger bei. Das Hauptschulzeugnis ist unnötig, wenn man die Handelsschule oder das Gymnasium besucht hat. Ist es aber besonders gut, kann es ja nicht schaden, es beizulegen.

DAS FOTO

Das Foto ist ein wichtiges Hilfsmittel für die Auswahl eines Bewerbers. Denn der optische Eindruck ist sehr wichtig für die Beurteilung der Bewerbung. Um so erstaunlicher ist es, was für Fotos manchmal Bewerbungen beiliegen. Schnappschüsse sind unbrauchbar; Automatenbilder fallen selten gut aus und erinnern oft an Fahndungsfotos. Ein gutes Foto aus einem Fotoatelier kostet zwar etwas mehr Geld, aber die Ausgabe kann sich lohnen.

Größe: Paßfoto oder etwas größer. Postkartenformat ist zu groß. Notfalls Freunde oder Bekannte das ihrer Ansicht nach beste Foto auswählen lassen.

**1.** Ordnen Sie die Unterlagen in zeitlicher Reihenfolge, so daß sich jeder Leser sofort zurechtfindet.

Zehn »goldene« Bewerbungsregeln

**2.** Geben Sie in Ihrem Bewerbungsschreiben oben links Ihre vollständige Adresse mit Postleitzahl und Telefon an. Wenn Sie über einen PC verfügen, können Sie auch einen firmenähnlichen Briefkopf gestalten, in dem Ihre Anschrift beispielsweise in einer Zeile oben auf dem Blatt steht. Vergessen Sie nicht, es zu unterschreiben.
**3.** Das Bewerbungsschreiben muß original geschrieben und darf kein Abzug sein. Das gilt auch für den Lebenslauf.
**4.** Was der Lebenslauf enthält, sollten Sie im Bewerbungsschreiben nicht wiederholen.
**5.** Lücken im Lebenslauf muß man erklären, zu fehlenden Zeugnissen etwas sagen.
**6.** Vermeiden Sie Fehler im Text. Die Bewerbung soll Ihre Visitenkarte sein. Fotokopien müssen sauber sein.
**7.** Angaben über Ihr bisheriges Gehalt müssen stimmen. Wie leicht kann man das später nachprüfen!
**8.** Das Foto soll Bewerber oder Bewerberin vorteilhaft wiedergeben. Wer kein aktuelles zur Hand hat, läßt ein neues machen.
**9.** Ordnen Sie Bewerbungsunterlagen der Reihe nach in einen (neuen) Schnellhefter und versenden Sie sie in einem DIN-A4-Umschlag.
**10.** Nicht unwichtig: den Brief richtig frankieren! Strafporto ärgert den Empfänger und kann gleich Minuspunkte einbringen.

## Das Vorstellungsgespräch

Werden Sie zu einem Vorstellungsgespräch eingeladen, heißt das normalerweise, daß Sie mit Ihren Bewerbungsunterlagen einen positiven Eindruck gemacht haben. Die erste Hürde ist also genommen. Sie sind offensichtlich in der engeren Wahl.

Wichtig ist zuerst die Frage, welche Unterlagen Sie zum Gespräch mitnehmen. Vorsichtshalber steckt man die Originale seiner Zeugnisse ein; denn der Personalchef möchte sie vielleicht einsehen. Haben Sie Arbeitsproben oder schriftliche Ausarbeitungen, die Ihre Bewerbung stützen, nehmen Sie sie ebenfalls mit. Überhaupt nehmen Sie am besten alle Unterlagen mit, die Sie aus Platzgründen nicht der Bewerbung beigelegt haben.

Daß man pünktlich erscheint, ist selbstverständlich. Also informieren Sie sich, wie Sie am besten zum Treffpunkt kommen. Es macht einen schlechten Eindruck, sich zu verspäten, weil man mit den Verkehrsmitteln nicht zurechtgekommen ist oder die Straße nicht gefunden hat. Lieber eine halbe Stunde zu früh ankommen und irgendwo bis zur verabredeten Zeit warten, als abgehetzt zu spät eintreffen.

DIE RICHTIGE KLEIDUNG

Die Kleidung muß korrekt sein. Vermeiden Sie alle Extravaganzen! Häufig ist Ihr Gesprächspartner älter oder zumindest konservativer in seinen Auffassungen über das, was man bei einer Vorstellung anziehen sollte. So praktisch Jeans bei der Arbeit auch sein mögen, zum Vorstellen im Verwaltungs-, Verkaufs- oder Bürobereich sind sie nicht das geeignete Kleidungsstück!

Wenn Sie aus wirklich schwerwiegenden Gründen verhindert sind, den Termin wahrzunehmen, rufen Sie rechtzeitig vorher an. Jeder wird Verständnis zeigen, wenn Sie einen triftigen Grund zur Absage haben und um einen neuen Termin bitten. Die Vorbereitung auf das Gespräch ist wichtig. Nicht unvorbereitet zu einem so wichtigen Anlaß gehen! Es lohnt sich zum Beispiel immer, sich über den neuen Arbeitgeber vorher zu erkundigen, damit man gezielte Fragen stellen kann. Außerdem macht es einen guten Eindruck und zeugt von Interesse, wenn man sich Einzelheiten über den Arbeitgeber besorgt hat.

Mantel und Hut legt man vorher ab. Und: Niemals eröffnet man das Gespräch mit der Bitte, rauchen zu dürfen! Auch wenn Ihnen eine Zigarette oder Zigarre angeboten wird, lehnen Sie lieber dankend ab: Es könnte sein, daß Sie als Raucher nicht in Frage kommen (etwa weil Sie das Büro mit einem Nichtraucher teilen werden). Man setzt sich erst, wenn man dazu aufgefordert wird. Ihr Auftreten soll verbindlich und korrekt sein, nicht unterwürfig, aber auch nicht zu forsch!

Am besten notieren Sie sich vorher schon ein paar Fragen. Niemand wird es Ihnen übelnehmen, wenn Sie sich anhand von Notizen als gut vorbereitet erweisen! Wichtig ist, daß man überhaupt fragt. Denn nicht der Bewerber allein wird getestet, auch der neue Arbeitgeber muß sich Ihnen gegenüber »verkaufen«. Natürlich darf man Papier und Bleistift bereithalten, um sich vielleicht Notizen zu machen.

Vermeiden Sie, nur Fragen nach Ihren Rechten und Ansprüchen zu stellen (Urlaub, Freizeit, Pausen!) Ergründen Sie Ihre neue Aufgabe sehr genau, und lassen Sie sich auch den Arbeitsplatz zeigen. Das erspart Enttäuschungen.

Zur Frage des Lohnes oder Gehalts sollten Sie sich Gedanken gemacht haben, wenn der Gehaltswunsch nicht schon in der Bewerbung angegeben ist. Bleiben Sie in einem Punkt realistisch. Ein Gehaltswunsch von doppelter Höhe im Vergleich zur augenblicklichen Aufgabe spricht nicht für ein gutes Einschätzungsvermögen, wenn es sich nicht um einen Arbeitsvertrag mit wesentlich größerem Arbeits- und Verantwortungsbereich handelt.

Fragt der Interviewpartner nach Ihren jetzigen Bezügen, so ist es besser, die Wahrheit zu sagen. Eine Täuschung auf diesem Gebiet kommt schnell heraus und kann gleich zu einer Vertrauenskrise führen. Vermeiden Sie interne Einzelheiten über Ihren jetzigen Arbeitgeber auszuplaudern oder ihn gar schlechtzumachen. Auf Fangfragen in dieser Richtung sollten Sie zum Beispiel antworten: »Ich bitte um Verständnis, wenn ich mich zu dieser Frage nicht äußern möchte.«

Die Erstattung der Reisekosten können Sie verlangen, auch wenn darüber in der Einladung nichts gesagt ist. Ob es auch Kilometergeld gibt, ist von Fall zu Fall verschieden. Viele Arbeitgeber erstatten nur Bahnkosten II. Klasse. Wenn nichts über die Art der Kostenerstattung gesagt ist und Sie mit dem Wagen gefahren sind, können Sie um die Erstattung des Kilometergeldes bitten. Der Arbeitgeber ist aber nicht verpflichtet, es zu zahlen, und kann sich auf den niedrigsten Bahntarif beschränken.

ZEHN »GOLDENE« REGELN FÜR DAS VORSTELLUNGSGESPRÄCH

**1.** Bereiten Sie sich auf das Vorstellungsgespräch vor. Versuchen Sie nach Möglichkeit, sich vorher über den Arbeitgeber zu informieren.
**2.** Achten Sie auf korrekte Kleidung und Frisur.
**3.** Nehmen Sie Ihre Originalzeugnisse und sonstige Unterlagen mit, die vielleicht von Interesse sein könnten.
**4.** Erscheinen Sie pünktlich zum festgesetzten Termin.
**5.** Nehmen Sie erst Platz, wenn man Sie dazu auffordert, und lehnen Sie eine Zigarette vorsichtshalber ab.
**6.** Titel in der Anrede sind nicht mehr gebräuchlich (außer dem Doktor- oder Professorentitel). Also nicht »Herr Direktor«, sondern »Herr ...«.

**7.** Zwischenfragen stellen, sie zeigen Ihr Interesse, aber dem Gesprächspartner nicht ins Wort fallen.
**8.** Kritik am letzten Arbeitsplatz oder an früheren Vorgesetzten unterlassen.
**9.** Ruhig eigene Notizen verwenden. Nichts ist ärgerlicher, als wenn man wichtige Fragen vergessen hat.
**10.** Nicht zu sehr in Einzelheiten gehen, wenn man weiß, daß noch andere Bewerber warten.

## Vom Grüßen und Begrüßen

Wer grüßt zuerst? Der Herr die Dame, der Jüngere den Älteren, ..., so liest man es allgemein, und so gilt es auch. Geschäftstüren ändern allerdings manches.

Im Betrieb grüßt man nach der Firmenhierarchie, d.h. der Untergebene grüßt den Vorgesetzten zuerst, unabhängig von Alter und Geschlecht. Darüber hinaus gelten natürlich die Grundregeln der Höflichkeit, die wir im Kapitel »Von Mensch zu Mensch« auch auf die Frage des Grüßens und Begrüßens angewandt haben (vgl. Seite 37 ff.). Wir beschränken uns hier daher auf einige Grundregeln zum Grüßen in der Firma.

FÜNF »GOLDENE« GRUSSREGELN

**1.** Wer einen Raum betritt, grüßt immer zuerst – auch die Kollegin, die Kollegen vorfindet, und der Chef oder die Chefin.
**2.** Bei Begegnungen grüßt immer derjenige zuerst, der in der Firmenhierarchie eine Stufe weiter »unten« steht. Der Azubi grüßt den Meister, die Sekretärin ihren Chef, der Abteilungsleiter den Firmeninhaber usw.
**3.** Man grüßt am Tage nur einmal beim Eintreffen (»Guten Morgen«) und beim Verlassen des Raumes (»Auf Wiedersehen!«).
**4.** Auf Treppen, Fluren und Höfen des Betriebes grüßt man Kunden, Geschäftspartner oder das Reinigungspersonal ebenso wie Kollegen. Die alte Regel, man habe nur Vorgesetzte und Bekannte zu grüßen, gilt nicht mehr.
**5.** Arbeitet man mit mehreren in einem Raum zusammen, braucht man nur bei Arbeitsbeginn in die Runde zu grüßen und niemandem die Hand zu reichen. Wenn man sich ständig sieht, ist ein Handschlag zur Begrüßung ohnehin nicht erforderlich.

Arbeitet ein Vorgesetzter im gleichen Raum, grüßt man selbstverständlich zu ihm hin – es ist jedoch nicht erforderlich, an seinen Tisch heranzutreten, wenn man nicht aus Gründen der Arbeitseinteilung ohnehin mit ihm sprechen muß.

#### Rauchen während der Arbeitszeit

In der Regel ist für Mitarbeiter des Betriebes das Rauchen in den Räumen verboten, in denen Kunden empfangen oder bedient werden, und zwar auch dann, wenn der Kunde rauchen darf. Hier sollte man sich nach den innerbetrieblichen Bestimmungen richten. Daneben gibt es betriebliche Vorschriften, die das Rauchen aus Sicherheitsgründen an bestimmten Plätzen allen untersagen.

Wie sieht es aber sonst mit dem Rauchen aus, am Arbeitsplatz oder in der Kantine? Rücksichtnahme ist auch hier oberstes Gebot. Als starker Raucher muß man Wege und Lösungen finden, die Nichtraucher nicht zu belästigen, zum Beispiel:

- Rauchen auf dem Flur oder im Treppenhaus oder am offenen Fenster (sofern nicht im ganzen Haus Rauchverbot herrscht),
- von Zeit zu Zeit eine kurze Zigarettenpause und anschließend sofortiges Lüften.

Nicht immer wird es möglich sein, Raucher und Nichtraucher zu trennen. Daher hilft nur gegenseitiges Verstehen, vielleicht auch vom Raucher hier und da ein Zugeständnis.

Soweit das Rauchen in der Kantine erlaubt ist, hilft auch hier wieder nur gegenseitige Rücksichtnahme. Auf jeden Fall ist es unhöflich, am Tisch zu rauchen, solange noch ein anderer ißt. Man sollte so lange warten, bis das Essen vorüber ist; denn fremder Zigaretten- oder Tabakrauch zur Suppe ist selbst leidenschaftlichen Rauchern ein Greuel. Übrigens betritt man auch nie mit brennender Zigarette ein fremdes Büro oder die Kantine.

#### Wer öffnet wem die Tür?

Man öffnet die Tür demjenigen, der schwerer trägt. Auch der Chef wird nicht auf den Gedanken kommen, ihm falle eine Perle aus der Krone, wenn er zwei eine Kiste schleppenden Mitarbeitern die Tür öffnet, neben der er gerade steht.

Ein junger Chef wird auch einem Betriebsveteranen gern diesen Dienst erweisen, und jeder Chef wird den wesentlich älteren Angestellten gern den Vortritt lassen, ohne erst lange die Jahre abzuwägen, solange er nicht gerade an einer »Kiste« von Problemen trägt.

Selbstverständlich: wer schwer zu tragen hat, wird durch Aufhalten der Tür unterstützt

Der Angestellte eines Porzellangeschäfts, der eine wertvolle Vase, die er mit beiden Händen tragen soll, hinfallen läßt, weil er dem Chef schnell die Tür öffnen will, ist ein schlechter Angestellter. Er hat übersehen, daß in diesem Falle die Sache wichtiger war. Heute darf niemand von seinen Mitarbeitern Unterwürfigkeit verlangen. Im Laufschritt heranzupirschen, um mit letzter Puste einem Vorgesetzten die Tür öffnen zu können, ist unnatürlich. Es wirkt ebenso lächerlich wie das krampfhafte Wegsehen desjenigen, der sich aus Mangel an Selbstbewußtsein vor einer solch kleinen Aufmerksamkeit drücken möchte.

## Die Sache geht vor

Die Werte, mit denen wir arbeiten, und die Werte, die wir durch unsere Arbeit schaffen, stellen letzten Endes die Grundlage für den Lohn dar. Mit der Qualität der Arbeit oder der Ware steht und fällt der Ruf, mit dem Ruf der Bestand der Firma. Ebenso wichtig ist das höfliche und zuvorkommende Verhalten Kundinnen und Kunden gegenüber. So erweist jeder, der seine Pflichten ernst nimmt – und sei es die kleinste –, auch sich selbst einen Dienst.

Es wäre also unklug von der Geschäftsleitung, von den Arbeitern am Fließband zu verlangen, sich beim Nahen des Chefs oder wichtiger Kunden zu erheben, um ihren Gruß zu erwidern.

Es wäre sogar leichtfertig vom Apotheker zu wünschen, die gerade mit dem Einzählen von Gifttropfen für eine Medizin beschäftigte Laborantin sollte ihre Arbeit unterbrechen, wenn er eine Frage an sie richtet. Sie überhört seine Worte und konzentriert sich nun erst recht auf die Sache, bis sie damit fertig ist. Aber dann wendet sie sich dem Chef zu und erklärt kurz den Grund dafür, weshalb sie nicht gleich geantwortet hat. Er selbst würde sich im umgekehrten Falle (hoffentlich) ebenso verhalten.

Nicht immer, aber sehr oft geht die Sache vor. Zwischendurch ist jedoch immer Zeit für ein aufmunterndes, ein persönliches, ein freundliches Wort.

DREI »GOLDENE« REGELN ZUM AUFSTEHEN

**1.** Wenn der Chef an einen Schreibtisch herantritt, braucht nicht einmal der auf seine Arbeit konzentrierte Auszubildende aufzustehen. Reicht der Chef die Hand zum Gruß, stehen Betriebszugehörige auf.
**2.** Wer am bewegten Fließband arbeitet oder sich aus Sicherheitsgründen auf seine Arbeit konzentrieren muß – etwa bei der Überwachung von Schaltanlagen, Kontrolleinrichtungen, beim Beschicken von Öfen und Förderanlagen, bei der Bedienung laufender Maschinen, bei der Versorgung Kranker und Verletzter –, braucht nur Rede und Antwort zu stehen, wenn es seine Aufgabe gerade erlaubt, und braucht sich auch einem Vorgsetzten nicht zuzuwenden, solange er sein Augenmerk auf die Arbeit richten muß.
**3.** Eine Sekretärin braucht ihre Tätigkeit an der Schreibmaschine oder am PC nicht zu unterbrechen, wenn der Chef das Zimmer eines Angestellten betritt, in dem sie arbeitet.

Dem Kunden öffnet auch der ältere Angestellte die Tür wie daheim der betagte Gastgeber seinem jungen Gast. Ja, selbst die Verkäuferin läßt dem Herrn den Vortritt, wenn es nicht praktischer ist – also der Sache dient –, ihn folgen zu lassen, um ihm so besser den Weg zeigen zu können; dann jedoch nie, ohne gefragt zu haben: »Darf ich vorangehen?« Wenn ein Kunde in ihr Gesichtsfeld tritt, werden nicht nur Angestellte, sondern auch die Inhaber selbst ein wichtiges geschäftliches Gespräch unterbrechen. Da der Kunde nicht ahnen kann, worüber sie reden, wird er vielleicht an ihrer guten Erziehung und damit zugleich am Ruf des Hauses zweifeln, wenn sie ihn auch nur eine halbe Minute unbeachtet stehen lassen – gleichgültig, ob er sich nun in einem Modeatelier oder in einer Tankstelle befindet.

Dabei kommt es weniger darauf an, den Kunden sofort zu bedienen, als mit einem freundlichen Wort von ihm Notiz zu nehmen. »Einen Augenblick, bitte!« genügt zwar, grundsätzlich eine kurze Erklärung hinzuzufügen ist aber besser, etwa: »Ich will nur die Tür schließen!« (Der Kunde sagt sich: »Gut, damit es nicht zieht«);

»Das Atelier benötigt eine dringende Terminangabe!« (Der Kunde: »Hier werden Liefertermine ernst genommen!«);

»Ich möchte mir schnell die Hände waschen!« (Der Kunde: »Hier hält man auf Sauberkeit!«);

»Die Kundin vor Ihnen hat ihre Handschuhe vergessen!« (Der Kunde: »Das ist wirklich Dienst am Kunden!«);

»Ich werde die für diese Abteilung zuständige Verkäuferin herbeirufen! Sie ist eben zur Kasse gegangen!« (Der Kunde: »Hier herrscht Ordnung!);

»Ich will nur dafür sorgen, daß der Stapel nicht umkippt!« (Der Kunde: »Hier wird die Ware gepflegt!«).

Es kommt darauf an, dem Kunden, um den man sich nicht sofort kümmern kann, mit wenigen Worten verständlich zu machen, daß das kurze Warten ihm selbst oder einem anderen Kunden zugute kommt.

Gute Umgangsformen haben nichts mit Schmeichelei zu tun – sie wirken um so überzeugender, je mehr sie mit natürlichem Selbstbewußtsein gepaart sind, je mehr der Kunde das Gefühl hat, von einem denkenden Menschen betreut und nicht von einer Verkaufsmaschine mit eingetrichterten Redensarten abgefertigt zu werden. Der Kunde möchte nicht beschwatzt, sondern beraten werden. Es kann jedoch nur beraten, wer sich selbst um die genaue Kenntnis der Waren bemüht, die er anzubieten hat.

Die Erklärung, die Ware sei gut, bedeutet vielen Kunden nichts. Sie wollen wissen, warum sie gut ist. Je mehr ein Verkäufer dazu sagen kann, um so mehr wird er vom Kunden geachtet, um so freundlicher behandelt werden.

Nur wer wenig oder nichts weiß, unterliegt der Gefahr, patzig zu werden, wenn der Kunde sich nicht schnell überzeugen läßt.

Ein selbstbewußter Verkäufer wird selbst dann nicht unhöflich, verliert nie die Geduld, selbst wenn der Kunde sich gehenlassen sollte. Denn er steht an seinem Arbeitsplatz, er steht – was leider so viele Verkäuferinnen und Verkäufer in den zugegebenermaßen oft ärgerlichen Situationen mit ungezogenen Kunden vergessen – als Vertreter des Chefs vor dem Kunden. Für ihn verteidigt er notfalls in aller Form die Qualität der Ware, wenn sie zu Unrecht bemängelt wird.

#### Das »Du«

Früher war das »Du« im Berufsleben derart verpönt, daß sogar Brüder, die im selben Betrieb arbeiteten, sich während der Arbeitszeit vor den anderen Angestellten – vor allem aber vor den Kunden – zu siezen hatten. Das hat sich geändert.

Freunde und Freundinnen, die sich privat duzen und im gleichen Hause arbeiten, können heute untereinander – auch vor den Kunden und den anderen Mitarbeitern – das »Du« benutzen, sofern keine anderslautende Regel für den Betrieb besteht. Lediglich gegenüber dem Kunden sollte der jeweils andere als »Frau ...« oder »Herr ...« bezeichnet werden.

Genauso verhält es sich gegenüber dem Chef. Zwei Sekretärinnen mögen noch so gut miteinander befreundet sein, spricht die eine gegenüber dem Abteilungsleiter von der anderen, so wird sie den Nachnamen der Kollegin benutzen. Sprechen die beiden in Gegenwart des Chefs miteinander, dürfen sie sich heute duzen.

Es wird insgesamt heute wieder mehr und leichter geduzt, das findet auch im Arbeitsleben seinen Niederschlag. Die früher oft vertretene Ansicht, es schade dem Ansehen des Vorgesetzten, wenn irgend jemand ihn duzt, und sei es ein Mitarbeiter auf gleicher Ebene, gilt heute nicht mehr. Der Chef verliert nicht an Respekt, weil ein alter Studienkollege, der im gleichen Hause arbeitet, mit ihm per du ist. Heute wird man eher den Kopf schütteln, wenn er der bloßen

Fassade des Ansehens wegen die private Freundschaft zu einem innerbetrieblich Rangniederen leugnet. Man sollte allerdings nicht so weit gehen, seinem Chef das Du anzubieten: Innerhalb der Firmenhierarchie geht dieses Angebot üblicherweise von dem oder der Vorgesetzten aus.

Während gleichrangige Mitarbeiter sich heute also mehr und häufiger als früher duzen, gilt umgekehrt die Regel: Auszubildende sind grundsätzlich nicht ohne ihr Einverständnis zu duzen.

Früher sagte man: »Dem Lehrling fällt kein Zacken aus der Krone, wenn der Meister ihn duzt.« Heute gibt es keine Lehrlinge mehr, nur noch Auszubildende – und das sind junge Erwachsene, denen von seiten der Vorgesetzten und Ausbilder ein »Sie« zusteht, auf das sie freiwillig und von sich aus verzichten können. Daß sich die Auszubildenden untereinander dennoch duzen – sofern die innerbetriebliche Ordnung nichts anderes vorschreibt –, steht auf einem anderen Blatt.

Je selbstverständlicher man dem jungen Betriebszugehörigen das Gefühl vermittelt, ein geachtetes (und nicht etwa ein bei jeder Gelegenheit zu duzendes) Glied der Firma zu sein, um so mehr werden sich gerade die besten für die Sache des Betriebes einsetzen.

## Ausländische Kollegen

Rücksichtnahme und Takt sind immer angebracht, wo man mit ausländischen Kollegen zusammenarbeitet. Das bedeutet schlicht, man ist gegenüber dem ausländischen Mitarbeiter genauso tolerant, hilfsbereit und freundlich wie gegenüber dem einheimischen Mitarbeiter. So diskriminierend ein unfreundliches, herablassendes Verhalten ist, so unangebracht ist ein übertrieben zuvorkommendes Benehmen.

Vor allem sollte man auch immer bedenken, daß nicht jeder, der fremd aussieht, auch zwangsläufig Ausländer ist. Viele, zumal jüngere Menschen, sind – trotz anderer Hautfarbe und anderem Aussehen – hier geboren und besitzen die deutsche Staatsbürgerschaft. Das begründet ihnen gegenüber kein anderes Verhalten als gegenüber allen anderen Menschen, im Gegenteil sollte dies unser Verständnis dafür schärfen, daß alle, ob In- oder Ausländer, zunächst einmal Mitmenschen sind.

Wer über Sprachschwierigkeiten des anderen lacht, vergißt, daß er im Urlaub häufig in eine ähnliche Situation kommt und dann selbstverständlich Hilfsbereitschaft und Verständnis erwartet.

Es gibt keinen Grund, sich über andere Eßgewohnheiten lustig zu machen. Religiöse Vorschriften verbieten ausländischen Kollegen mancherlei. Es ist zum Beispiel völlig unangebracht, einen Muslim zum Essen von Schweinefleisch oder zum Trinken von Alkohol aufzufordern.

Vorsicht vor dem Ehren- und Sittenkodex anderer. Eifersucht kann lebensgefährliche Folgen haben. Beleidigungen können zu einer bedrohlichen Situation führen. Einen ausländischen Mitarbeiter oder gar dessen Frau zu duzen, ohne daß man mit ihnen befreundet ist, kann unter Umständen sehr unliebsame Folgen haben.

Auch wenn besonders jüngere ausländische Mitarbeiter deutsch sprechen, bedeutet das noch nicht unbedingt, daß sie so denken wie wir. Der Einfluß der Familie ist nachhaltig, und Religion, Sitten und Gebräuche sowie die Mentalität können völlig anders sein als bei uns.

Arbeitnehmerinnen aus dem Ausland arbeiten häufig zum ersten Mal in ihrem Leben in einem Betrieb. Dementsprechend ist vieles für sie ungewohnt. Nicht nur die männlichen Kollegen sollten darauf Rücksicht nehmen. Aufdringlichkeit und Respektlosigkeit können oft schwerwiegendere Folgen haben, als das gegenüber deutschen Kollegen der Fall ist. Stolz und Empfindsamkeit sind bei ausländischen Arbeitnehmerinnen häufig besonders stark entwickelt. Der Islam fordert von den Frauen unter Umständen, einen Schleier oder ein Kopftuch (Tschador) zu tragen. Es würde für sie die Verletzung eines religiösen Tabus bedeuten, sie aufzufordern, das Tuch abzulegen.

Immer helfen Verständnis und die Bereitschaft, dem ausländischen Mitarbeiter und Kollegen gegenüber tolerant zu sein, auch wenn man manches nicht begreift. Integration bei uns bedeutet nicht völlige Anpassung und Aufgabe alles dessen, was der Ausländer in seiner Heimat gewohnt war.

Bei neuen ausländischen Mitarbeitern und Kollegen sind Geduld und Verständnis das oberste Gebot. Geben Sie sich Mühe, den Arbeitsplatz zu erklären, und werden Sie nicht ungeduldig, wenn die Neuen, weil sie Sprachschwierigkeiten haben oder die Arbeit für sie ungewohnt ist, nicht gleich alles verstehen.

Treffen wir einen ausländischen Arbeitskollegen in der Freizeit, auf der Straße, so ist Grüßen eine Selbstverständlichkeit. Allerdings sollten wir bedenken, daß in anderen Ländern möglicherweise andere Grußsitten herrschen als bei uns. Wir werden also nicht allein unsere Maßstäbe zugrunde legen, sondern auch die Sitten des anderen bedenken. Grüßt er beispielsweise die Sie begleitende Frau nicht zuerst, so kann es daran liegen, daß es bei ihm eben nicht üblich ist, eine Frau zuerst zu grüßen. Daß es sich um einen ungehobelten Klotz handelt, sollten wir erst zu allerletzt annehmen. Umgekehrt erwarten wir ja auch, daß der Fremde uns nachsieht, wenn wir den – in seinen Augen möglicherweise schweren, schon ehrenrührigen – Fauxpas begehen, zuerst seine Frau, seine Tochter oder Schwester zu begrüßen.

Aus diesem einen Beispiel geht schon hervor, wie wichtig es ist, mit dem Fremden, der regelmäßig in unserer Nähe oder mit uns zusammenarbeitet, ein Gespräch über solche Fragen zu führen. Der wiederholte Gedankenaustausch, der mit den Worten »Wie ist es in Ihrer Heimat? Wie verhält man sich bei Ihnen, wenn ...?« beginnt, kann viele Komplikationen von vornherein aus der Welt schaffen.

## Die Pause

Auch in der Arbeitspause sollte man selbstverständlich Rücksicht auf den oder die Kollegen nehmen.

Stark riechende Lebensmittel können dem Nebenmann den Appetit nehmen. Für manchen genügt es, zusehen zu müssen, wie jemand sein Brot in schmutzige Hände nimmt, oder zuhören zu müssen, wenn einer in der Nähe schmatzt. Den Nichtraucher stört der Rauch des Zigarettengenießers neben ihm. Sauberkeit und Rücksichtnahme sind die Vorbedingungen dafür, daß sich jeder, der an eine Gemeinschaft gebunden ist, in ihr wohlfühlt.

Für das Grüßen und Begrüßen gilt in der Kantine dasselbe wie in den anderen Bereichen des Betriebes (vgl. Seite 228). Außerdem wünscht man natürlich den Kolleginnen und Kollegen, an deren Tisch man Platz nimmt, einen »Guten Appetit«. Auch die Vorgesetzten erholen sich in der Mittagspause besser, wenn sie sich auf das Essen konzentrieren und nicht nebenbei aufpassen müssen, ob sie nicht einen Grüßenden übersehen.

Muß das Essen an einem Schalter in Empfang genommen werden, tut man besser daran, das Warten in der Schlange zur Erholung zu rechnen, statt durch Drängeln die eigenen und die Nerven anderer zu strapazieren.

In dieser Schlange gibt es keinen Vorrang. Wer zuerst kommt, mahlt zu erst. Wer sich durch Laufschritt einen besseren Platz sichern will, macht sich nur lächerlich. Rücksichtslos ist es, sich als vorgesetzter Angestellter von jüngeren in der Kantine bedienen zu lassen, weil das auf Kosten der Erholung anderer geht. Die Annahme, daß die weiblichen Tischgenossinnen von Natur aus für das Servieren bestimmt wären, ist ein großer Irrtum. Sich beim Abräumen in der Kantine im Mitnehmen der Teller und Bestecke anderer abzuwechseln ist eine gute Lösung.

## Familienfeste im Betrieb

Geburtstag und Namenstag sind Feste der Familie und des engsten Freundeskreises. Auch am Arbeitsplatz sollten sie sich auf den engsten Kreis beschränken. Es ist gewiß eine schöne Sitte, der Kollegin, dem Kollegen am persönlichen Feiertag einen Blumenstrauß zu überreichen oder, wo es möglich ist, den Arbeitsplatz zu schmücken. Dabei ist die Aufrichtigkeit des Freudebereitens jedoch entscheidender als Ausmaß oder gar Kosten.

In vielen Betrieben ist es üblich, daß vorher einer der Mitarbeiter von allen Kollegen ein wenig Geld einsammelt, um einen Blumenstrauß oder ein anderes Geschenk für das Geburtstagskind zu besorgen.

Man sollte bei der Überlegung, wie man dem zu Feiernden eine Freude bereiten könnte, jedoch nicht voraussetzen, daß sich dieser zwangsläufig revanchieren muß (etwa mit einer großen Einladung). Und man sollte vor allem auch sogenannte scherzhafte Hinweise unterlassen, in denen sich die Erwartung ausdrückt, der Gefeierte möge Kaffee und Kuchen oder eine Runde Bier spendieren.

Wo derartige Sitten erst einmal als allseitige Verpflichtung einreißen, ist der eigentliche Sinn des Glückwunsches zumindest für einen Teil der Betroffenen dahin. Es gilt nämlich auch an jene zu denken, von deren Lohnkonto eine größere Familie leben muß. Gemeinschaftsgeschenke setzen von allen sehr viel Takt voraus.

VERHALTEN BEI DER GRATULATION

Im Zusammenhang mit einer Gratulationscour kommt die Frage auf, ob derjenige, der die guten Wünsche entgegennimmt, dazu von seinem Platz aufstehen muß oder ob er sitzen bleiben kann. Die üblichen Höflichkeitsregeln besagen folgendes: Während es nicht unbedingt erforderlich ist, daß sich beispielsweise die Chefin erhebt, wenn sie einen jüngeren Mitarbeiter oder eine Mitarbeiterin in ihr Büro rufen läßt, um mit ihnen zu sprechen, so wird sie doch aufstehen, wenn sie eine Gratulation entgegennimmt. Denn eine Gratulation, gleichgültig ob zum Geburtstag, zur Hochzeit, zur Geburt eines Kindes, zur Beförderung oder was auch immer, ist im allgemeinen ja ein umfassenderer Austausch von Höflichkeiten, der mit einem Händeschütteln einhergeht.

Manchmal kommt es auch vor, daß im Rahmen einer Betriebsversammlung oder auch bei einem Betriebsfest Mitarbeiter erwähnt werden, die ihr zehn-, zwanzig- oder fünfundzwanzigjähriges

Dienstjubiläen werden häufig mit einer kleinen Zeremonie verbunden. Die Überreichung von Geschenken und Urkunden findet üblicherweise im Stehen statt

Dienstjubiläum feiern. Wenn im Rahmen einer Ansprache diese Kollegen lediglich namentlich erwähnt werden, dann dürfen sie dabei selbstverständlich sitzen bleiben. Sie brauchen nicht aufzustehen und müssen sich nicht in die Runde verbeugen. Wird ihnen dabei eine Urkunde verliehen, vielleicht auch ein Geschenk überreicht, so ist das eine kleine Zeremonie, und dazu erhebt man sich als Betroffener.

Beförderung, Ein- und Ausstand

Niemand, der befördert wird oder in einem Betrieb oder einer neuen Abteilung seine Arbeit aufnimmt oder ausscheidet, ist verpflichtet, aus diesem Anlaß Vorgesetzte und Kollegen einzuladen. Sie sollten aber überlegen, ob Sie nicht im Interesse einer künftigen guten Zusammenarbeit oder als Dank für die bisherige Zuammenarbeit mit Ihren Kolleginnen und Kollegen zusammenkommen und für sie eine Feier ausrichten, selbst wenn das mit Kosten verbunden ist. Am besten erkundigen Sie sich vorher, welcher Rahmen dafür üblich ist, und auch, ob eine solche Veranstaltung während der Arbeitszeit oder nach Feierabend stattfinden soll.

Bei ganz besonderen Anlässen, etwa einer sehr langen Betriebszugehörigkeit oder einer Beförderung in eine sehr hohe Position, sprechen Sie sich am besten mit Ihren Vorgesetzten oder der Geschäftsleitung ab. Eventuell wird auch von Betriebsseite eine Veranstaltung geplant.

## Der kranke Kollege

Chronische Krankheiten und Behinderungen

Es gibt chronische Krankheiten, mit denen man sehr lange leben und ein verhältnismäßig normales Leben führen kann, beispielsweise die Zuckerkrankheit. Dennoch ist es manchmal unerläßlich, daß man als Betroffener die engsten Kollegen informiert, damit sie im Notfall wissen, was zu tun ist.

Wer von einer solchen Krankheit eines Kollegen weiß, nimmt Rücksicht, ohne den Kollegen seine Ausnahmesituation ständig fühlen zu lassen. Je selbstverständlicher der taktvolle Umgang, desto angenehmer ist es für alle Beteiligten. Man vermeidet unnötige, von bloßer Neugier diktierte Fragerei. Andererseits sollte man informiert sein, was zu tun ist, wenn der Kranke vielleicht plötzlich einen Anfall bekommt.

Ebenso verhält man sich gegenüber dem behinderten Kollegen. Wo Hilfestellung nötig und erwünscht ist, leisten wir sie selbstverständlich, wir drängen sie aber nicht auf, und keinesfalls verweigern wir sie.

BESUCHE BEI KRANKEN KOLLEGEN

Wenn ein Arbeitskollege wegen einer Erkältung nicht zur Arbeit kommen kann, dann werden ihm die Kollegen nicht gleich einen Besuch abstatten. Andererseits kann es für einen alleinstehenden Menschen hilfreich sein, wenn es einen guten Bekannten oder lieben Kollegen gibt, der auch bei einer geringfügigen Krankheit nach ihm schaut, ihm vielleicht ein paar Lebensmittel aus dem Supermarkt mitbringt oder ein Medikament aus der Apotheke besorgt.

Auch der Kollege, der sich »nur« den Arm oder das Bein gebrochen hat, kann nicht zur Arbeit kommen, obwohl er sich körperlich vielleicht schon wieder wohlfühlt. Er wird sich über den Besuch von Arbeitskollegen wahrscheinlich freuen.

In jedem Fall gebietet es die Höflichkeit, daß man seinen Besuch vorher ankündigt und daß man respektiert, wenn ein Besuchsangebot abgelehnt wird. Schließlich muß man bedenken, daß Kranke nicht nur krank sind, sondern meist auch angegriffen aussehen. Nicht jeder möchte sich jedem anderen in seiner Schwäche präsentieren.

## Neue Kollegen

Wer als neuer Mitarbeiter in eine Firma oder einen Betrieb kommt, ist gewissermaßen in einer ähnlichen Situation wie ein Partygast, der als einziger alle anderen Gäste nicht kennt. Nicht jeder ist einer solchen Situation gewachsen, nicht jedem ist es gegeben, damit souverän umzugehen.

Ein umsichtiger Vorgesetzter wird deshalb zunächst einmal dafür sorgen, daß der neue Mitarbeiter den anderen Kolleginnen und Kollegen vorgestellt wird. Je nach Art und Größe des Betriebes wird der Chef diese Aufgabe selbst übernehmen.

Wer bereits länger in einem bestimmten Hause arbeitet, hat sozusagen den Heimvorteil. Es wäre wünschenswert, wenn einer oder alle Kollegen sich darum bemühten, der/dem neu Hinzugekommenen die Eingewöhnung so leicht wie möglich zu machen. Dazu gehört auf der anderen Seite natürlich ein neuer Kollege, der sich für Rat und Hilfestellung empfänglich zeigt. Wer glaubt, sowieso alles besser zu wissen, dem werden sich die Kollegen bald entziehen.

## Rücksichtnahme und Vertrauen

**1.** Krankheitsursachen unterliegen der ärztlichen Schweigepflicht. Jeder, der von der Krankheit eines Kollegen erfährt, sollte eine Diagnose für sich behalten.
**2.** Äußerungen, die den Ruf der Firma, ihrer Inhaber oder von Kolleginnen und Kollegen schädigen könnten, Klatsch und Tratsch fallen stets auf den zurück, der sie verbreitet.
**3.** Jeder sollte mißtrauisch jenen Kolleginnen und Kollegen gegenüber sein, die unter dem Siegel strengster Verschwiegenheit abfällig über Kollegen, Kolleginnen oder Vorgesetzte reden.
**4.** Körperpflege und saubere Kleidung sind nicht nur Gebote der Hygiene zum eigenen Nutzen, sondern eine Forderung der Rücksichtnahme gegenüber den Kolleginnen und Kollegen sowie gegenüber den Kunden.
**5.** Zum Essen in der Gemeinschaft sollte man keine stark riechenden Lebensmittel mitbringen.
**6.** Vor jüngeren oder noch unerfahrenen Betriebszugehörigen mit seiner besseren Leistung oder seinem höheren Lohn zu prahlen, ist taktlos. Niemand sollte vergessen, daß er selbst einmal angefangen hat, und darum bemüht sein, neuen Kollegen das Einleben an ihrem Arbeitsplatz möglichst leicht zu machen.
**7.** Auch aus triftigem Grunde sollte kein Vorgesetzter einen Mitarbeiter in Gegenwart anderer zur Rede stellen oder gar abkanzeln.
**8.** Niemand, auch kein Vorgesetzter, sollte die Schreibtischfächer eines anderen Betriebszugehörigen in dessen Abwesenheit durchsehen, es sei denn, eine besondere Situation, etwa Krankheit, zwingt dazu, an geschäftlich unentbehrliche Unterlagen heranzukommen. In solchen Fällen sollte dann mindestens ein Zeuge zugezogen werden. Dasselbe gilt auch für Kleiderspinde und alle der persönlichen Verantwortung eines Betriebszugehörigen anvertrauten abgeschlossenen Schränke, Einzelfächer, Werkzeugkästen.

# Stetes Umdenken statt eherner Regeln

Ob im Arbeitsleben oder im privaten Alltag, bei Familienfeiern oder bei besonderen Anlässen – entsprechende Umgangsformen machen für alle das Zusammenleben und Zusammensein angenehmer. Und das Wissen um angebrachtes Verhalten in den verschiedensten Lebenslagen hilft sicherlich auch, Unsicherheiten zu vermeiden und in vielen Situationen souverän aufzutreten. Der vorliegende Ratgeber bietet hierfür zahlreiche Empfehlungen und Anhaltspunkte, die als Orientierung dienen können.

Dabei geht es keinesfalls darum, ein festes, unumstößliches Regelwerk an die Hand zu geben. In unserer schnellebigen Zeit, geprägt von rasanten technologischen Entwicklungen und gesellschaftlichen Veränderungen, scheinen sich auch Umgangsformen immer rascher zu wandeln. Doch vieles bleibt im Kern erhalten; Änderungen der äußerlichen „Form“ bedeuten nicht, daß Takt und Rücksichtnahme keine Rolle mehr spielen.

Von vielen als Kommunikationsmedium der Zukunft betrachtet, bietet das in den 90er Jahren entstandene Internet hierfür ein gutes Beispiel. Benutzer dieses nahezu weltumspannenden, anfangs von niemand kontrollierten Computernetzes einigten sich recht bald auf eine bestimmte „Netiquette“. Diese Wortschöpfung aus Net und Etikette steht für bestimmte Verhaltensregeln, die beim Informationsaustausch im Internet beachtet werden sollen.

Abschließend sei noch einmal an den Leitgedanken dieses Buches erinnert, wie er im einführenden Kapitel dargelegt ist: Es kommt nicht auf starre Regeln, nicht auf festgefügte Etikette an, sondern auf die ständige Bereitschaft zum Umdenken! „Weniger Formen, mehr Takt“, „Höflichkeit mit Herz“ – mit diesen eingangs genannten Grundprinzipien wird man in der Lage sein, Umgangsformen immer wieder neuen Gegebenheiten anzupassen.

## Anhang: Anreden. Beispiele für Gespräch und Briefwechsel

| Persönliche Anrede | Schriftliche Anrede | Briefanschrift |
|---|---|---|
| **a) Träger öffentlicher Ämter und Funktionen** | | |
| ■ Bundespräsident | | |
| Herr Bundespräsident | Hochverehrter/<br>Sehr verehrter<br>Herr Bundespräsident | Herrn Bundespräsidenten<br>*(Zusatz nur im internationalen Schriftverkehr:*<br>der Bundesrepublik Deutschland)<br>(Akadem. Grad) Vorname Name |
| ■ Bundeskanzler | | |
| Herr Bundeskanzler | Sehr verehrter/geehrter<br>Herr Bundeskanzler | Herrn Bundeskanzler<br>*(Zusatz nur im internationalen Schriftverkehr:*<br>der Bundesrepublik Deutschland)<br>(Akadem. Grad) Vorname Name |
| ■ Präsidentin des Deutschen Bundestages | | |
| Frau Bundestags-<br>präsidentin,<br>Frau Präsidentin | Sehr verehrte/<br>geehrte Frau Bundes-<br>tagspräsidentin | Präsidentin des Deutschen Bundestages<br>Frau (Akadem. Grad) Vorname Name |
| ■ Präsident des Deutschen Bundestages | | |
| Herr Bundestags-<br>präsident,<br>Herr Präsident | Sehr verehrter/<br>geehrter Herr Bundes-<br>tagspräsident | Präsidenten des Deutschen Bundestages<br>Herrn (Akadem. Grad) Vorname Name |
| ■ Bundesratspräsident | | |
| Herr Präsident | Sehr geehrter/verehrter<br>Herr Bundesrats-<br>präsident | Präsidenten des Bundesrates<br>Herrn Ministerpräsidenten [1)]<br>(Akadem. Grad) Vorname Name |
| ■ Vizepräsidentin des Bundesrates | | |
| Frau Präsidentin | Sehr geehrte/verehrte<br>Frau Präsidentin | Vizepräsidentin des Bundesrates<br>Frau Ministerpräsidentin [1)]<br>(Akadem. Grad) Vorname Name |
| ■ Vizepräsident des Bundesrates | | |
| Herr Präsident | Sehr geehrter/verehrter<br>Herr Präsident | Vizepräsidenten des Bundesrates<br>Herrn Ministerpräsidenten [1)]<br>(Akadem. Grad) Vorname Name |

1) Berlin: Regierende(r) Bürgermeister(in); Freie Hansestadt Bremen: Bürgermeister(in); Freie und Hansestadt Hamburg: Erste(r) Bürgermeister(in)

| Persönliche Anrede | Schriftliche Anrede | Briefanschrift |
|---|---|---|
| ■ Direktorin des Bundesrates | | |
| Frau Direktorin | Sehr geehrte Frau Bundesratsdirektorin | Direktorin des Bundesrates<br>Frau (Akadem. Grad) Vorname Name |
| ■ Landtagspräsident | | |
| Herr Präsident | Sehr geehrter Herr Landtagspräsident<br><br>**Berlin, Bremen, Hamburg:**<br>Sehr geehrter Herr Präsident | Präsidenten ...<br>a) der Bremischen, Hamburgischen Bürgerschaft<br>b) des Abgeordnetenhauses von Berlin<br>c) des Bayerischen, Hessischen, Niedersächsischen, Schleswig-Holsteinischen Landtages<br>d) des Landtages des Saarlandes<br>e) des Landtages Nordrhein-Westfalen, Rheinland-Pfalz<br>f) des Landtages von Baden-Württemberg, Brandenburg, Mecklenburg-Vorpommern, Sachsen, Sachsen-Anhalt, Thüringen<br>Herrn (Akadem. Grad) Vorname Name |
| ■ Fraktionsvorsitzende | | |
| Frau Vorsitzende/ Abgeordnete/Frau (Akadem. Grad) Name | Sehr geehrte Frau Vorsitzende/ Abgeordnete/Frau (Akadem. Grad) Name | Vorsitzende der Fraktion der ...<br>im Deutschen Bundestag<br>Frau (Akadem. Grad) Vorname Name |
| ■ Fraktionsvorsitzender | | |
| Herr Vorsitzender/ Abgeordneter/Herr (Akadem. Grad) Name | Sehr geehrter Herr Vorsitzender/ Abgeordneter/Herr (Akadem. Grad) Name | Vorsitzenden der Fraktion der ...<br>im Deutschen Bundestag<br>Herrn (Akadem. Grad) Vorname Name |
| ■ Parlamentarische Geschäftsführerin | | |
| Frau Abgeordnete/ Frau (Akadem. Grad) Name | Sehr geehrte Frau Abgeordnete/Frau (Akadem. Grad) Name | Parlamentarische Geschäftsführerin der Fraktion der ... im Deutschen Bundestag<br>Frau (Akadem. Grad) Vorname Name |
| ■ Parlamentarischer Geschäftsführer | | |
| Herr Abgeordneter/ Herr (Akadem. Grad) Name | Sehr geehrter Herr Abgeordneter/Herr (Akadem. Grad) Name | Parlamentarischen Geschäftsführer der Fraktion der ... im Deutschen Bundestag<br>Herrn (Akadem. Grad) Vorname Name |

| Persönliche Anrede | Schriftliche Anrede | Briefanschrift |
|---|---|---|
| ■ Ausschußvorsitzender | | |
| Herr Vorsitzender/ Abgeordneter/Herr (Akadem. Grad) Name | Sehr geehrter Herr Vorsitzender/ Abgeordneter/ Herr (Akadem. Grad) Name | Vorsitzenden des ...ausschusses (des Ausschusses für ...) des Deutschen Bundestages<br>Herrn (Akadem. Grad) Vorname Name |
| ■ Wehrbeauftragter | | |
| Herr Wehrbeauftragter/ Herr (Akadem. Grad) Name | Sehr geehrter Herr Wehrbeauftragter/Herr (Akadem. Grad) Name | Wehrbeauftragten des Deutschen Bundestages<br>Herrn (Akadem. Grad) Vorname Name |
| ■ Ministerpräsident, Regierender Bürgermeister*, Bürgermeister*, Erster Bürgermeister* | | |
| Herr Ministerpräsident<br><br>**Berlin:**<br>Herr Regierender Bürgermeister<br><br>**Bremen:**<br>Herr Bürgermeister<br><br>**Hamburg:**<br>Herr Erster Bürgermeister | Sehr geehrter Herr Ministerpräsident<br><br>**Berlin:**<br>Sehr geehrter Herr Regierender Bürgermeister<br><br>**Bremen:**<br>Sehr geehrter Herr Bürgermeister<br><br>**Hamburg:**<br>Sehr geehrter Herr Erster Bürgermeister | a) Ministerpräsidenten des Landes ... (Baden-Württemberg, Brandenburg, Mecklenburg-Vorpommern, Nordrhein-Westfalen, Rheinland-Pfalz, Saarland, Sachsen-Anhalt, Schleswig-Holstein, Thüringen)<br>b) Ministerpräsidenten des Freistaates ... (Bayern, Sachsen)<br>c) Hessischen Ministerpräsidenten Niedersächsischen Ministerpräsidenten<br>d) Regierenden Bürgermeister von Berlin<br>e) **Bremen:** Bürgermeister der Freien Hansestadt Bremen<br>f) **Hamburg:** Ersten Bürgermeister ... der Freien und Hansestadt Hamburg<br>Herrn (Akadem. Grad) Vorname Name |
| ■ Bundesministerin | | |
| Frau Ministerin | Sehr geehrte Frau Bundesministerin | Bundesministerin des/der/für ...<br>Frau (Akadem. Grad) Vorname Name |
| ■ Bundesminister | | |
| Herr Minister | Sehr geehrter Herr Bundesminister | Bundesminister des/der/für ...<br>Herrn (Akadem. Grad) Vorname Name |

* Diese Bezeichnungen gelten für die Stadtstaaten. In den Ländern Bremen und Hamburg werden diese Bezeichnungen ungeachtet der Funktionen als Präsidenten des Senats so verwendet.

| Persönliche Anrede | Schriftliche Anrede | Briefanschrift |
|---|---|---|
| ■ Landesminister, Staatsminister, Senator | | |
| Herr Minister<br><br><br>**Bayern, Hessen, Rheinland-Pfalz, Sachsen:**<br>Herr Staatsminister<br><br><br>**Berlin, Bremen, Hamburg:**<br>Herr Senator | Sehr geehrter Herr Minister<br><br><br>**Bayern, Hessen, Rheinland-Pfalz, Sachsen:**<br>Sehr geehrter Herr Staatsminister<br><br><br>**Berlin, Bremen, Hamburg:**<br>Sehr geehrter Herr Senator | a) Minister des/der/für ... des Landes ... (Baden-Württemberg, Brandenburg, Mecklenburg-Vorpommern, Niedersachsen, Nordrhein-Westfalen, Saarland, Sachsen-Anhalt, Schleswig-Holstein, Thüringen)<br>b) Staatsminister des/der/für ... des Landes Rheinland-Pfalz<br>c) Staatsminister des Hessischen Ministeriums der/für ...<br>d) Staatsminister des/der/für ... des Freistaates ... (Bayern, Sachsen)<br>e) Senator des/der/für ... des Landes Berlin<br>Herrn (Akadem. Grad) Vorname Name<br>f) Präses des/der/für ... der Freien Hansestadt Bremen, der Freien und Hansestadt Hamburg<br>Herrn Senator (Akadem. Grad) Vorname Name |
| ■ Parlamentarischer Staatssekretär | | |
| Herr Staatssekretär | Sehr geehrter Herr Parlamentarischer Staatssekretär | Parlamentarischen Staatssekretär beim ...<br>Herrn (Akadem. Grad) Vorname Name |
| ■ Ministerialdirektor | | |
| Herr (Akadem. Grad) Name | Sehr geehrter Herr (Akadem. Grad) Name | Bundesministerium des/der/für ...<br>Herrn Ministerialdirektor (Akadem. Grad) Vorname Name |
| ■ Mitglied des Deutschen Bundestages | | |
| Herr Abgeordneter/ Herr (Akadem. Grad) Name | Sehr geehrter Herr Abgeordneter/Herr (Akadem. Grad) Name | Mitglied des Deutschen Bundestages<br>Herrn (Akadem. Grad) Vorname Name |
| ■ (Ober-)Bürgermeister | | |
| Herr (Ober-)Bürgermeister | Sehr geehrter Herr (Ober-)Bürgermeister | (Ober-)Bürgermeister von/der ...<br>Herrn (Akadem. Grad) Vorname Name |
| ■ Landrat | | |
| Herr Landrat | Sehr geehrter Herr Landrat | Landrat des Landkreises ...<br>Herrn (Akadem. Grad) Vorname Name |

| Persönliche Anrede | Schriftliche Anrede | Briefanschrift |
|---|---|---|
| ■ (Ober-)Stadtdirektor | | |
| Herr (Ober-)Stadtdirektor | Sehr geehrter Herr (Ober-)Stadtdirektor | (Ober-)Stadtdirektor von/der ...<br>Herrn (Akadem. Grad) Vorname Name |
| **b) Gerichte** | | |
| ■ Präsident/Vizepräsident des Bundesverfassungsgerichts | | |
| Herr Präsident | Sehr geehrter/verehrter Herr Präsident | Präsidenten/Vizepräsidenten des Bundesverfassungsgerichts<br>Herrn (Akadem. Grad) Vorname Name |
| ■ Richter des Bundesverfassungsgerichts | | |
| Herr Bundesverfassungs-richter | Sehr geehrter Herr Bundesverfassungsrichter | Richter des Bundesverfassungsgerichts<br>Herrn (Akadem. Grad) Vorname Name |
| ■ Oberste Gerichtshöfe | | |
| Herr Präsident | Sehr geehrter Herr Präsident | Präsidenten des Bundesgerichtshofes (Bundesverwaltungsgerichts, Bundesfinanzhofes, Bundesarbeitsgerichts, Bundessozialgerichts)<br>Herrn (Akadem. Grad) Vorname Name |
| **c) Diplomatie** | | |
| ■ Nuntius | | |
| Exzellenz/Herr Nuntius | Exzellenz/Sehr geehrter Herr Nuntius | Seiner Exzellenz dem Apostolischen Nuntius<br>Monsignore (Akadem. Grad) Vorname Name<br>(Bischof/Erzbischof von ...) |
| ■ Botschafter | | |
| Exzellenz/<br>Herr Botschafter | Exzellenz/Sehr geehrter Herr Botschafter | Seiner Exzellenz dem Botschafter von/des/der ...<br>Herrn (Akadem. Grad) Vorname Name |
| ■ Botschaftsrat | | |
| Herr Botschaftsrat/<br>Herr (Akadem. Grad) Name | Sehr geehrter Herr Botschaftsrat | Botschaftsrat der Botschaft von/des/der ...<br>Herrn (Akadem. Grad) Vorname Name |
| ■ Gesandter | | |
| Herr Gesandter/<br>Herr (Akadem. Grad) Name | Sehr geehrter Herr Gesandter | Gesandten der Botschaft von/des/der ...<br>Herrn (Akadem. Grad) Vorname Name |

| Persönliche Anrede | Schriftliche Anrede | Briefanschrift |
| --- | --- | --- |
| **d) Internationale Organisationen** | | |
| ■ Generalsekretär der Vereinten Nationen | | |
| Exzellenz/<br>Herr Generalsekretär | Exzellenz/Sehr geehrter<br>Herr Generalsekretär | Seiner Exzellenz dem Generalsekretär<br>der Vereinten Nationen<br>Herrn (Akadem. Grad) Vorname Name |
| ■ Generalsekretär der Nordatlantikpakt-Organisation | | |
| Exzellenz/<br>Herr Generalsekretär | Exzellenz/Sehr geehrter<br>Herr Generalsekretär | Seiner Exzellenz dem Generalsekretär der<br>Nordatlantikpakt-Organisation<br>Herrn (Akadem. Grad) Vorname Name |
| ■ Präsident des Europäischen Parlaments | | |
| Herr Präsident | Sehr geehrter<br>Herr Präsident | Seiner Exzellenz dem Präsidenten des<br>Europäischen Parlaments<br>Herrn (Akadem. Grad) Vorname Name |
| ■ Abgeordneter des Europäischen Parlaments | | |
| Herr Abgeordneter/<br>Herr (Akadem. Grad)<br>Name | Sehr geehrter<br>Herr Abgeordneter/Herr<br>(Akadem. Grad) Name | Mitglied des Europäischen Parlaments<br>Herrn (Akadem. Grad) Vorname Name |
| ■ Generalsekretär des Europarates | | |
| Herr Generalsekretär | Sehr geehrter<br>Herr Generalsekretär | Generalsekretär des Europarates<br>Herrn (Akadem. Grad) Vorname Name |
| ■ Präsident der Europäischen Kommission | | |
| Herr Präsident | Sehr geehrter<br>Herr Präsident | Seiner Exzellenz dem Präsidenten der<br>Europäischen Kommission<br>Herrn (Akadem. Grad) Vorname Name |
| **e) Universitäten, Hochschulen** | | |
| ■ Rektor, Präsident | | |
| Herr Präsident/<br>Herr Professor | Sehr geehrter<br>Herr Präsident/Rektor<br>*(gelegentlich noch*<br>Magnifizenz) | Rektor (Präsidenten) der ...<br>Universität (Hochschule) ...<br>Herrn Professor (weit. akadem. Grad)<br>Vorname Name |

| Persönliche Anrede | Schriftliche Anrede | Briefanschrift |
|---|---|---|
| ■ Dekan | | |
| Herr Professor Name | Sehr geehrter Herr Professor *(gelegentlich noch* Spektabilität) Name | Dekan der (des) ... Fakultät (Fachbereichs) der ... Universität (Hochschule) Herrn Professor (weit. akadem. Grad) Vorname Name |
| ■ Direktor | | |
| Herr Professor Name | Sehr geehrter Herr Professor Name | Direktor des ... Instituts der Universität (Hochschule) Herrn Professor (weit. akadem. Grad) Vorname Name |
| **Verschiedene akademische Grade** | | |
| ■ Professor | | |
| Herr Professor Name | Sehr geehrter Herr Professor Name | Herrn Professor Dr. (z.B. jur.) Vorname Name |
| ■ Doktor | | |
| Herr Doktor Name *(an praktizierende Ärzte auch)* Herr Doktor | Sehr geehrter Herr Dr. Name | Herrn Dr. (z.B. jur.) Vorname Name |
| ■ Diplom-Ingenieur, Diplom-Kaufmann, Diplom-Volkswirt usw. | | |
| Herr Name | Sehr geehrter Herr Name | Herrn Dipl.-Ing. (Dipl.-Kfm.) Vorname Name *(Dipl.-Ing. kann auch dem Nachnamen folgen)* |
| **f) Wirtschaft** | | |
| ■ Präsident der Industrie- und Handelskammer | | |
| Herr Präsident/Herr (Akadem. Grad) Name | Sehr geehrter Herr Präsident/Herr (Akadem. Grad) Name | Präsidenten der Industrie- und Handelskammer ... Ort ... Herrn (Akadem. Grad) Vorname Name |
| ■ Präsident (z.B. Bank, Union) | | |
| Herr Präsident/Herr (Akadem. Grad) Name | Sehr geehrter Herr Präsident/Herr (Akadem. Grad) Name | Präsidenten der .../des ... Herrn (Akadem. Grad) Vorname Name |
| ■ (General-)Direktor | | |
| Herr (General-)Direktor/ Herr (Akadem. Grad) Name | Sehr geehrter Herr (General-)Direktor/Herr (Akadem. Grad) Name | Herrn Generaldirektor (des) ... (Akadem. Grad) Vorname Name |

| Persönliche Anrede | Schriftliche Anrede | Briefanschrift |
|---|---|---|
| **g) Kirchen und Religionsgemeinschaften** | | |
| Evangelische Kirche in Deutschland (EKD) | | |
| ■ Rat der Evangelischen Kirche in Deutschland | | |
| Herr Landesbischof (Bischof, Präses) | Sehr geehrter Herr Landesbischof (Bischof, Präses) | Vorsitzenden des Rates der Evangelischen Kirche in Deutschland Herrn Landesbischof (Bischof, Präses) (Akadem. Grad) Vorname Name |
| ■ Synode der Evangelischen Kirche in Deutschland | | |
| Herr Präses | Sehr geehrter Herr Präses | Präses der Synode der Evangelischen Kirche in Deutschland Herrn (Akadem. Grad) Vorname Name |
| ■ Bevollmächtigter des Rates der EKD | | |
| Herr Bischof/Prälat | Sehr geehrter Herr Bischof/Prälat | Bevollmächtigten des Rates der EDK am Sitz der Bundesrepublik Deutschland Herrn Bischof/Prälaten (Akadem. Grad) Vorname Name |
| ■ Präsident des Deutschen Evangelischen Kirchentages | | |
| Herr Präsident | Sehr geehrter Herr Präsident | Präsidenten des Deutschen Evangelischen Kirchentages Herrn (Akadem. Grad) Vorname Name |
| ■ Propst | | |
| Herr Propst/Herr (Akadem. Grad) Name | Sehr geehrter Herr Propst | Herrn Propst (Akadem. Grad) Vorname Name |
| ■ Pfarrer | | |
| Herr Pfarrer/Herr (Akadem. Grad) Name | Sehr geehrter Herr Pfarrer/Herr (Akadem. Grad) Name | Herrn Pfarrer (Akadem. Grad) Vorname Name |
| **Katholische Kirche** | | |
| ■ Papst | | |
| Eure Heiligkeit/ Heiliger Vater | Eure Heiligkeit/ Heiliger Vater | Seiner Heiligkeit Papst ... |
| ■ Kardinal | | |
| Eminenz/Herr Kardinal | Eminenz/Sehr verehrter Herr Kardinal | Seiner Eminenz (dem Hochwürdigsten) Herrn (Akadem. Grad) Vorname Name Kardinal von ... Erzbischof/Bischof von ... |

| Persönliche Anrede | Schriftliche Anrede | Briefanschrift |
|---|---|---|
| ■ Erzbischof, Bischof | | |
| Exzellenz/Herr Erzbischof (Bischof) | Exzellenz/ Sehr geehrter Herr Erzbischof (Bischof) | Seiner Exzellenz (dem Hochwürdigsten) Herrn (Akadem. Grad) Vorname Name Erzbischof (Bischof) von ... |
| ■ Prälat | | |
| Herr Prälat | Sehr geehrter Herr Prälat | Herrn Prälaten (Akadem. Grad) Vorname Name |
| ■ Dechant, Geistlicher Rat, Pfarrer | | |
| Herr Dechant (Geistlicher Rat, Pfarrer)/Herr | Sehr geehrter Herr Dechant (Geistlicher Rat, Pfarrer) | Herrn Dechanten (Geistlichen Rat, Pfarrer) (Akadem. Grad) Vorname Name |
| ■ Deutsche Bischofskonferenz | | |
| Exzellenz/Herr Erzbischof/Bischof evtl. auch:Eminenz/ Herr Kardinal | Exzellenz/Eminenz Sehr verehrter Herr Erzbischof/Bischof/ Herr Kardinal | Seiner Exzellenz/Eminenz dem Vorsitzenden der Deutschen Bischofskonferenz Herrn (Akadem. Grad) Vorname Name Erzbischof/Bischof/Kardinal von ... |
| **Jüdische Religionsgemeinschaft** | | |
| ■ Landesrabbiner | | |
| Herr Landesrabbiner | Sehr geehrter Herr Landesrabbiner | Herrn Landesrabbiner (Akadem. Grad) Vorname Name |
| ■ Rabbiner | | |
| Herr Rabbiner | Sehr geehrter Herr Rabbiner | Herrn Rabbiner (Akadem. Grad) Vorname Name |
| ■ Zentralrat der Juden in Deutschland | | |
| Herr Vorsitzender/ Herr (Akadem. Grad) Name | Sehr geehrter Herr Vorsitzender/ Sehr geehrter Herr (Akadem. Grad) Name | Vorsitzenden des Direktoriums des Zentralrates der Juden in Deutschland Herrn (Akadem. Grad) Vorname Name |

# Register

Bei mehreren Angaben zu einem Stichwort verweisen **fette** Seitenzahlen auf eine ausführliche Erläuterung des Begriffs, *schräg gestellte* Seitenzahlen auf Abbildungen.

Zum gleichen Themenbereich sind im FALKEN Verlag bereits erschienen:
Inge Wolff, Moderne Umgangsformen (60276)
Inge Wolff, ABC der modernen Umgangsformen (4754)
Inge Wolff, Umgangsformen – Ein moderner Knigge (7391)
Gertrud Teusen, Richtig auftreten im Beruf (1657)

Sie finden uns im Internet: **www.falken.de**

Dieses Buch wurde auf chlorfrei gebleichtem
und säurefreiem Papier gedruckt.

ISBN 3 8068 4876 9



**Umschlaggestaltung:** Bayerl & Ost, Frankfurt
**Layout:** David Barclay, Usingen
**Überarbeitung:** Inge Uffelmann
**Nachauflagenredaktion:** Dr. Petra Begemann
**Titelbild:** THE IMAGE BANK, Jean Mahaux, München;
Rückseite: L. Dürichen, München
**Fotos:** FALKEN Archiv/L. Dürichen: 28, 41, 94, 101, 118, 122, 131, 151, 153, 167, 190, 230; K. Prior: 60, 62; Strittmaier: 195; TLC-Foto-Studio: 26, 38, 39, 43, 44, 45, 73, 74, 104, 105, 106, 107, 109, 110, 112, 113, 114, 115, 116, 124, 125, 135, 137, 176, 177; Bildagentur Huber/R. Schmid, Garmisch-Partenkirchen: 86, 220; IFA Bilderteam, München – Düsseldorf/Westock: 185; Ulrich Niehoff, Bienenbüttel: 79, 187, 199, 215; Silvestris Fotoservice, Kastl/Obb./S. Kercher: 157, 174, 238;
**Zeichnungen:** Archiv für Kunst und Geschichte, Berlin: 15 (Arthur von Kampf, 1928); alle anderen Zeichnungen: FALKEN Archiv/G. Wawra



**Satz:** Raasch & Partner GmbH, Neu-Isenburg
**Gesamtkonzeption:** FALKEN Verlag, D-65527 Niedernhausen/Ts.

817 2635 44